每个人都了不起

梁永安

/ 著

民主与建设出版社

·北京·

序言

中国当下的这一代年轻人，有着极其特别的生命价值。放在全人类、全球的大背景下，其实我们这一代年轻人的人生历程，有大量的跨文明积累。改革开放将近45年，变化非常快，很多年轻人经历了从乡村到城市、从小城到大城、从国内到国外的巨大变化，迎接了一次又一次的文化冲击，内心不断跨越距离，意识也经历了非常复杂的转换。这是过去世世代代的中国人都没有经历过的，也是极其艰难的。

这也带来了一个问题：年轻人的步伐太匆忙，所以压力太大。这种生存模式是前辈没有遇到过的，没法用继承下来的思想框架去理解，也没法停下来去细细地体会。新的时代需要不断地沉淀与反思，而年轻人却在社会洪流的推动下，不得不带着重重疑惑和精神空白快步向前。也许自己活在最好的时代，却丝毫也感觉不到美好，反而天天处在紧张的工作和对自我价值的困惑中。这其实并不奇怪，因为我们还是一个发展中国家，社会为年轻人提供的机遇还不够多，阶层、地域、文化、经济等方面的差距还很大，中产化还是一个未实现的愿景。年轻人普遍还处于激烈的"生存竞争"中，要考虑求学、就业、恋爱、结婚、买房、教育、医疗等最基本的生活难题，要考虑如何在流动的社会中"安身立命"……这些问题难之又难。

工作这个最大的难题，无时无刻不在困扰着年轻人。因为其一方面关系到年轻人的基本生存，另一方面决定着年轻人的未来发展。简单地说，工作融合了年轻人的"安身"与"立命"两个层面，是当代青年面临的最关键的问题。人是社会性的存在，工作是我们付出最大能量、投入时间最多的领域，也是体现年轻人生命价值的主要场域。

因为这个问题的重要性，我在 2021 年与新世相"光之来处"合作，开设了一个 30 节的系列课程——《工作之苦》。经过磨铁图书公司编辑的鼓励，我将这个系列课程整理成册，于是有了这本《每个人都了不起》。在书中，我与年轻朋友们一起讨论了工作中遇到的 30 个问题，其中核心问题就是年轻人如何突破工作中的困境，以创作性的现代思维和在空白处创新的勇气，找到自己喜欢同时又有时代价值的事。

对处于任何社会发展阶段中的年轻人来说，意识上的明亮度是最重要的。我们一定要明白自己处于什么样的生存状态，知道自己需要什么样的生活，看到世界给自己提供了什么样的发展机会，清楚自己能够做什么。

每个年轻人实际上都生活在四个精神区域里——舒适区、艰难区、麻木区、发展区，如何自觉地站到对自己来说最有价值的区域中，这是一个至关重要的问题。人在幼年时生活在"舒适区"，父母、亲友、老师都给予了大量的呵护和引导，这让人潜移默化地便有了依赖性和被动性。当人从少年变为青年，特别是与父母挥手道别，上大学或工作后，注定要来到"艰难区"，无论是学习还是工作，都需要自己一步步去跋涉。人性充满弱点，避难就易、避繁就简、避远就近的本能分分秒秒都在诱惑着年轻人放弃自己的心之所向，回避难题，在传统的惯性和潮流的裹挟中随波逐流，随着岁月流逝，人不知不觉进入"麻木区"。而心有不甘的另一部分人，执拗地坚持着自己的方向，在孤独与刺痛中咬牙前行，获得了独特而深切的生命体会，对世界有了真实的洞察，对"活法"有了深刻的认识，弄清了自己内心的需求，也清晰地理解了社会的深层需求，看到了自己应该在这个世界中做什么、能做什么。这份从容的心态，是一个人跨入"发展区"的鲜明标志，也是生命中最美的时刻。

当代年轻人的生活方向在哪里？传统社会意识是"种瓜得瓜，种豆得豆"，关键在"得"，在终端的结果。在价值观的层面，传统的目标是"条条道路通罗马"，人们的追求是高度叠合、高度同质化的。而现代社会是多元而差异化的，每个人都重视生命的过程，人生就是一个"品"的过程，无论苦辣甜酸，人人都会自己打开和度过，这是一个"出了罗马路条条"的宽广世界。从这个角度看，人生非常需要"艰难区"，艰难是逆流而上，是自己的独立选择，是精神的成长。

我在云南傣族村寨劳动的时候，最打动我的是山地上的南瓜。它刚刚长出来的时候很嫩很弱，没有叶子，只是一根寂寞的细藤，孤独地爬在山坡上，不分昼夜地爬。后来一点点长出叶子，又慢慢地开出小黄花。黄花长大了，黄得耀眼。花掉后，结出了小小的南瓜幼果，然后一天天长大，最终长成十几斤重的大南瓜。回想着南瓜藤奋斗的一生，我不由得联想到工作中一个需要深思的问题：工作与劳动是什么样的关系？南瓜藤是在工作还是在劳动？马克思有一句经典的话："劳动创造了人本身。"为什么他没有说"工作创造了人本身"？原因恐怕在于工作是社会大分工的细节，而劳动却是人类发展的本质力量。南瓜藤的奋力成长并不是一种被动行为，而是它的本性。与工作相比，人类的劳动才是不可遏制的建设性力量。人类在劳动中制造工具，获得技术，在劳动中改造自然，也渐渐形成了多样的社会关系、政治制度和文化形态，从而建构了人类社会。可以说，年轻人脱离不了工作，但工作的核心价值是在困难中逐渐发现自己真正热爱什么，明白自己的劳动体现在哪里——那是一份发自内心的热爱、永远难舍难离的创造性活动。这不仅是个人的探索，也是中国人创造人类文明新形态的历史性契机。

中国青年正在迎来属于自己的"大航海时代"，一切都要重新出发，在无限的可能性中，能不能勇敢地面对全球化时代的大风大浪，这直接关联着年青一代的命运与价值。全球化的新时代，处处充满着艰苦。地球上百分之七十是海洋，而只有百分之十几的陆地适合人类生存，没有勇气和坚韧精神的人很难行走于天地间。我们热爱世界，不仅要热爱它的美好，同时也要热爱它的艰难。这不但是我们应有的世界观，同时也是我们面对工作之苦时所必需的诚挚心意。

目录

Contents

比工作更复杂的，是职场关系

如何过上真正向往的生活

面对抉择，如何坚定内心想法

每个人都了不起

○ 漂流

○ 攀爬

○ 下沉

工作为什么让人疲惫

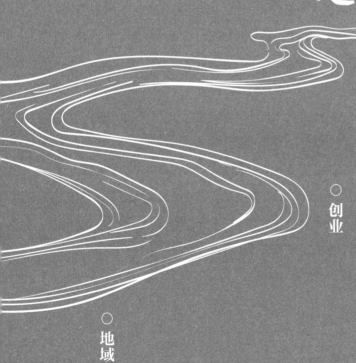

○ 创业

○ 地域

攀爬

小镇做题家，
奋斗到哪里才是个头

　　为什么要先讲这个问题？因为这是我们当前年青一代普遍感受到的一个痛点。很多人从乡村、小镇来到城市，来上学或者工作，总的来说是来奋斗、打拼。但是很多人会觉得这个过程太艰难，就像攀岩一样，看不到尽头。之前看到一位网友说自己作为一个小镇青年，原生家庭的底子很薄，进入社会后发现自己很难实现跃迁，费尽艰辛取得的成就是别人的基本线，他很自卑、无力。

　　这样一来，心里就有了一个很大的疑问，难道这辈子都要被人甩在后面了吗？这个问题就像巴尔扎克的著名小说《幻灭》中的情节：一个人从外省来到巴黎，奋斗了半天，终成一场幻灭，他觉得城市对他是重重的封闭，没有给他提供什么通道，反而大家都在打压他。这种理想跟现实之间的差距就太大了。

发展的不均衡导致了攀爬之苦

其实对普通人来说，有这种苦也是必然的。我们知道改革开放的一个鲜明口号是"让一部分人先富起来"。之前搞大锅饭，人们没有积极性，劳动的价值得不到体现，即使有的人有强烈的创造和致富的欲望，也释放不出来。改革开放之后，之所以要让一部分人先富起来，就是要激发这种动力，让人内心的追求实现飞升。可这也带来了一个问题，如今，中国社会创造出了巨量的财富，但是很不均衡。社会学有一个二八定律，社会上 20% 的人拥有 80% 的财富。据统计，2020 年我们的人均 GDP 达到了 1.05 万美元，这是中等收入国家的水平。

按照著名的经济学家、社会学家库兹涅茨所描绘的，社会发展到这个阶段，将要进入发达阶段却还没有进入的时候，还是需要强大的动力往前走。经济需要强大的推进力，需要人的欲望支撑，所以要鼓励一部分人先富起来。因此，社会财富的分配是非常不均衡的。

再往前走一步就不一样了。再往前走一步，就能形成一个相对比较大的中产阶层。他们的共识、生活方式、生活细节基本上都精细化了，国家的二次分配、三次分配，以及整个社会的机制也在逐步地完善，不再需要调动极少数人的财富欲望，去推动社会的发展了。这时候，国家会比较多地注意到公平问题。而现在我们正好处在最难的阶段，大多数人都在经历不均衡的苦，一个原生家庭底子薄的人来到这个阶段，就显得特别艰难。我们现在上升的通道这么狭窄，好多人就是靠考大学、靠大量做题、靠成为小镇做题家而谋求出路的。

其实今天的社会，不同阶层的人都很艰苦。底层有底层的苦，中层有中层的苦，上层有上层的苦，因为这是一个变动的社会，每一个人都存在危机感。

在欲望丛林中挣扎的中层

处在底层的人们的愿望就是成为中层。什么叫中层？美国社会3亿多中层的愿望是上一个好一点的大学，学比较热门的专业，等毕业了，一个硕士一年可能拿到十三四万美元，三四年后变成一年30多万美元，每年休年假跑到欧洲去滑雪，这个通道看着特别光鲜。

但是中产阶级有一个问题，他们也怕掉下去。社会竞争有一个摩尔定律，硬件不断地更新，社会时刻涌现出形形色色的潮流，各种高科技互联网公司起起落落，每个人所拥有的东西也不是铁打的，这就导致阶层焦虑非常明显。尤其是中产阶级，他们还要考虑自己的后代，怎么保住阶层，保持住生活中基本的安全感。

中产阶级还有个特点，他们还有往上走的欲望，这种压力也很大。比如，我在上海认识了一些做银行金融的朋友，他们住在一百三四十平方米的房子里，作为中产阶级，他们眼里看到的是什么？是自己的这个阶层里还有上端，还有住170平方米房子的和住230平方米房子的人。他们就会觉得不均衡，生活的目标就是再多挣点钱。换了170平方米的房子后又觉得不幸福了，那就再买一个230平方米的房子。他们这一辈子，看不到自己的价值，缺乏自信，这里面的价值空洞就非常明显。20世纪90年代有个电影《美国丽人》，就描绘出了中产阶级的空虚。

中产阶级是最容易格式化的，大家都按照一个方式来生活，西方现在大量的小说、电影、电视剧都在讲述这个问题。现代人从底层社会往上攀爬，往往以后回想起来的不是苦，可能还算是比较快乐的，因为你要追求的东西很明确：稳定的工作、城市户口……等你攀爬到中产阶层以后会发现，目标消失了。我觉得我们中国十几亿人，10年之后会面临一个巨大的困境，就是目标消失。奋斗了半天，而没有明确的方向，突然拥有了这些东西之后，就不知道该干什么了，那种茫然比现在的痛苦还要严重。人最怕没有内在的价值感和方向感。

我遇到的一些退休的公务员对此深有感慨，他们忙了一辈子，退休后跟我说不知道自己一辈子干了什么。

资本家的苦

除中产阶层以外还有上层阶级，上层阶级看起来过得令人羡慕，有大别墅，前后有草地，又开着好车。我有一些富豪朋友在酒席上欢声笑语，回到家里都紧锁眉头。拿过诺贝尔奖的哥伦比亚作家马尔克斯，在他的小说《霍乱时期的爱情》里写道，那个暴发户从山区奋斗到首都，家里很有钱，原来是做骡马走私生意的，到了城市以后他唯一的目的就是把自己的女儿嫁入上流社会。虽然有钱了，但人家都看不起他。只有钱是没用的，就像《了不起的盖茨比》里面的盖茨比，挣了那么多钱，富豪阶层还是总排斥他。他心里特别自卑，一看到女儿爱上了穷小子，立刻就愤怒得不得了，带着她赶快躲避，躲了两年才回去。

马克思把资本分析得特别精彩，资本家也是一个异化的人，他自己随时可能陷入赤贫，财富一下就消失了。所以，资本家心里也特别紧张、焦虑。这个社会不管是底层、中层还是高层，都焦虑。

工业化之后，我们建立起了一个高效率的社会，这个社会在管理上，特别是在经济组织上，遵循着一层又一层的结构。处在这样结构化社会里的人不需要自行判断，上一层下达指令给你，你执行就可以了。于是我们都变成了标准化的人，人在这个过程里唯一能做的就是向上攀爬，其他的价值都体验不到，也没有机会去体验。

单向度的人活在相对性中

德国的法兰克福学派因社会批判理论而著名，其核心成员马尔库塞写过一本影响非常大的书，叫作《单向度的人》。书里说，现代社会把人变成了单一的人，只知道功利性，这是普遍的异化。此外还有弱者心态，弱者服从权威，这样的人越来越多，于是人就活在相对性中。攀爬最怕什么？陷入相对。没有什么绝对幸福，没有什么绝对价值，我过得比你好，我就比你高。这也符合我们的古话"吃得苦中苦，方为人上人"。"人上人"变成了一个追求，到底这个"人上人"有什么好，很多人也说不清。

这也是黑格尔哲学里讲的一种奴隶人格，在比我更高的人面前，我就是奴隶；面对比自己低的人，我就是主人。所以黑格尔说，这种人归根结底是个奴隶。

· 攀 PANPA 爬 ·

如何走出攀爬之苦？

幸福来自哪里？这就涉及下面一个问题——价值。一个人的生命要有自己的价值。现在很多人在攀爬过程中归根结底是为别人打工，服务于别人的价值，从里面分得一点报酬。资本追逐利润，劳动想获得薪金，道德想获得正义。而我们作为劳动者，有时候为了获得这点小小的薪金，付出了一生，忙忙碌碌却始终找不到生命的价值。

文化震惊：在跨界中发现自己的独特性

我们的一生是一个奋斗的过程，一个人从底层往上奋斗，实际上房子、收入只是这个过程中微小的一部分，更重要的在于这是一个生命被打开的过程。这里面有一个重要的课题——文化震惊。中国人现在处于前所未有的文化环境之中，生活的跨度空前广阔，这就注定了我们攀爬的过程中必然充满文化震惊。

在大城市里，例如上海，为什么有7000多家咖啡馆？你为什么愿意走进咖啡馆进行消费？除了品尝那一杯咖啡的味道，让心情愉悦以外，其实更重要的是拓展人际关系。从这方面来讲，咖啡馆的出现是人类文明巨大进步的体现，因为不同阶层的人只要买一杯咖啡就可以自由地坐在这里，它打破了欧洲传统社会那种贵族沙龙的门槛。所以，咖啡馆是一个城市的象征，每一个有天赋的人来到这里就有机会被发现。而一个人来到城市，其实是一个不断认识世界丰富性的过程。

人生有三大任务：一个是认识世界，一个是认识自己，还有一个是认识生命。进入城市就是认识世界的过程，原来的那些东西，不断地被新的文化所震动，这就是一个融合的过程，也是一个发现的过程。很多人会因自己原生的东西而产生自卑感，觉得应该抛弃它们，但实际上不是这样的，这其实是一笔财富，我们正是带着这样一笔别人没有的原生而独特的财富来到城市的，然后再去汲取新的东西。

你从一个小小的村子里出来，带着原生的那些东西，它们可能是春天的桃花、秋天的河水、山上的青草、树下的各种各样的菌类……甚至是一个广袤丰富的自然世界。你要知道你比住在城市里的人拥有得更多，你曾经在大自然收获了那么多精彩。

这就是一个成长的过程，是你独特的美、独特的价值的体现。现在如果你到上海虹桥高铁站，可以发现有一处竖立着一条大标语，我特别喜欢上面那句话："每一个人都了不起。"

我觉得在这个跨越的过程中，一个人一定要意识到自己是了不起的，自己跟别人是不一样的。如果你有这个意识的话，你的境界自然就不同了，你对生活的要求和认识就不一样了，你的选择自然也就不同了。然后，你才会知道应该怎样做才符合自己的特质，怎样的选择才是能够跟自己原生的东西对接的。真正地倾听自己的独特需求，而不是盲目地随波逐流，就是想找一个工资高的工作，不用顾忌跟自己原来的生命能不能连接上。如果这样纯粹地把自己变成一个打工人，那这个攀爬的过程自然就会非常苦，因为你没有内心的自我体认，没有方向感。

残障诗人余秀华，为什么能写出好诗？为什么这样的诗不会诞生在城市？因为它们源自她的原始生命，她自己的生存体验，然后通过一种特别的语言，通过诗的形式表现出来。

如果你从草根阶级往上走，你这一路看到的风光一定比别人看到的更丰富。你要穿越一层又一层荆棘去打开自己的生命，其实你比大城市的人更多了一份体会。你要牢牢抓住这份体会，而这需要你具备崭新的观念。

人生不是按照相对价值往上爬的，你所谓的攀爬，实际上是扩大。就像我们登山，登得越高视野越广，看得越远，幸福感就出来了，但是如果你只盯着眼前，那就完全不一样了。

在社会学、文化学里有一个定律，就是在底层的人往上看，和在顶层的人往下看的感觉是大不相同的。

美国思想家杰斐逊写过一篇文章，里面谈及底层的人往上看，看到的是不平等，看到的是阶级，而顶层的人往下看，看到的是合理性，看到的是分工。什么叫分工？比如说有扫地的人、擦桌子的人、开出租车的人，顶层的人看到的就是这种分工，他们觉得社会分工特别合理，都是为自己服务的。而底层的人往上看，看到的都是不平等，是巨大的差异，所以底层的人向上攀爬的时候就容易产生这样一种目标倾向——把登上更高的阶级或阶层作为主要的甚至唯一的人生目标。

跳出欲望陷阱，寻找新价值

我们一定要目标清晰，心里有光，清清楚楚地生活。活得明白就是最大的幸福，如果你往上攀爬，只有单一的目标，其实是从一种苦跳到另外一种苦的状态里，永远也不能解放自己。

一个人在向上奋斗的时候，首先一定要有这样的认知，就是一定要打破阶层差异给人带来的束缚、压力和焦虑。从底层往上看，你经常能看到上层光鲜的一面，因为上层社会有个特点，就是炫耀性的消费特别多。2002—2003 年我在日本工作的时候，看到在当时的日本女性中就流行着这样的观念，如果一辈子不买一个好的 LV 包，作为女性就白活了。

但是作为中产阶层，你的收入有限，你的资源怎么分配？你往这边花钱，那边就捉襟见肘了。现在，房子把我们中国人的生活剥夺得非常厉害，一个人一辈子的资源就那么多，我们的人均 GDP 还不高，却要把那么多钱都砸在房子上。我们会看到上流社会炫耀他们的豪宅，这就是从底层往上看到的所谓的炫耀性消费，从社会学来讲就是身份性消费，这种消费就是我有而你买不起，以此来获得满足感和优越感。

现在电视剧、电影里的房子，很多都是宽敞的复式结构，这就会使我们在心理上产生羡慕，逐渐将其变成潜在的目标。但其实这种看似光鲜亮丽的生活背后，隐藏着很大的危机。我到一些朋友家里做客，一看到他们的房子，总是难免感慨他们辛辛苦苦挣来的钱竟没有变成幸福的生活，那么都变成了什么？变成了卫生间、天花板上的豪华装修。这实际上是一种被炫耀性消费所带动的偏差。其实，就连上层社会的人也在不断地往上爬，所关注的表面上的东西太多，而真正在生活中又不满足，陷入一种欲望的陷阱。

所以，有时候我带的研究生出去参加一些很光鲜的活动，我就经常提醒他们，脑子里一定要装一个东西：螺丝刀。你到了再光鲜的地方也要想一想，如果你拿着螺丝刀在柱子或者墙上使劲往里钻，里边始终是水泥。

看透生活的本质

生活就是生活，它本质上很朴素。

之前我认识一个上汽集团信息公司的负责人，他从美国留学回来进入汽车行业。他从小喜欢汽车，因为在信息公司，所以要熟悉所有的车，就试开过很多车，自己也买了不同的车。后来他跟我说过一段话，我印象很深刻。他说，你要是买车的话，我建议你就买个普通的桑塔纳，那时候这类车才八九万块钱。他说车就是个代步工具。以前羡慕别人开着各种各样的豪车，后来自己开遍了，才明白了这个道理。

但是人就是看不穿，不亲身经历这个过程就是体会不了。很多人一辈子在追逐的路上，累死在半途中，最终也没能达到目标，而那些真正达到了目标的却发现也就是那么回事。仔细地体会一下，想一想你为什么没有幸福感，为什么没有生活的从容感，其实这些跟你的人生理念有密切关系。

怎么打破这种攀爬之苦？我认为人不能无所作为，而是要奋斗，那么这个奋斗是怎样的奋斗呢？我认为它应该是宽广的奋斗。

今天非常多的人，身体在城市，精神还在乡村；生活在现代，价值理念却还很传统。传统社会是一个等级制社会、差距社会，像一个金字塔，有一层一层的差距，所以处于底层的人都想往上冲，要爬得高，要考试，要苦读书，最终成为举人、进士，成为一个飞出寒门的才子，这样来改变自己的命运。其实，现代社会的很多人也有这样的思想，他们应该打破这种传统思想。

打造自己的独特性

实际上，如今的社会更加开放和多元。阿基米德曾说："给我一个支点，我可以撬动地球。"我们今天就缺少一个支点，这个支点就在于你自己，在于你要活出自己的独特性。我一直说年轻人要看到 10 年后的社会，那时的人均 GDP 一定能超过 2 万美元，所以 10 年后一个人的价值不在于地位有多高，而是你跟别人有什么不同。

2020 年我国人均可支配收入 3 万多元人民币，其中城市 4 万多元，乡村一万七八千元。其中人均吃饭花掉 6000 元，这部分消费将来基本上就这样了，那增长出来的需求是什么？是文化的、精神的、丰富生活的。我们现在会看到一些特别的现象，比如，为什么丁真会大火？就是因为有差异，因为他有别的地方的人没有的特色。所以，活成一个跟别人不一样的人，这才是最根本的。

德国文学家歌德有一个比喻：人活得就像一棵树，这棵树不能长在深沟里，因为深沟里阳光稀少，为了争夺阳光，它就只能拼命往上长，虽然看着很高，但实际上长得很畸形。这棵树也不能长在山顶上，因为狂风暴雨会把它吹得稀里哗啦，雷鸣电闪会让它遍体鳞伤，最终也不能苗壮成材。这棵树最好生长在一个向阳坡上，周围没有太多的杂树，它能够吸收最好的阳光，滋养内在的品质，变得枝繁叶茂，达到一种最好的成长度——这样就是最好的生活。所以，每个人都要有自己的生命尺度，人不能按照外在的、阶层的尺度生活，而是应该有属于自己生命的成长尺度。

人要像植物一样有呼吸，不能像一个机器、一颗螺丝钉一样生活。现在有的人奋斗精神很足，拼了命往上长、往上爬，运用一切资源来达到自己攀爬的目的，这种人在我看来其实是弱者。

· 攀 PANPA 爬 ·

我们到底要如何奋斗？

向上攀登其实是弱者的通道

这样的人其实选择了一条最简单、最显眼的路。生命是复杂的、内在的，是一个需要选择的过程，是一个不断探索的过程。这就是人的自由的体现，是生命价值的彰显，在这个过程中你会体会到自己非常深厚的创造力，感受到自己的力量。

但是很多人不是这样的，他们努力往上爬，只看到工资、看到位置，把生活简化了，表面上很有奋斗精神，实际上是放弃了自己。在无穷的顺从里获得利益，看上去好像活得很苦，爬的过程也很苦，但这个苦没有价值，没有依据，没有感情，没有内心的尺度。这怎么行呢？所以，我们在认识攀爬之苦的时候，要好好地反思一下自己内心深处有没有追寻价值的欲望。

吃什么苦才有价值？

人的一生中其实不存在完全的自己，人越是过得异己，越是异化，其实就越苦，内心没有支撑，没有幸福感。那为什么有些人能越过这个苦，历尽千辛万苦也觉得乐此不疲？西班牙画家毕加索年轻的时候吃了不少苦，他的"蓝色时期""粉红色时期"作品那么经典，传统绘画作品里都是内光，他却开创了立体主义，先正面看人，然后向侧面转90度，把两个画面叠合在一起。比如，那幅著名的《镜前少女》就打破了大众原来的审美习惯，把人肢解了，导致大家都看不懂，不接受。因为跟众人的惯性审美有冲突，画卖不掉，所以他一度穷困潦倒。难道他不可以按照传统来画吗？他的基本功那么好，不是没有能力走传统路线，但是他就是要创新。他坚持自己对这个世界的认识和感知，从而开创了一种崭新的绘画语言。

如果你吃过这种苦，就会知道其中有生活的真实，有生命的价值，有自己的理想。美国诗人弗罗斯特有一首著名的诗歌《未选择的路》，诗中说他走的路分出两条岔路，一条路开满鲜花，人人都在走；另外一条路充满了荆棘，渺无人迹。最后他选择了那条布满荆棘的小路，他也明白走了这条路就不能再涉足另一条，但是他愿意走这条荆棘之路。探索未知，才是真正的生命价值。

但是这并不意味着攀爬之苦就没价值。为什么呢？人都是经历过才能沉淀，在奋斗中才会有所收获，获得之后才发现这不是自己最热爱、最喜欢的。现实社会往往是这样，很多人年轻的时候没有确定的方向，就想去体会，做各种各样的尝试。这是个试错过程。

未来：从差距社会到差别社会

实际上今天的社会提倡什么呢？我们要认识到中国社会正在发展成一个多元的、横向的社会，它不再是一个差距社会，而是在逐渐发展为差别社会。什么叫差别？就是我和别人不一样，每个人都有自己的特点，不和别人相比，也不羡慕别人在高处，每个人都做自己喜欢的事情。这才是所谓的未来。

前面说过，中国现在人均可支配收入是3万多元人民币，其中6000元用于吃饭。未来人们的其他消费需求会迅速地增长，7万元、8万元、9万元、10万元……那增长出来的部分在哪里？看电影、听音乐、读书、出国旅行、学习各种工艺、文化交往、社会体验等。文化需求会越来越多，内容生产将变成社会最急需的东西。所以，年轻人不能只看眼下，当下的发展程度不高，如果完全按照当下的社会发展程度来确定自己的人生目标，那你的将来就完了。将来会出现新的社会需求，如果你是一个没准备的人，未来就会变成一个年轻的老人。未来的中国社会会出现大批年轻的老人，这是很危险的。

因此，90后、00后都要想一想，特别是90后，20年之后你们就是社会的主人，就要接管这个社会了。你们凭什么接管社会？你们能给社会创造出什么？这些事说起来远，实际上是很近的。

我完全相信在我们的历史记载上，90后的上一代会获得很高的历史评价。1978年，我们整个中国的城市化率才19%，你们的父母辈，甚至爷爷奶奶辈，经过40年的奋斗，将一个贫困的农业国家变成了全世界规模最大的工业化国家，这是多么伟大的历史贡献。那之后的年轻人呢？上一辈创造出了物质基础，未来的社会要文化发展、精神发展，现在的90后能不能承担起这个使命？时代赋予了你们这代人特殊的历史责任，但如果就以现在这样一个往上爬的思想去面对，你们怎么可能实现这个历史转换，以后的历史如何写你们90后？这是个巨大的问题。

网络上对四川的李子柒有各种各样的评价，我觉得她有一点特别好，比如她在山里挖笋、挖野菜，回家自己炒制，动作很娴熟，那不是表演出来的。她小时候跟着奶奶受过很多苦，如今的成功与之不无关系。为什么今天城里人看到她的视频会很感动？为什么她在世界上有那么多粉丝？因为我们从她的视频中看到了失去的过去。现在很多人进城打工，把过去都扔掉了，回头看的时候才发现过去那么珍贵，乡村和自然那么美好。

觉醒时刻

我们每一个人都有自己的独特性，想要为中国寻找未来，我们就一定要思考这些问题。我们的选择要有前瞻性，所有的年轻人都要看到10年后，看到20年后，心中要有大方向。我想问一下年轻人，你们到底有没有做好准备？结合自己的生活和工作经验，你们有没有体会过自己的辛苦？你们做的是不是自己喜欢的事情？你们有没有找到自己的根？有一本著名的美国小说《根》，讲述了一个黑人寻找自己在非洲的根的故事。寻根的事情不要交给下一代，这件事情隔得太久就做不成了。所幸今天的人还可以找到自己的根，那么哪件事可以作为你们寻找新价值的选项？你们在生活里有没有尝试的冲动？在尝试中不断寻找，我觉得这样就很好。

向上攀爬
其实是
弱者的
通道。

下沉

谁剥夺了
我做快递员的权利

什么叫下沉之苦？当下很多人害怕自己做了一份不体面的工作，或者在社会生活里向下沉沦了，即在工作鄙视链上不断地往下走。有一位网友给我留言："我在一家外企上班。小时候想做一名舞蹈演员，但是家里人不同意，觉得那不是一份正经的工作。如今长大了，感觉每天工作很单调，待遇虽然不错，但是一直不太开心，很想去健身房做一个舞蹈老师。周围的人都觉得坐办公室很体面，去健身房做舞蹈老师很掉价，我心里就很纠结。"看到这里我非常感慨，真实地感受到了社会环境给人造成的艰难。

事情说起来简单，其实仔细思考一下会发现一个问题：人为什么惧怕下沉？

人为什么惧怕下沉?

人类社会曾长期处于等级社会,即一个对贵族的炫耀性生活方式存在普遍羡慕的社会,特权阶层有很多其他阶层无法获得的财富和权力。在传统社会里,地位最高的人不用干活,而底层的人干苦力,它是一个等级森严的极不平等的社会环境。

美国思想家凡勃伦说,贵族阶层是依赖炫耀性的消费来展示个人身份的。而底层的人为了维持个人体面,被盲目地带入这种对高阶层的崇拜中,好像只有比较高雅的工作,才会让人感觉非常荣光。人处在这样一种环境里,包括工作在内的方方面面就被划成各种不同的等级,所以人就惧怕往下走,会有非常大的压迫感。

人生本应是自由的,但是因为这些鄙视链,工作被分成了三六九等,每个人都害怕下沉,害怕沉下去会让生命变成"劣质品"。

我的一个已经毕业的学生,和男朋友谈了10年恋爱,到要结婚时,准婆婆把她叫过去说:"哎呀,我知道你们要结婚,但是你们家住在工人新村,我儿子一旦娶了你,传出去,别人肯定要说我们娶了个工人新村的姑娘,听着就不体面。你们家能不能把房子卖掉,然后拿这个钱到徐汇区,去买个哪怕小一点的房子,我们家也算娶了个徐汇姑娘。"这番话把那个女生气得火冒三丈,而她未婚夫坐在旁边一声不吭,所以两人最后分手了。

社会生活里很多人过不了鄙视链这一关,把自己的生活过得像在囚笼里一样,特别狭小。所以,鄙视链是我们在社会生活里要面对的难关,是我们走向自由的障碍。在这里,我们会发现一个残酷的人性现实,就是在我们的社会生活中，很多人的幸福感来自这种鄙视链，因为有鄙视对象，才能证明自己过得好。

很多人在鄙视链中找幸福

我们有时候感受自己的存在，衡量自己的幸福，都是在找比我们更不幸福的人。有比我们更不幸福的，我们就觉得自己终于有了幸福感。日本作家芥川龙之介有一篇短篇小说，小说中写到一个很不幸的和尚，他为什么不幸呢？他的鼻子很特别，就像一个大象鼻子，一直长到下巴。他已经50岁了，是一个老和尚，吃饭特别不方便，都是小和尚拿长筷子把他的鼻子卷起来他才能吃到饭，因此他感觉很苦恼。但大家常常为此关心他，所以他也觉得很温暖。有一天，老和尚听说城里来了一个神医，包治百病，老和尚赶忙去了，得了个偏方回来——烫鼻子。他烫了三天，烫完以后从里面挤出一些白白的小虫。到了第四天早晨，他起来一摸，鼻子完全正常了。他第一次体会到拥有正常鼻子的快活，于是立刻到村里去见乡亲们，因为他觉得乡亲们对他这么好，看到他鼻子好了，肯定很高兴。

结果到了村子，别人看到他脸上都是笑容，嘴上都说着"你鼻子好了，真好"，但是老和尚却感觉大家心里很生气，好像他擅自把鼻子治好，大家的快乐都消失了，幸福也消失了一样。从此，人人都觉得自己过得不好。后来到了秋天天凉的时候，老和尚早上起得早，冷风吹过来，他打了个喷嚏，结果鼻子又长到下巴这里了。他特别高兴，赶快到村里去转了一圈，让别人看到他的不幸。那些村民看他，脸上显出很悲痛的样子，其实心里特别开心。

用英国作家康拉德的话来说，我们的人性深处埋藏着很多黑暗，连我们自己都不知道有多黑暗。其中一种表现就是，我们有时候会在社会生活中制造鄙视链，制造鄙视链的目的是什么呢？是确认自己幸福。所以，这种鄙视很不合理，如果你陷入其中，就一辈子都走不出来。你本来可以很快乐地做一些自己喜欢的事情，但在鄙视链面前，你却会退却。

有时候你可能都不明白，我们不鄙视的东西，我们羡慕的东西，其实可能充满痛苦。托尔斯泰在《安娜·卡列尼娜》中一开始就说："幸福的家庭都是相似的，不幸的家庭各有不同。"所以，上流社会表面上看着幸福，其实千篇一律，而其中的不幸各不相同。上流社会不能容纳安娜，因为她违背了上流社会的标准。最后，安娜投身到火车轮子底下。这种上流社会的生活有什么好呢？

很多人看不到普通人的精彩

一些普通的职业，比如门房、保安，我们可能会瞧不起。法国电影《刺猬的优雅》里就有一个50多岁的守门女人，衣冠很朴素，头发也不打理，一点都不起眼，看上去就是一个非常普通的人。

她为什么选择做门房？因为门房时忙时不忙，不忙的时候她可以看书。她喜欢文艺，最喜欢看《安娜·卡列尼娜》这样的书，她的内心很丰富，是个很优雅的人。而那些住客，比如一个小女孩，总是透过金鱼缸拍父母的生活，那种生活表面上优雅，实际上就像被养起来的金鱼，关在玻璃缸里，甩着长尾巴，过着一种被禁锢的生活。

我们不要用职业来划定自己，拥有普通的职业也可以活得精彩，关键不在于职业，而在于人。人精彩什么都精彩，人不精彩，无论什么职业都不精彩。

美国的摄影师中我最佩服的就是薇薇安，她是非常杰出的摄影师，却一辈子甘愿做保姆，为什么？她换了很多东家，不停地转换环境。她胸前总是挂着个禄莱相机，在不被注意时随意拍摄，拍出了千姿百态、非常真实的人生。她最大的摄影技巧是靠近人，在最微妙的那一刻，在对方猝不及防的那一瞬间，拍到最本色的照片。她默默无闻，从来没想过发表作品，从来没想过扬名立万，她只是喜欢摄影这件事。她过世以后留下10万多张底片，这些底片被拿去拍卖。美国到处可见这种没人认领的物品拍卖，一般价格都是很便宜的。有个26岁的小伙子无意间把薇薇安的底片拍了回去，打开一看是摄影胶卷，仔细看完却大吃一惊，这才有了我们后来看到的那些杰出的照片。我非常佩服薇薇安，她身为保姆却拥有自由，她清楚这种工作是最适合她的。

所以说我们对下沉的担心实际是多虑的，这是我们某种脆弱的表现。一个内心不坚定的人，才需要依靠别人的眼光来确定自己。

·下 XIACHEN 沉·

打破外界的定义

如果一个人没有自己的主心骨，没有明确的价值导向，只依赖外部的环境来获得满足感和幸福感，这就很麻烦了。

也许很多人不知道伦理上的道理，但因为底层的人没有什么优势，没有什么特权，只靠简单的劳动去获得自己的生活，所以底层生活其实是最问心无愧的。

我在日本的时候，去奈良工作了好多次。在那里我发现了一件特别令人吃惊的事情，就是有个很漂亮的日本女孩子在拉黄包车。想到拉黄包车，我们可能马上就想起了《骆驼祥子》中的祥子，那是一种没办法才去干的苦力活儿。但是这个姑娘满脸笑容，她觉得靠自己的劳动挣钱，没有任何惭愧，她自己愿意做这份工作。

所以，不能从一个简单的角度去衡量人生，比如挣钱多少，社会地位怎么样，别人如何看待你。事实上，并没有所谓的下沉，这是一个无限广阔的世界，生活是多样的，每一种生活都有它的美好。所以，作为一个年轻人，你可以去发掘各种可能性，今天你可以去送快递，明天可以去做别的工作。我前段时间看到一个视频，上海的一家麦当劳店里来了个外国人。他的话店员听不懂，结果一个外卖员来了，他的英语特别熟练，帮助外国人和店员建立了联系。这个外卖员就没有给自己设限。所以，我们不能用外在条件去定义自己，也不能用外在的东西来定义他人。

我在日本工作的时候有一个很深的体会，那里的文化有一个特点，就是活在别人的眼光里，我觉得这样不好。一个人生活的质量不是由外在的职业所决定的，而是取决于你怎么干，抱着什么心态去干。

法国思想家莫斯有一个名为"身体技术"的理论。身体技术，就是每个人如何支配自己的身体。它取决于什么？取决于每个人所属的文化圈，就是你所受的文化影响，你从小到大耳濡目染的环境，所以，你现在形成的偏见都反映了你的社会积累，反映了你的家庭和成长环境给你带来的影响。在这个影响中你形成了一些定见，形成了自己的一些选择，所以这个时候你认为的好与不好都带着社会的印记。

下沉是对自我的改造

一个年轻人适当地下沉一下不要紧，这是自我改造的好时机，所以我很佩服北京大学那个本科已经上了 3 年，却对自己学的专业不感兴趣，自己也不快乐，最后毅然退学的学生。因为喜欢动手敲敲打打，他转学到了北京一个职业学校去学钳工，在那里他很快乐。多少人为了上北大拼命努力，死活也不会放弃这个学位，结果他自愿去了一个职业学校，而且成了全校最优秀的学生，他自己觉得很有价值。

下沉就是考验你的独立性，考验你自己有没有独立的生命、独立的判断。我向来认为一个人会出生两次：第一次是父母给你生命，存在哲学分析，人唯一不能自己决定的就是自己的出生；第二次是精神出生，就是你的自我出生，这是你人生的关键阶段，这一次你可以自己决定。18～21 岁在大学里，这个年轻的时代就是自我的诞生时期，在这个过程中你给自己创造了一个自我。而在创造自我的过程当中，你绝对不是带着对整个社会的习见、偏见，以及一种充满了紧张感的估量来自我确定的。一个自由的人，他的面前没有所谓的下沉。

我去云南山区的傣族聚居地劳动过，那儿的经济发展很落后，但是我觉得在那儿过得很幸福，我深切地体会到了那里居民朴素、善良、勤劳的品质。记得有个中学生，他的父亲去世后，他和母亲过得很艰难，他通过勤奋学习考上了很好的大学，学数学，但是毕业以后他依然选择回到自己的故乡，在一个普通学校里当老师。他完全有能力在城市里打拼，但是他没有，他愿意跟自己的故乡在一起，愿意跟那些平凡的人在一起。

我还有一个很有意思的福建朋友，从科员被提拔做科长，但是他坚决拒绝了，因为他觉得当了科长以后要担负很多工作，整天要开会等。他更愿意做一个最普通的科员，可以接触很多人，有自己的时间，可以自主地做很多事情。而且他发现在城市机关里做科员还是有很多局限的，最后他坚决要求到乡下的一个下属单位去工作，这样他就可以接触到更真切、更朴素的人。

我觉得这个人很不简单，他没有偏见，他拥有最大的生命自由，去过自己最热爱的生活，这样的人生就非常有意思，人活得很自由，有自己的个性。因为没有屈从人为设定的局限，没有一定要站在哪个台阶上，所以他的生活面就特别宽广，这就是一种非常好的态度。

我们现在有时候还会惊讶有人怎么突然去送外卖了，有人怎么突然去做家政了，其实将来这样的人会越来越多。我们渐渐就会明白，每个人所做的事情是没有贵贱之分的。在一个社会里，大家承担不同的责任，从事不同的劳动。

所以，我们现在看待社会，尤其是作为年轻人，应该要比以前更成熟。如果我们认真观察，会发现身处高贵的阶层其实也是一种牺牲，所承担的社会责任也更多。比如，著名的英国伊顿公学是贵族中学，在这里学习的人形成的观念就是要承担更大的责任。第一次世界大战后有人做了统计，数据显示伊顿公学的人在"一战"中的牺牲率特别高，远远高出社会的普通水平。

总之，选择这种生活就是承担一份使命，这种选择不分什么优劣高下。

利于社会的工作就是好工作

我在苏州遇到一个大学生，他大学毕业以后没有像别人一样去考公务员，而是回到故乡，带领 50 户人养螃蟹。他通过观察发现以前农民养螃蟹缺乏科技含量，于是他组织了一个类似于专业养蟹的合作社，把农民联合起来，干得非常好。他作为大学生，回到农村生活、劳动，为新农村建设做出了这么大的贡献，非常让人佩服。

我觉得这个世界上的人有所区分，但不是表现在工作的高贵低贱。这个世界上的人大致有三种类型。世界就像一列火车，有人是火车头，释放自己，拼尽全力，拉动列车前进。他们有历史意识，有社会责任感，我也真的见过这样的人。他们热爱土地，热爱众生，把自己的生命融入社会的发展、时代的发展中。比如，我在中蒙边境见过一个脸庞被晒得黑红的人，我跟他住在一个房间，后来聊天时才得知他是复旦大学经济系毕业的，这让我大吃一惊。他是"文化大革命"时来到这里的，后来选择一直跟牧民在一起。他凭借自己的专业知识，被任命为边境贸易管理局局长，后来别人都跑回了上海，觉得上海是大城市，非常光鲜，但是他不回去，他热爱这里的阳光，热爱这里的草地，他愿意这样生活，所以一直没有离开，不断地为当地的发展贡献自己的力量。这就是火车头型的人。

有的人是火车轮子，愿意跟随榜样前进，不断追着往前跑。能做好一个轮子也不错，无数轮子一起滚动，这个时代就会往前跑。这也是我们很多人能做到的。

我有一次坐绿皮车，在车上遇到一个中年人，他43岁。我跟他聊起来，发现他是复旦大学核物理系毕业的，在四川工作。他大学一毕业就去了新疆工作，生产原子弹的原料，后来这个厂因为靠近苏联不安全，就移到了四川，在乌江边。他们在那里开凿了一个亚洲最大的山洞，里面有十几个小洞，其中最大的洞高70多米、宽50多米。国家投入了大量资金，光山洞就开凿了8年，最后洞建成了，设备装好，还没开始生产，就改革开放，不干了。这个厂不做原子弹原料了，而从法国引进技术的氮肥厂也在乌江边，于是他就围绕那个项目做了一份辅助性的工作，一辈子也没做出什么来。他觉得尽管自己很普通，但心里很满足，无愧于社会。

还有一些人是车上的旅客，被人拉着跑，很被动，享受着这个时代发展带来的便利，却还是满心抱怨。

我觉得每个人最终是要去选择的，这实际上是成为列车哪一部分的问题。在社会生活中，我们要甘于做一个普通人，不要怕下沉，因为这个世界的底层是无限丰饶的，金字塔最宽大的部分就是底部。

觉醒时刻

如果你想通这一点，就会发现自己其实可以做任何事情，只要这个事情是积极的，是有创造性的，能发挥自己的价值，就可以了。我们学校以前有个博士生，专业成绩一般，但是他喜欢去餐馆吃饭，他的理想是开个餐馆。他的老师特别好，觉得这个可行，让他就朝着这个方向发展，去做餐饮业。结果这个博士生毕业以后就很高兴地去开餐馆了，这种方式就很开通。

我在日本、韩国、中国的各地教学中有一个很深的体会：建设底层最重要。在日本，从东京到神户这样的二级城市，再到冈山这样的三级城市，从城市到乡村，生活质量都很好。房子上的漆瓦锃亮锃亮的，家庭里的文化艺术气氛非常浓厚。将来我们这个社会最需要改变的就是所谓的底层，其实未来的发展就在下沉中。

我们目前所谓的下沉不是一种低劣化，实际上是一个进步的过程。在我看来，我们需要更多的人下沉，让他们下沉去改变社会，尤其需要有知识、有文化、有眼光的人去下沉，不是被这种下沉给拉低，而是去抬升我们的底层，这是非常有必要的。比如，德国有很多很优秀的人去做蓝领，那些蓝领富有工艺美学知识，使得整个工业生产看上去特别舒服，那些厂区的色彩、工作流程、工作氛围、人文氛围等都非常好。

如果我们都拒绝下沉，那我们这个社会什么时候才能实现真正的文明？我们站在现代文明的台阶上，怎么才能继续往前走？

———

上流的奢华
并不等于
一流的生活，
地表的空气
最新鲜。

—— 本 节 寄 语 ——

漂流

回不去的故乡，
留不下的他乡

　　下面我们来讲一讲漂流之苦。为什么有这样一个问题呢？有的青年网友跟我说，他感觉自己在大城市打拼了很多年，但还是没有办法安家，无法摆脱漂泊感。虽然自己在各个方面都很努力，条件也不差，却始终没有归属感，甚至在异乡异地抬不起头，总觉得自己没有办法融入城市，因此内心有点沮丧，甚至感觉自己是个失败者。

　　对此我也是非常有共鸣的，因为我自己也是一直在漂泊，小的时候在南京，然后去了西安，后来去了云南，又到了上海，还被派去国外待了6年。所以，我也总是在一种漂泊不定之中，在不同的文化里面穿行。那么我们如何去体会漂泊之苦？如何面对内心的这种焦虑、不安定感呢？接下来我来讲讲。

为什么会感到漂泊之苦？

　　我们首先要认识到，我们中国人的这种漂泊之苦实际上是晚来的，晚来了几百年。从 1492 年哥伦布出航，开辟大航海时代开始，全世界就进入了"哥伦布大交换"时期。哥伦布发现美洲之后，全世界的棉花、玉米、番薯（就是我们说的红薯）等都开始流通，原来这个地方没有，现在可以从那个地方运进来，人类社会进入了一个交流的时代。再后来是人的大规模移动，19 世纪 5000 万人从欧洲进入美洲，有的去了南美，所以后来出现了南美混血文化，印第安文化、印加文化和葡萄牙文化都属于拉丁文化，这是文化大交换的结果。

缺乏漂流文化

　　中国农业社会相对比较稳定，历史学上称中国传统社会为"超稳定社会"，上有中央集权制，下有县以下的乡村制度，形成了一个二元的、固定的生活方式。我们今天进入了工业化社会，凡是工业化社会，一定是流动的。现代生活方式是把人大规模地集合起来，进行不同的分工。在这个过程中人就必然会变成劳动力，成为人力资源，然后个体再寻找自己的性价比，寻找自己的发展方向，确认自己的价值。所以，今天如果想在城市里活得体面、稳定，就需要一些基本的条件，比如土地、资金。如果这些你都没有，只有劳动力，那就只能跟着资本跑。

　　对于今天的年轻人来说，地价暴涨、房价暴涨，社会内卷，层层叠叠的竞争进一步加重了生活负担，所以这个时代的漂泊显得更苦。我们的精神上没有寄托，心灵上没有归属，就会产生漂流文化，要认同一个地方，认同一个城市，认同一种生活，其实是很难的。

进退两难的苦

我们的国家在 1949 年之后实行公有化、集体化，1960 年之后城市和乡村的二元结构形成。

在城乡二元体制之下，改革开放之后有一点非常不一样，就是农村土地不能买卖，农村田地是责任田，属于集体。也就是说，农民进入城市生活，属于城市常住人口，没有户口，但是农村的土地还在。这就形成了一个什么问题呢？

其实这是我们的特点，特别是移动的人，比如从农村进入城市，故乡还有块儿地，还可以回去。不像印度、巴西，大城市周围有大片贫民窟，那里的农民是卖了地进城的，他们如果发展得好还能安居，发展得不好就没有退路了，只好到郊区胡乱搭个棚子。

进城的农民，就算回家种地，收入少了，也还有自己的房子，有自己的地，那么他们为什么一定要在城市过得这么艰苦？因为这个苦有一个问题，它是你自找的，你退不回去了，你已经习惯了城市的丰富生活了。

这种进退两难是特别折磨人的。如果是单向的，你已经卖了地没有退路，你的苦可能还会少一点。虽然物质上很苦，但是因为没有退路，只能咬着牙向着唯一的方向前进，就不会多想了。

反映"二战"之后社会生活的一些韩国、日本电影，比如日本著名电影《泥之河》，里面有一条充满污秽的河流，一个进城打工的人开着餐馆，还有一个无依无靠的女人带着两个小孩，弄来一条船，后来那儿成了一个卖淫船，在河上漂流。她没有地方可去，在这个绝境里反而产生了一种乐观的、自我安慰的情绪。

我们的上一代生活在一个相对固定的社会中，无法给下一代传授这种漂泊的能力，现在年轻人大学一毕业或者从农村一进城就面临着漂泊的状态，他们能有什么依据呢？没有文化的依靠，也没有上一代的示范，什么依据都没有。所以，90后这一代实际上是创世纪的一代。什么叫创世纪？就是很多东西都要重新被打开，从这一代开始，去转换，去打开。怎么打开？我觉得首先我们意识上要有一个转换，就是社会不同了，时代不同了，人们的思想也不同了。上一代对孩子的最大期望是稳定，这是一个在村庄里生活的农民的思想，他们希望你不要漂泊，尽早找一个归宿，这就是上一代的想法。但是如果我们的年轻人也这样想，一辈子就会很苦，一辈子都会感觉难以适应。

新的时代是一个漂泊时代，在大规模工业化的背景下，在互联网时代、高科技时代、智能化时代，一个人的价值是在流动中实现的。如果你的价值在这里体现不出来，可能换个地方就会加倍地体现出来。古话说"树挪死，人挪活"，我们今天终于到了人挪活的时代了。你到了一个新地方，挑战那么多，而且没有什么依靠，你的价值就会被激发出来。如果有依靠，就不行了，有依靠就容易在各种舒适条件中放松、懈怠。为什么很多人回到故乡小城一下子就放松、舒适了？因为觉得自己有熟人有关系，有各种条件了，人一下子就放松下来。但为什么放松了两年后就活不下去了，又要跑回大城市呢？因为无聊啊，吃完饭8点钟就想睡觉了。所以，待在舒适区里，人的价值激发不出来。

我们这代年轻人是矛盾的存在：一方面疲惫，想喘息；另一方面年轻，充满了热情，充满了向往。你在稳定中可以喘息，但是只有在漂流中才能满足打开的需求，让自己不断地有新发现。我觉得今天的年轻人，特别是90后这一代，甚至00后，要打开的东西太多了，需要去尝试的东西也太多了，这个过程实际上不是乱漂，而是不断地去尝试一个个可能性。有时候你遇到某种可能性，忽然发现这才是你心里所爱。因为一个人年轻时候的爱是很抽象的，爱国家、爱民族。但这个爱的具体对象是什么？自己内心跟什么东西真正符合？这些没有丰富的经历是无法知道的。

·漂 PIAOLIU 流·

怎样的漂流才有价值？

只有在漂流中，才能有一次次美好的相遇，才会不断获得新感觉。

在漂流中提高专业性

爱尔兰作家托宾写的《布鲁克林》里讲到，艾莉丝来到纽约之后，发现其他爱尔兰姑娘都忙着白天卖货、晚上跳舞，为什么跳舞呢？要找男朋友。而艾莉丝在做什么呢？学会计，用大量的时间去学会计。她知道城市需要劳动力，而且需要高级劳动力，所以她就把全部的时间投入学习，最后变成了那个单身公寓里第一个获得会计证书的爱尔兰姑娘。她体会到了劳动的美好，还在劳动中认识了托尼——一个意大利男青年，两人经历很多艰辛，最后走到了一起。

我经常会路过商业街，在商业街里看到有些女孩子那么年轻，站在商店里卖服装、卖鞋，在店门口啪啪地拍着手。我就想，她们这么好的年龄，如果是在不断地学习，未来可能完全不一样。天天进行这种简单的劳动，晚上去喝喝啤酒，大家交交友、唱唱歌，很难有未来。这就是把小生活带进大城市里来了，在大城市里，可以看到很多年轻人就是这样生活的。我们来到大城市，大城市有什么特点呢？大城市是一个讲究专业分工的地方，对每个人的要求都很高。

我们说的这种漂流是推动着你去学习、成长，进入专业化的分工赛道中，打开一种新生活。漂泊不是混日子，不是随波逐流地到处跑，它是生命的展开。所以，我觉得漂流实际上是我们的一个机会，是我们这一代人拥有的最大财富。

学会享受漂流

以前的人想漂也漂不了，农村人想往城里漂，根本不被准许。以前是单位社会，城里都是单位人，固定在单位一辈子，现在有机会可以漂流了，这其实是一种幸福。

但是我们现在没有漂的能力。漂流需要强大的素质、坚定的精神、强大的学习能力，以及人和人之间的情感传递等方方面面的能力。其实我在纽约的时候就对纽约城里人与人之间传递话语、传递感情的能力深有感触，这是现代城市生活培养出来的非常好的能力。

现在的社会是个专业分工的社会，漂流就是寻找你最爱的那个专业，释放出内心的温暖，让自己的一切都活起来。如果你只是简单地打个工，常常疲惫不堪，别人不认识你，也没什么和你交流的意愿，这样的生命状态是没有活力的。所以，我觉得我们现在真的要认识漂流，学会漂流，学会享受漂流，不要年纪轻轻就一心追求"三十亩地一头牛"的状态，只想赶快安顿下来。其实我们每个人都可以有第二次成长，每个人都可以寻找新的青春。什么叫青春？青春就是重生，不断地生长出新的东西，这就要靠漂流。所以，如果你的观念没有转变过来，你可能只会觉得漂流很苦。当观念转变过来之后，你会发现漂流其实是种很美好的青春体验。

在漂流中发挥文化价值

除此之外，要认识到，你作为一个漂流的人，身上有巨大的文化资源，可以跟别人交流很多不同的活法。我们中国人如今最缺的就是活法，现在大家的活法太单一了，而从不同地方来的人，在漂流过程中就能把不同的活法都展现出来。

我在上海做过调研，有一个处级单位，下面有 15 个居委会，每个居委会我都去调研过，也开过座谈会。我曾见到一位从福建来到这个社区的中年女性，她在这里住下来以后，大家都觉得她很穷，有点鄙视她，这让她最初处于被忽略的状态。后来这个社区的很多女性想在社区文化中心学一些新手艺，这位福建女性说她会做串珠，就是把珠子穿起来做成各种形状的艺术品。她家乡的人们都善于做串珠，她的串珠也做得很好，大家看了很羡慕，于是纷纷成立串珠小组，跟她学习串珠，一周在一起活动 4 次。这位福建女性一下子感到特别光荣，大家也特别尊敬她。每一个人身上都有自己的文化资源、地域资源，比如家族文化、传统文化、信仰文化，甚至是家乡的很多传说、民间故事等，这些在当地可能尽人皆知，但换个地方就不一样了，所以这些文化资源在漂流中再次获得价值。

在进入一个新环境时，实际上我们一开始是边缘人，价值是彰显不出来的。但是边缘人也有个好处。社会学家帕克有一个专门研究边缘人的理论，他认为边缘人有一个最大的优势，就是不会被原来的文化所拘束，他可以客观地看待周边的环境，或者自己所漂流到的新地方的文化复杂性，不会有偏见。因为各种东西对他而言都是陌生的，所以他看待它们是等距离的，而且还可以观察到它们的不同，从中吸收对自己有用的东西。

犹太人到处漂泊，他们到每个国家都活得很有智慧，在政治上绝对忠诚于那个国家，但是文化上与其没有绝对的关系，他们始终有种智慧、幽默、距离感。他们在文化创造方面非常优秀，比如爱因斯坦、马克思、弗洛伊德、索尔·贝娄，很多了不起的人物，获得诺贝尔奖的比率非常高。

对我影响特别大的一套书是我在中学的时候看的俄国作家（后来变成苏联作家）爱伦堡写的《人·岁月·生活》六卷本。我拿到这套书以后看得特别入迷，作者因为俄国革命而被迫漂流，漂流到巴黎以后发现那里到处都是漂流的人，海明威、菲茨杰拉德都来了，还有来自西班牙的毕加索等。这些年轻人来到巴黎以后在咖啡馆里互相交流，都非常有原创性，非常有激情，他们当中竟然出现了那么多伟大的艺术家。格特鲁德·斯泰因看到海明威这一代人，觉得特别吃惊，说他们是"迷惘的一代"。漂泊的人才会迷惘，迷惘的一代却出现了那么多伟大的作家、艺术家。他们是从哪里来的？

我看爱伦堡的这套书，会发现它体现了一种精神，那是一种很自由的而且很有艺术性的精神。尽管有的人会说"他们太艺术了，我是一个没有什么艺术才气的人"，但是我觉得不是这样的。每个人身上其实都有一点"哥伦布气质"，都有一点"麦哲伦气质"，都有一点"毕加索气质"。在以往的日子里，你可能知道自己很勤劳，知道自己很能吃苦，但是不一定会发现自己身上还有一些艺术素质，对自由有一些向往。

我们看鲁迅的杂文、小说，会发现最让他感到悲哀的一点其实是中国人的这种不变。尽管闰土那么勤劳，但是生活里总是缺了一点精气神儿，有点太沉闷了。我们中国人是勤劳勇敢的，但是有时候不够活泼灵动。在漂泊中你必须发挥你的自由精神，必须展现你的不拘一格，必须面向未来展开你丰富的想象力。

到底选择怎样的生活?

在我看来，这个世界上有两种人：一种是生活艺术化的人；另一种是艺术生活化的人。

生活艺术化的人

这种人有什么特点呢？他是生活在油盐柴米里的，是生活在衣食住行中的。换句话说，他可能现实感很强。

德国 1945 年战败之后，面包供应很紧张，很多人吃得不是很饱，甚至陷入饥饿，但是很多家庭在吃晚餐的时候，餐桌上一定要有一枝玫瑰。现实主义的人即便整日为柴米油盐奔波，也会看电影、看小说、听音乐，他也需要艺术带来的愉快感。但是这不是主要的，他生命的核心不是艺术。这是生活艺术化的一种人。

艺术生活化的人

另外一种人就不同了，他们是艺术生活化的人，这种人的内心充满了想象，充满了创作的欲望，充满了改变世界的激情。美国戏剧家奥尼尔写的《天边外》中就有一个农村的年轻小伙子，他最好奇的是山那边到底是个什么样的世界，人们过着怎么样的生活。如果一个人在内心深处永远像个小孩子，永远天真，永远充满好奇，那么这样的人就不会追求某种目的，不会深陷稳定的生活，不会执着于物质需求。人的一生就是一场旅程，一个艺术生活化的人遇到任何事情，包括工作，他既在其中又在其外，会把周围看成一个故事。周围的人，有的人喜欢自己，有的人不喜欢自己，相同的人同气相求。这样的人更欢迎差异，因为他可以看到更多不同类型的人。他乐于观察别人，观察世界。

我特别喜欢我们学校生命科学学院的一个老师，他是研究动物学的，他看到学生们总爱说"你们人类啊"，因为他是研究动物的，从他的角度来看，人类是很值得观察的。人类有动机、愿望、情绪，会哭会笑……方方面面对他来说都很有趣。我们陷在其中不会察觉，总觉得天地不过如此，然而对他来说却不是这样，世界很广大，人只是其中的一部分。

所以，对他们来说，任何事情都是艺术的材料，生活充满细节。比如，做饭是艺术，他们不会拿着菜谱照本宣科，他们想改变，会在里面加入自己的想法。所以，我认为我们中国人的生活充满着艺术，可能很多人以后会发现自己其实是个艺术生活化的人。我们生活在这个世界上，其实心底是不断渴望新生活的。

我不敢随意鼓励别人一辈子爱好漂流，因为有人可能就是前一种人，是生活艺术化的人。生活艺术化的人对稳定性的需求很大，他不断地从现实中获得幸福感。这也是我们人类需要的一种生活方式。

因为人类生活中有两个要素，其中一个就是继承。年轻人来到这个世界，世界上有那么多分工、那么多职业，都需要接班人，有退休的就要有接上去的，如果没有继承人，社会就会变成一个动荡不堪、随时会坍塌的世界。所以，我们的社会需要有人去继承，生活艺术化的人就非常适合去继承。

但是社会也需要变革，需要新陈代谢，需要流变，这种变革就非常需要艺术生活化的人来达成。比如说法国艺术家、画家高更，他年轻的时候是做证券交易的，赚了不少钱，但是到了中年，他感觉自己完全不满足于这种生活。我们经常看到有人这样，到了35岁左右，再往后走，忽然觉得睡不着觉了，半夜无眠，在月光下看着自己的手，好像看到了另外一种生活，自己内心有一种渴望。高更就是这样的人，他发现自己喜欢的是绘画，他要寻找一个场景，但巴黎对他而言太熟悉了，所以他后来跑到了南太平洋塔希提岛。他在岛上生活，跟那里的土著相处，当地的热带文化具有浓烈的色彩，给他带来了巨大的视觉冲击，后来他一直待在那儿，画了很多非常有原创性的画，这些画直到现在都是特别经典的艺术作品。

觉醒时刻

一个年轻人要意识到自己身上到底有哪些要素，适合什么生活，然后在漂流中自行体会。我们每个人身上其实都有游牧民族的基因，这是很古老的遗传。我们如果在漂流中把这种遗传性调动出来，逐水草而居，其实也很好。在漂流中你会发现自己是个什么样的人，你的人生定位可能就会有变化，你对漂流的生活逐渐从排斥到接受，忽然发现自己是一个非常有创意的人，就这样在漂流中打开新的世界，这是一件很值得去体会的事情。

我印象特别深的是涂鸦文化，涂鸦文化就是一种漂流文化。这样一种充满了冲击、充满了新变的漂流文化，后来成了一种"新经典"，很多美术馆要把涂鸦作品收集到馆里变成经典。很多涂鸦青年坚决拒绝，不想让这些作品变成主流，不愿意商业化，想坚决保持住自己的流浪本性。

漂泊是年轻人释放自己价值的一个最好空间。因为当你再往前走，成家立业之后，生活可能就会有一定的稳定性，漂流的能力或者漂流的价值就会相应地变化。

所以，年轻的时候是发挥创造性、探索性的最好时期，也是漂泊的最好时机。我觉得我们的年轻人一定要有一种漂流的能力，有一种在路上的能力。美洲和欧洲有一种植物叫风滚草，特别有意思，它随风传播，到达一个有水的地方就开始生长。它的根可以深达八米，去吸收水分。但如果这个地方发生变化，水源涸竭了，它就会把根收起来，变成一个圆球，风一吹就跑了。有时候一天可以跑几十里，到某个地方感觉又可以了，它就又扎根生长，等到这里的生长环境不行了，它就再走。风滚草既像植物，又像动物，生存能力特别强，现在全世界很多国家都为它发愁，因为它到一个地方就会长出一大堆，到处蔓延。有时候一户人家周围的草坪好好的，第二天开门时就连门都打不开了，整个院子都被这种草埋住了。所以，像风滚草一样的人，具有漂流的能力，拥有坚强的意志，以及非常顽强的生命力。

美国有一部特别好的电影叫《杯酒人生》，英文名是 *Sideways*，电影中的主角原本日子过得蛮好的，但是他想写作，可没有人发表他的作品，于是他越写越穷。妻子不理解他，后来跟他离婚了，他就开始漂泊。他喜欢这种生活方式，一路开着车，在不同的葡萄园、酒吧里细细地品味一杯杯不同的酒。他觉得生活就像品酒，不要只喝自己喜欢的那种，那样的人是个弱者，无法打开新的生活。

　　漂流是我们的年轻人需要学习的事情，因为我们身上所留存的父母的惯性还是很大的。我们不能纠结，不能一方面享受漂流带来的新颖感觉，获得不断打开的欣悦感，另一方面又想回避漂流的艰苦。漂流中必然会遇到很难过的时刻，有时候会很孤独。我们只能抱着品酒的态度去面对漂流。这个时代就是一个漂流时代，如果你想回避它，就是站在历史的边缘，大概只能活得很狭窄。所以，漂流之苦实际上也是一种幸福，这是前一代人所没有的，就看你怎么认识它了。

　　我很想问问青年朋友们，你们经常面临很多不确定性，生活在各种不安中，还要面对很多生活的困厄，但是其中也有很多机遇，你们在漂泊的过程中究竟有哪些收获，有哪些复杂的体会？漂泊让你们发生了哪些变化？在漂泊中你们的内心有哪些东西被打开了，又有哪些难以承受的东西？或许我们可以重新思考自己的工作之苦，细细品味自己的漂流之路，一起打开新世界，探索新道路，创造新价值。

本 节 寄 语

在稳定中
喘息，
在漂流中
才能打开。

地域

"大城床"和"小城房"
到底怎么选

　　这一节我们来讲一讲年轻人到底应该去什么样的地方工作和生活。也就是说，是去大城市呢，还是去自己熟悉的地方，比如家乡。今天的年轻人为什么会有这方面的焦虑呢？

　　因为很多年轻人现在面临着两难问题，一是作为年轻人，非常想去大城市闯一闯，让自己的青春跟大城市产生连接，获得一个属于自己的年轻时代。但是在大城市安家又十分困难，尤其是在中国东部沿海的大城市。所谓的北上广深等，房价高，竞争又激烈，工作压力还很大。"996"的工作制，让很多人觉得自己被压榨了，所以后来还是选择了离开。我觉得他们的这些问题体现在安身、立命这两个方面上。我在济南遇到过一个人，家里把济南现有的房子全卖掉，到北京给他买了一个很小的房子。在济南三室一厅、四室一厅的房子，到北京，就变成了那小小的两室一厅，而且原来的钱还不够。在大城市中扎根生存的第一代，最紧要的问题就是安身。将最好的年华都扑在安身上了，而自己向往的那种生活，向往的那些价值，都没法去实现。也就是说，立命这个更加重要的事情，就难以实现。

二是他们不在大城市里，有着不一样的生存状态。在家乡，他们可以有大把的空闲时间，按照自己内心所愿去生活，比如搞艺术、摄影、做音乐等。前不久我去四川的几个小城走了走，看到一些年轻人在那里生活得很自在，这当然是令人羡慕的。但是从我的角度来说，我还是特别鼓励年轻人去大城市闯一闯，青春的主题不是过小日子，小日子可以在人生的后一个阶段去过，年轻的时候还是要去扩大一下自己的人生天地。

你赤手空拳来到大城市或者留在大城市，该怎么立足？要怎么安居？在大城市安居，对于独自在大城市拼搏、闯荡的人来说真的是太重要了。每天下班，自己的小窝在等着自己回家，回去以后浑身都放松了，由工作导致的疲惫一下子就得到缓解，心里瞬间就温暖了。

但是要获得这种小小的温暖，需要付出的代价太大了。一个西安的女生想要留在上海工作，家里卖掉了两套房，想在上海给她付个首付，但西安的卖房款只有60多万元，而上海的房子将近400万元，每个月月供1万元。安身太不容易了，这还算条件比较好的。

近代以来，不管是欧洲人还是中国人，很多第一代进城的人只能完成安身。就是拼命工作，攒点钱，然后分期付款，终于有了自己的房子。差不多将自己以后的几十年都砸进去了，所以没法考虑立命，自己喜爱的工作、喜欢的生活，都被安身的问题给控制住了。立命在哪里？只能寄托在下一代身上，下一代人出生在这个城市，从小就在这里生活。

为什么年轻人要到大城市去闯一闯？

这里有一个历史背景：中国从 20 世纪以来，或者再远一点，1840 年鸦片战争之后，整个国门被打开了。大城市，比如说五口通商的上海、宁波等，向世界缓缓地打开了大门，在这些大城市里就聚集了很多世界性的因素。

1949 年之后，中国社会向城乡二元化方向发展。大量的资源集中在城市里，越大的城市集中的资源就越好、越多。以教育资源为例，中国最好的优质教育资源都集中在大城市。另外，大城市还有非常丰富的文娱资源。比如说美术馆、图书馆、博物馆，形形色色的展览会、音乐会，各种流行的新风潮，以及各种国际、国内的交往等。为什么我们能看到有些人才来到大城市一下子就发展起来了？就拿中国现代文学来说，为什么上海是当时中国的文学中心？比如，巴金从四川来上海，写出《家》《春》《秋》，一下子就获得了很大的认同，有了很大的市场；沙汀、丁玲等文人也是在上海获得了他们的新生命。因为上海有这个大环境，有丰富的出版资源，有那么多家报社，有那么多的版面供他们发表。

总的来说，大城市在专业化分工的基础上有界，比如说文学界、戏剧界、音乐界、美术界，分得很清楚。而一个县城只有一个文化馆，且文化馆是一个概括性的统称，没有那么细致的划分。一个人的成长过程中，在小城市的选择空间就没有在大城市大，这是我们国家的现实。

在大城市中增长见识

在大城市里，人们最大的收获就是能不断地增长见识，在思想层面上能接纳很多东西。你看过很多差异的共存，看过丰富而多元的东西，就不会再有狭隘的排斥思想，不会再固执地认为只有这个好，其他都不好。我经常会在心里提醒自己要用多元化的视角去看待一切，看到一个不一样的事物，就提醒自己赶快打开思想认知。我知道在这个世界上有很多种不同的生活方式，只要这个人过得人畜无害，没有侵犯到社会利益，他爱怎么过就怎么过。

我为什么说年轻人都要面向未来生活？因为未来世界是全球化的，是一个多元化的人类共同体，是一个需要强大的原创性的新空间。展望未来，你在一个大城市里面奋斗，就是一种青春的锻炼，是生命的展开，是一个探索过程。不管你接下来留不留在大城市里生活，有这么一段经历，你的内心、你的精神结构就不一样了，你成长了，人生轨迹拓宽了。

庄子说，人要特别警惕。警惕什么呢？就是要警惕"井蛙不可以语于海"，你不可以跟一个井底之蛙谈大海，因为它根本就不知道世间有大海；"夏虫不可以语于冰"，也不可能去跟一个在夏天才活几天的虫子讲冬天的冰，它是没办法理解的。

只有大城市才是一个丰富多样、充满差异性的空间，它的重要意义就在这里。所以，我提倡年轻人在尚且青春的时候，要抓住机会，尽可能地在大城市里有一场青春的奋斗，有让自己无愧于心的阅历。

实际上中国现在就是这样，大城市引领小城市，不断发展。

人在大城市更有前瞻性

早期的欧洲城市化发展是以工业化带动的。在工业化中，人是劳动力，是人力资源，而不是有尊严的个体，其文明的程度、文明的含量还很不够。我们中国是发展中国家，尤其是这十几年，中国城市发展的理念有了很大的改变，以人为本，构造适于人的生存空间。所以，我们今天发展的主要是大城市，下一步的发展重心是中等城市，然后是县域城市等小城市。大城市的面貌现在正在升级，文化要素正在拓展，大量新型文化基础建设、新型交流空间、新型文化艺术业态的出现，改变了人们的生活方式。比如，上海现在很多大商场里面都有书店，甚至融合了小剧场、美术展厅等，很多戏剧化的元素融入街区，街区再造，使市民的日常生活不知不觉进入了新的现代模式。中国下一步的城市化幅度很大，年轻人在这里能获得上一代人不可能获得的新体验，感受到不一样的生命变化，在新型生活空间中成为真正的现代人。

我们现在的城市化水平是 63.8%，在下一步的发展中，如果希望在 20 年之内使我们的城市化水平达到 80% 的话，该怎么发展？你们可以思考一下。当你有了这个观察，有了这个体会，有了这个经验，哪怕回到小城市，也知道该怎么去建设、发展，也会有新的标准、新的理念。

· 地 DIYU 域 ·

什么才是好城市？

我们今天的城市化还有不足，比如，我们现在有街道文化，上海的南京路、淮海路，北京的王府井，但是我们缺的是什么？是街区，是像一根藤或者说一片生态丛林那样的街区。为什么会出现这种状态？其实这是因为我们受外来文化的影响比较大。1945 年之后，美国带动全球城市化，但在这个过程中出现了问题。

美国的城市文化研究家简·雅各布斯写过一本特别经典的著作，叫《美国大城市的死与生》。她在书里分析了一个问题，在美国的大城市里，传统的城邦社会、街区的文化正在消亡。造成消亡的原因主要有三个：

其一，大量建造高层楼房，每个人住在里面，像住进了一个个封闭的小盒子，互相不交往，大家都是陌生人。孩子们在这样的环境中成长，交往空间极其狭隘，智商普遍下降2%左右。而在传统的欧洲社会里，人们都是住在低矮的平房和公寓里，互相能看见，孩子们可以在一起玩儿。

其二，高架路的纵横交错，可以让人从住的地方快速到达工作地点，很难产生交流。形成于中世纪的法国老城里昂，街道宽不过7米，大家相互之间都是熟人，人们去工作和回家主要靠步行，而不是坐着汽车"唰"的一下就过去了，而且每天都见面，打招呼、交谈，一起喝杯咖啡，交流很频繁。人们交流得很好，谈谈你看见了什么、我看见了什么，在交流中形成了一个适度的交往空间。

而现在的城市里，高架路一建，大家都忙着上班，哪怕是乘地铁出行，都是默默无语地坐在那里，人与人之间没有交流。每天咣当咣当的，过着极具目的性的生活。人和人之间变得非常疏离，熟视无睹，社会情感碎片化。这也是一个大问题。

其三，星罗棋布的大型中心广场，使人们在超大空间里显得很渺小，无法获得与城市的人性化联系。中世纪的时候，如果你在英国，你能看到每个教堂附近都有个小广场，那里经常会有集市，大家在那儿买卖东西，人们能够特别友好地交谈。但我们今天不是这样的，大广场、大剧院，进去以后大家都是陌生人，并不交流，看完节目直接就回去了。所以，当今社会是一个交融性很差的社会。

新都市主义

简·雅各布斯说这三大问题是美国 1945 年之后城市化进程中的三大弊端。今天的年轻人来到城市里，他们不光要接受城市的现状，更应该思考，人们在这样的生活里有什么缺陷、有什么问题。

40 年前，美国开始兴起新都市主义，有一些比较年轻且有新观念的建筑学家、城市学家，提出来要让在城市里生活的人能有更幸福的感触。这种感触体现在哪里？城市改造一定要满足人们的文化交往需求，使人们具有相互契合的现代社会关系。

那么城市的意义在哪里？城市最大的意义就是不同的文化可以汇聚、碰撞，因为一个城市的居民来自四面八方。

调查发现，上海外来者中，安徽人，有 70 多万；河南人，有将近 60 万；宁波人，有 300 多万。但是在这么大个城市中，却很少能看到外来者的异地文化特征。例如，走到街上，除了餐馆，你很难看到明显的安徽文化群落，大家每天匆匆忙忙地生活，无暇顾及别人，在彼此都不认识的状态下，时光就过去了。

新都市主义提倡以交通枢纽为中心，以半径为 500 米的圆形作为覆盖范围，构造出新的居住区。然后，出了交通枢纽（比如地铁站）范围之后就需要步行，步行 500 米左右就到家了。在步行空间内，街道两边的建筑中，第一层有形形色色的咖啡馆、书店、花店、音像店、小超市……人以群分，不同喜好的人们可以一起交流，这就把城市的聚合价值释放出来了。

我们可以想象一下，在这样的城市环境中度过一个个春夏秋冬，然后等你回到中等城市或者小城市，你就已经知道城市的价值在哪里了，你将带回去很多新文化。中国的城市化最重要的也是我们最需要重视的，就是"城市化"。你不一定会在一个大城市里永远待着，那个"化"的过程是把现代城市的内在价值传播出去，就是说你通过在大城市的经历获得精神飞跃，然后把它带回你将来生活的中小城市里。

我以前到一个城市，首先是去书店，看书店里在卖什么书，经常看到数量最多的就是中小学教辅书籍，然后就是医疗、保健类的书籍。但是这几年我再去这些城市里逛书店，看到里面增加了很多古典文学、世界文学、儿童文学类的书籍。我前几年去吉林省的白山市，一个离长白山比较近的东北城市，我看到那个城市的书店后非常感动，书店里有很多西方名著，而且有些并不是很热门，还有很多诗人的专集，这就是一种文化的普及。通过书店这个文化维度，我们不难衡量出这个城市的文化需求。

所以，一个人正值青春的时候能在大城市成长，就会跟随中国城市化水平的不断提高而提升自己的文明意识。我鼓励年轻人到大城市里先去拼一拼，这不光有利于个人的发展，对社会的发展也很有好处。

小城市并不安逸

有一个问题，是不是在大城市里就只有拼搏，而在小城市里就只剩安逸呢？我觉得有的年轻人的思路有点不像年轻人。这些年轻人在想一个什么问题呢？就是在大城市太苦了，要拼；回到小城市就很安逸，房子宽敞，生活成本又低，即便上班步行，也不过是一点点路程，而且又有家人在身边，就觉得特别舒服，所以不如回到小城去。我觉得这样的想法是缺乏远见的。你的价值，在小城其实比起在大城可能更不容易体现。就看你怎么想了。

为什么呢？因为小城市有自己的惯性，有自己的传统，可能是几千年的传统，要改变它，谈何容易？如果你只想过一种舒服日子，那就是另外一回事了。但是你要看到自己具有的无限可能。

有部挺不错的电影叫《浓情巧克力》，电影里面那个叫薇安的女人喜欢漂泊，她带着女儿，从这个城镇到那个城镇，最后来到一个具有浓厚传统气息的小镇。在这个小镇，大家都有宗教情怀，都很虔诚，小镇的神父不断告诫大家要过禁欲主义的生活。什么叫禁欲主义生活？就是不准有随心所欲的娱乐，在与宗教相关的日子里，不能有什么夫妻亲热的行为。这种宗教日子占比是多少呢？仔细算下来，一年里面有200多天。

薇安来到这个特别的保守小镇，开了一家巧克力店，给了大家新鲜的生活味道，让人欢乐。这对禁欲主义是强烈的冲击，但是结局到底谁战胜了谁呢？薇安并没有放弃，她在小镇里跟不同的人交往，把甜蜜送给大家。一个小小的巧克力代表了什么呢？代表着我们对生活的热爱，对甜蜜生活的渴望，那些沮丧的人、失意的人、悲伤的人，在这个过程中获得治愈。薇安在小镇越来越受欢迎，然后神父就着急了，要打击她。但是神父也忍不住半夜跑到厨房里品尝巧克力，最后越吃越开心，沉醉其中，竟在里面睡着了，结果整个城市都改变了。

我的意思是说，当我们回到一个小城，绝不是去寻求安逸的。要寻求安逸，在什么地方都可以。你离开大城市，回到小城市，就要给这个城市做加法，给它增加更多、更丰富的生活内容和意义，解放人们的思想，传播信念。

小城市也有创造性

复旦大学以前有一个哲学系的学生，是纳西族的，毕业后他可以在上海考公务员，但他放弃了，回到了丽江下面的一个小乡村，他想把在上海汲取的现代生活的理念带回家乡，以此来改变乡村。他回去以后，努力做新的农业产业，迎难而上，把自己的生命价值发挥到新农村建设中，而不是寻求安逸。年轻人其实就应该这样，在心里要把世界当作自己的创造空间，而不仅仅是去寻找舒适区。在选择大城市还是小城市的问题上，你应该有自己的判断。大城聚集了好资源，有先锋性，但是小城有更大的自由，有更大的施展空间，这也是非常好的事情。

我在日本工作了几年，很喜欢去一个叫尾道的小城，尾道位于日本西部，在冈山市与广岛市之间，城市东临海湾，最大的产业是造船业。现在上海那艘每个星期往返日本神户的"新鉴真号"大船，就是尾道船厂造的。这艘船吨位不小，有14000多吨，我来回坐了十几趟。

那座小城最感人的地方是它的地方文化。

它最出名的产品有两种，一种是拉面，另一种是帆布，都有久远的历史传统。那里的帆布很厚实，可以做成各种包或其他物品，非常受欢迎。但缺点是传统之中还缺一些创新性的设计，因此，有些在东京学艺术的青年，甚至是在国外学艺术的青年，都聚集到尾道开发帆布新产品，那些产品很美，也非常好卖。

尾道的文学气息也非常浓厚，好些著名作家都在这里获得了新生。在这里，你可以感受到优美的自然风光，深厚的传统文化，也可以感受到这个城市给人们带来的一种从容，这种从容不是为了让你去享受舒服，而是给了你更大的再创造空间。

小城其实也有大量的资源，因为它历史深厚，虽然不像大城市那么现代化，但它有很多几千年来积累的宝贵文化与物质遗产。

我们中国历史悠久，给年轻人提供了更多的再创造空间。湖北有一个小地方，那里的传统绣花鞋做得特别好，绣花鞋的鞋底特别厚，都是拿锥子纳的。当地有个女性创业，开公司做这种绣花鞋，但市场不大，而且市场推广很难，为什么？因为贵。为什么贵？因为手工纳鞋底太费劲了。虽然漂亮，但是成本太高。她就和大伙儿商量，改革工艺，引入新的机器纳鞋底，鞋面上还是用手工绣图案，而且鞋面上的图案重新进行设计。结果市场反响极好，鞋子非常受欢迎。

所以说小城市是资源和创意最容易结合的地方。大城市离资源较远，有时候需要经过二道三道的转运，所以你看不到原生的活力。作为一个新都市青年，你有城市经验，然后回到小城去进行再创造，这种选择值得提倡。

觉醒时刻

年轻人既是奋斗者，又是创造者。所以，你们要坚信一点，人不是因为地方而区分价值的。这个世界上没有荒芜的土地，只有荒废的人，这一点我是特别坚信的。

那一年我去陕北考察，在神木那么穷的地方，干旱、缺水、炎热，满眼望出去都是焦黄，我那时候心里想，如果我在这儿生活三个月，眼睛可能都干涸了。但是我看到那里的农民变化很大，上上下下都在开动脑筋去思考，应该怎么去改变。在和陕北差不多纬度的干旱区域，还有很多同样的地方，北半球有，南半球也有，人家是怎么做的呢？后来我就想到了墨西哥，墨西哥那个地方也有很大的沙漠，也干旱。他们就搞现代大棚农业，缺水，就在大棚里面搞滴灌，培育黑珍珠西瓜等喜欢光照强、温差大的特色农作物。因为温差大，种出的水果很香甜。通过参考墨西哥的种植模式，神木人一下子就开窍了，也搞大棚、暖棚。墨西哥重金投入，建的是计算机控制的暖房，而神木没有那么多资金搞自动控制的玻璃大棚，就用塑料薄膜，一亩地做5个大棚，人辛苦点，但是效果也差不多。那些农户一亩地原来一年最多收入2000块钱，现在有5个大棚，我问他们年收入多少，他们说一个大棚收入2万多元，变化巨大。

以前，大城市给很多人带来优越感，他们年轻的时候依赖城市，城市也给他们赋值，给他们荣耀。其实当人真正强大起来的时候，不需要城市给自己荣光，而是会给城市赋予价值。我觉得这才是一个年轻人应有的态度。

以大城市的光环来标榜自己，这是不对的，我们一定要摆脱这种虚荣心，摆脱这样一种表面的东西，用我们在城市中的创造能力，去实现自己真正的生命价值。

我们今天谈的问题，本质上不是说你非要固定在大城市或者小城市里，实际上它包含着一个自由的流动性的问题。现代社会是个流动性的社会，整个世界，不管是大城还是小城，都是你的生命价值的发挥空间，你是一个自由的宽广的人。美国的社会学调查显示，一个美国人一生平均换6个城市。真正有生命力的人，不会用大城、小城来拘束自己，而是看其自身的发展。

所以，在今天的社会里，年轻的一代人要有在路上的能力。不能像以前农业社会中的人，一生都不挪动地方。在农业社会，不管是中国还是外国，人生活得都很局限。我看过一本书叫《西方社会史》，里面讲到，欧洲中世纪的那些农民，一辈子的活动范围不超过25英里，这就是他们的世界。我们今天衡量一个社会的进步，衡量世界的进步，首先要衡量人类的活动范围。衡量一个人的生活质量也是这样，如果一个人可以扩大自己的生活幅度，那生命就有了极大的可能性，有了富于活力的生活方式。

　　今天的年轻人选择大城市还是小城市，不是一个固化的概念，关键是在未来10年、20年的时代发展中，如何展现年轻人的朝气，释放年轻人的成长力。不管是在大城还是小城，只要你以创新的价值观念点燃个人向前的梦想，你就是一个有现代力量的人。

　　我很想问问大家，经历过那么多次漂流，走过了那么多背井离乡的路，你们觉得理想的城市是什么样的？你们觉得要到一个城市去发展，它要满足你的哪些条件或者愿望？你们可以列出三个，不要急着回答，因为你们需要想一想。

　　我特别关注欧洲每一年的价值观念调查，一共有16个选项，你们觉得什么最重要，可以自己在表格上排序。比如说健康，这在调查里普遍排在非常前面的位置，有时候甚至是第二位。其他选项还有亲情、学习、幽默、财富等。如果从这个角度看，你选择大城还是小城，核心问题还是你的生存体验。

　　前段时间我到四川西部转了十几天，离开山区回到成都的时候，我忽然觉得大城市的人太悲惨了。为什么呢？山里的空气是自然的，充满草木的清新气息，满目都是纯洁的景色。对比之下，城市里的空气质量就特别差了，你会觉得生命在大城市里受到了极大的损害。这么一想，我就觉得山上的人们有他们的幸福。在炉霍、马尔康那些小城市，人们的眼神都很透明，内心也都受到空气的净化而变得干净。到底去一个什么样的地方生活，每个人都会有不一样的想法。在谈到这个问题的时候，你可以想想，自己生命中最需要的是什么，而不只是想着挣很多钱。想通这些实在不容易，要不断地实践、不断地感受，然后才能做出这个判断。

没有荒芜的土地，只有荒废的人。

创业

工作是死路，
创业是绝路

　　下面我们来讲一讲创业这个问题。现在很多年轻人有这种苦恼：不愿意过按部就班的打工生活，想要有自己的时间，自己做老板，也就是说想创业。但是创业又很难，因此会感觉迷茫。首先是到底创什么业的问题。有的人辞职开店，几个朋友合股开一家咖啡馆、小书店或者小餐馆等。很多人觉得开店是摆脱僵硬的职场生活的一条比较宽的退路，但是真正实施之后却发现不怎么样。其实这个问题并不是那么简单。有的人觉得上班是死路，创业是绝路，那真实的情况到底是怎么样的呢？

　　我们现在讲"工业 4.0"，整个社会是特别强烈地呼吁创业的，尤其是寄希望于年青一代，因为如果年青一代不创业，那么这个社会最新鲜的、最朝气蓬勃的动力就没有了。所以，时代正在呼唤我们每个人去创业。

为什么当今创新那么难？

创业就是创新，创新是很难的，为什么呢？

因为工业社会替代了农业社会，这个替代过程产生了一个问题，就是人的创新精神、自主精神以及人的自由普遍被剥夺了。

工业时代批量化、大规模生产，一下子就可以生产出成千上万个产品，然而，以前这成千上万的产品都是手工制造的，不同的人有不同的做法，不同的个性也都体现在这些产品里面。

中世纪的欧洲，那些房屋建筑，窗棂门洞，处处都有艺术家的个性化创造，但是在今天的社会，功能主义替代了原来的个性化创造，一切都是批量生产的，不但批量生产物质产品，也批量生产人。

德国思想家本雅明最著名的一篇论文是《机械复制时代的艺术作品》，他以摄影为例，谈到以前通过绘画记录生活，每幅画都不一样，但是现在只需要一张底片就可以大规模地复制图像。在这个过程中，人失去了个性和创造性，用他的话来说，就是人失去了灵韵。人是万物之灵，从原始时代开始人类就充满了幻想，但是在今天批量化、规模化生产的社会里，我们一点幻想的余地都没有了，每个人都在一条工业流水线上，以最简化的劳动方式，实现最大的效率追求。

意大利思想家葛兰西是研究"福特主义"的著名学者，我们知道福特是生产汽车的，它首先发明了生产线。葛兰西归纳了"福特主义"即现代化大生产的基本特点：一是规模大，二是批量化、标准化。一切都按照指令进行，有一个垂直的组织形式，上面指挥你干什么你就干什么，不用自己想。这种生产是刚性的，要严格执行，不能脱节，不能延误一秒钟，因为资本追求利润最大化，生产线不能有任何停歇。普通人在这个过程中完全处于一种被支配的地位，完全是一种被简单化、分工化、格式化的状态，所以人失去了个性。

捷克作家卡夫卡写的小说《变形记》中，只有一个角色有名字，即格里高尔，其他人都没有名字，只用符号代表。为什么呢？因为他觉得现代社会里人都符号化了，人的个性被忽视和抹杀，人成了一个功能性的符号。我们处在一种非常危险的平衡中，就像多米诺骨牌一样，只要推倒其中一块，整个人生就会连续倒塌，在这个过程中我们自己没有支配权，没有自主性。

这个时代是会消磨创意、消磨灵韵的，一个人在成长过程中、工作过程中不断地被剥夺个性，这样就很难产生创造性的思想。比如，卓别林的电影《摩登时代》里有一个拧螺丝的工人，每天不知道重复多少次拧螺丝的动作，连吃饭的时候都在拧螺丝，这已经成为不可避免的习惯了。

· 创 CHUANGYE 业 ·

如何寻找创业方向？

怎样创业呢？这不是说一句话、跑出家门就可以去做的事情，我觉得年轻人一定要首先明确自己应该做什么。

借鉴发达国家经验

我们在思考应该做什么时不是拍着脑袋去想，而是要根据社会需要去想，因为社会是不断发展的，社会需要不是摆在眼前的、静止的，它是动态的。比如说，1978年美国人均收入达到1万美元，到1985年达到了2万美元，这个过程中社会增长了哪些需求？这就是我们发展的时候需要考虑的问题。有些社会需求是必然会出现的，如果在这个空间里创业，你要赶快做准备，赶快学习。你需要很多支持，需要知识基础、经验基础等。你要为应对时代转变做好充足的准备，而不是只喊口号"我要创业"，这样你才有资格创业。

如果你看得更远，可能就会发现随着社会发展会出现非常多的新需求，比如博物馆。中国有这样悠久深厚的历史，而博物馆的数量却相对较少，国家下了很大的力气，全国现在也才6000家左右。而美国的博物馆多达3万家。我在日本生活的时候，发现日本的一个小村里都有像博物馆一样的展览场地，当地把它列入文化产业。所以，这是我们未来要拓展的部分。

又如服务。悉尼歌剧院设计得那么有艺术性，像一艘船停在悉尼海湾。我去那里的时候发现，它的入口有一个很大的圆形酒吧，大家进场之前在这里拿个杯子喝一点点，先攀谈一下，或许彼此并不认识，但这就是一种气氛——大家来共享歌剧了，共享音乐会了。

中国这么大的一个国家，社会需求细化下去是非常多的，每一个需求都需要对应的服务。有些服务是现成的，有些服务是需要创造的，所以一个年轻人创业的时候，确实要注意区分：一类是现有的，现有的里面有的是朝阳产业，有的是夕阳产业，有的是如日中天的产业，这是看得见的一部分；还有一类是无形的，还没有出现，但是必然要出现。

随着我们国家的发展，人们生活细致、体面了，人的要求就不一样了，更多样、更具体了。一个人创业绝不是在县城里开个餐馆就完事了，因为真正的创业需要强大的动力支持，而动力来自幸福感，来自价值感。知道自己在做一件很好的事情，然后去探索，每天都在打开新东西，我觉得这样的状态特别好。

挖掘本土产业资源

我在江苏北部黄桥镇的时候就很感慨。我之前知道黄桥有著名的黄桥烧饼，但那次去了才知道，它是世界小提琴制造中心，很多人怎么也不会想到，全世界60%的小提琴都是在这儿生产的。当时几个上海提琴厂的工人退休回家，发现这个地方有那么多劳动力，还有那么好的自然条件、商品集散条件，于是决定搞小提琴生产。因为价廉物美，质量很好，很快就把市场打开了。之前谁都想不到他们可以打开这么一大片市场。

所以我说中国青年，你如果放开思路的话，中国真的是一个大好的创业之地。但是我们现在是一个什么状态呢？同质化、扎堆化，你开酒吧，我也开酒吧。每一个古镇卖的东西都差不多，这就太缺乏个性了。

挖掘本土文化资源

创业过程归根结底是一个学习的过程，我们今天处于知识经济时代、高科技时代，有很多新知识、新科技，同时我们正在远离传统，因此还有一个怀念空间，怀念空间里面也有很大的创意空间。

作为中国人，我们发展到后面肯定更加需要知道自己的来路，更加需要知道我们这几千年是怎么过来的，因此会有很多很珍贵的需要保留的东西。如果你创业时选择回到自己的故乡或者回到一个小城，那里正在拆迁，正在变化，有很多正在消失的财富，你可能会发现那些东西非常珍贵，然后把它保护下来，未来这就有可能变成一个文化地标。

我有一个老同学，他从美国留学回来以后发现了一个问题：在中国乡村地区，人们在家道中落或者穷困的时候会变卖东西，但是有一样东西不会卖——床。因为对于一个家庭来说，如果把床卖掉了等于把老根子卖掉了，这是从祖上传下来的传统，所以农村就有很多古床。后来年轻人离开乡村出去打工，床也保不住了，所以我那个老同学专门去买床，最后建了一个床博物馆，很多人去游览。那些古床上雕刻的图案，表现了中国人的内心世界，以及不同的地方色彩，都很有意思。

今天的创业实际上是知识、技术、文化、科技高度融合的。这也是我们的幸运，我们今天的年轻人有这样的历史空间，有这样的机会去创业，所以，我们决定创业前，一定要有这种前瞻性眼光。

利用社会资本转变小农思想

谈到创业，我们一定要脱离小农思想，不要以为创业是小家小户的行为，小家小户的资本就那么一点，而这个时代的创业特别需要资源联合。我之前去常州，常州有国家动漫产业园，我看到有的项目资本来自上海，而设计师来自湖南。所以说，我们现在的创业实际上是一种合作，是一种社会关系。

因此，要学会寻求社会资本。如果你等自己攒够钱再去创业，那简直太漫长了，不知道什么时候才能开始。社会资本的特征是什么？就是你的点子好，你的点子有可行性，那资本就很愿意投。我印象很深的一件事，是复旦大学原来有 5 个老师辞职去创办了复兴公司，这个公司现在已经是上海最大的民营企业，拥有几千亿元的资产。

他们在创业前看到了什么呢？看到了社会发展带来的需求扩张，比如医疗、医药、生物试剂，但是他们没有资本。于是，他们寻求银行贷款，把这个项目的前景表达得特别充分，自己的缺陷在哪里，努力方向在哪里也讲得很清楚，最后农业银行给他们贷款了。他们的信念就是一定要做30岁以上的人做不出来的东西，把原来要经过几年才能开发出来的东西，通过计算机技术、生物技术，在4个月内研发出来。他们朝气蓬勃，成功做出来了，之后公司蓬勃发展，还收到了国外的订单，比如以色列的订单、印度的订单。这5个老师把一个20万元起家的小公司变成了上海第一大民企，这就是一种眼光，就是创业的勇气。所以，要善于运用社会资源，善于运用社会资本，学会合作。

当然也存在一个问题，年轻人刚出道的时候，也不能完全凭空而起，心里要有远方，但眼下的生存也不能不顾。这就会产生一个问题：保持初心和赚钱，到底哪个更重要？

· 创 CHUANGYE 业 ·

要为了赚钱而丢掉初心吗？

现在的年轻人有一个问题，就是有职业无事业。

什么叫有职业？就是有一份能养活自己的工作，但是这份工作自己喜不喜欢，是不是认同，是否有价值，是不敢想的。

那么事业又是什么？就是不见得有多大的规模，但是自己心里喜欢。

人最好的状态就是干自己心里喜欢又有时代价值的事情。如果没有热情，只是为了赚钱，那就不是自己在选择，也不是自己在创造了，而是别人在选择你，你是跟着钱在走。

我总觉得一个人，尤其是今天的年轻人，如果一辈子都没有做自己真正想做的事情，是特别可惜的。因为在这个时代，有那么多可能性，但是你放弃了。放弃自我有时候会获得一种喘息，会让你暂时生存得很顺利，但其实你放弃了自己的根本价值。

创业要坚持自己的内心

一个人往前走，做自己喜欢的事，克服困难是特别艰难的。可能有一万个理由让你往后退，甚至家人、朋友都不赞成，但是永远有一个理由支撑着你往前走，就是你的初心。

生活的压力只是一方面，还有其他各种理由，但是它们都不能成为你决定放弃的理由。放弃有一个最基本的特点：一旦放弃一次，就会形成惯性，以后如果再遇到难处就又会放弃，逐渐就变成一个本能选择。所以，一定要坚持初心。

我很佩服阿勒泰的散文作家李娟。她作为一个四川人，跟着妈妈来到了阿勒泰，在那里做了裁缝，跟着牧民游牧，为他们服务，赚钱不多，但是她一直没有放弃一件事，那就是写作。她一直坚持写作，现在已经是特别受欢迎的作家了，很多人被她的作品感动。裁缝只是她谋生的工作，而写作是她的生命，是她的事业。

创业是共同创造一种生活方式

我们每个人心里都储存着大量的能量，千万不要小看自己，这个世界上什么都可以小看，就是不能小看自己。你走了那么多路，经历了那么多事，心里有太多体会，内心深处还有很多没实现的东西，把这些最深切的、最不能放弃的东西变成你的生活，这就是创业。

创业不是赚一大笔钱，变成一个大老板，那是很表面的东西。我在日本的时候，喜欢逛旧书店。我很喜欢那些文学旧书店的老板，书店的旧书都会被他们用工具修补一新。所以，我在那里看《川端康成全集》《芥川龙之介全集》比看新书还有味道，这些书被他们拿漆布甚至牛皮、羊皮一装饰，别致而有韵味。喜欢来书店的人都是爱文学的，所以跟老板同气相求，大家像一家人一样，是一个共同体，很多人一天不来逛一次就觉得浑身不舒服。老板也觉得很幸福，挣钱不多，但是很开心。

创业是给自己打造一种生活方式，通过创业聚集跟你同气相求、志同道合的人。一个人不可能独立创造所有的东西，大家聚在一起，互相贯通力量，就会形成一个小宇宙。今天很多人觉得焦虑、孤独，其实创业是克服孤独最好的办法，你在那里可以获得友谊，找到这个世界上跟你走在同一条路上的人，获得精神上的同伴，你们互相提供能量，收获真正高质量的生活。这也是我们生命幸福感的重要来源。

· 创 CHUANGYE 业 ·

如何看待创业失败？

当然，创业不能只看成功的例子，也要看看失败的。我有朋友从国企辞职，创立自己的工作室做视频，当时竞争很厉害，社会文化风潮也是起起落落，最后过得很艰难，一直亏本，看不到自己的未来。

这个问题是不可避免的，谁都不能保证一创业就成功，有的人甚至永远不会成功，这个时候需要一种新的生命观。人生就是一个被打开的过程，就是一番阅历。黑格尔哲学特别强调，世界万物皆是过程，重要的是你是否拥有这个过程。很多人一辈子都是凝固的，表面上好像风平浪静，实际上并没有活出自己的生命色彩。

人最怕没有沧桑过

我一直有这样一个观点：一个人来到这个世界上，一定要给这个世界增添一点新东西，增添一点这个世界原来没有的东西，赋予世界新的生命力，哪怕再微小都可以，这样你就没有白活。

这个时代波澜起伏，对于很多年轻人来说，最怕自己一辈子都没有沧桑过。一个人如果连自己一辈子是怎么回事都说不清楚，那他的生命就比较苍白。

创业不是豪赌

有的人出来创业，结果赔本了，对于创业，我们要存有理性，也要储备知识。

尤其是当下的创业环境变得更复杂，可能我们有些创业想法一开始就有问题，方向没有选对，或者知识储备、资源配置不足，或者是对社会需求的判断有问题。

我们身边炒股的人有一个普遍现象，就是那一批买原始股的人早期都很活跃，但是现在他们都已经消失了。为什么？因为知识储备不够。

炒股有很强的投机性，在市场大规模野性发展的时候，谁进入股市都能赚钱，但是当市场进入风险期的时候，就需要基于知识储备的理性来判断了。

比如，上海有个典型案例，一个工人辞职去炒股，从小小的一笔本钱炒到6000万元，后来发现有人通过炒期货发财了，他就去炒期货。炒了三个月，6000万元不见了，还欠了300万元，最后住进了精神病院。

所以，我们不应该把创业想象成一场顺风旅行，而应该是一场人生的修炼。创业不是赌博，有的时候它也推动你去学习，推动你不断地去扩大知识面，在经验中、失败里探寻规律，发展自己。

人要有一定的避险意识，而不是懵懵懂懂地摸索着凭运气去发展，这样你才能把创业之路走好。

· 创 CHUANGYE 业 ·

做好应对时代转变的准备

历史上，人们在应对时代转变时，往往准备不足。中国自1840年之后，最根本的问题就是腐败的清政府准备不足，因为原本的逻辑被打乱了。农业社会的逻辑是自给自足，只要按照节令播种、收割就行。但是突然闯进来一批工业强国，带着工业革命的成果，带着大炮、军舰，这对当时的农业逻辑造成了严重的冲击。我们通过洋务运动拼命地向他们学习，结果西方进入帝国主义时代，列强之间打来打去，形势大变，清政府又没有适应。因为缺乏全球视野，一切都来得猝不及防。1949

年以后，中国进行了大规模的社会改造，经历了人民公社、大锅饭等，之后又迎来了改革开放。这些谁能想到？谁有这个准备？

1992 年市场化，到后来全球化、网络化，再到现在高科技瞬息万变，在这样的变化里，每个人都没有准备。准备不足是我们现在最大的问题，创业的困难也主要在这里。

而西方国家不同，它们有它们的逻辑。西方国家从工业化时代一直到今天的互联网时代，一步一步地发展，产生新的需求，需求满足后形成新的转移、新的发展。人有一定的预见性，一切发展变化都有迹可循。而我们面对世界的新变化、新发展，只能被动地去应对。

· 创 CHUANGYE 业 ·

创建自己的主逻辑

我为什么讲这个问题？ 90 后一代遇上好时候了，中国工业化大部分已经完成。我们今天的科技迅速发展，很多核心技术都在自己创造，国家的主逻辑已经建立并逐渐完善，我们已经掌握了自主性，文化发展、经济发展终于有了主轴。以前我们超过 60% 的经济发展是依靠外贸，是出口导向型的经济模式，几年前我们开始提出要加强内需、激活内需。现在，90 后终于可以变成有准备的一代，关键在于你是不是意识到了。

现在我们最缺的是一种大局观。很多人活得不够大气，因为承担的压力太多，住房、就业等，人的视野被限制住了。但实际上现在是最需要大视野的时候，所以我们非常鼓励年轻人创业。

很多人以前选择的逻辑是先易后难。什么叫先易？就是出去找一份好工作，挣钱多的，还能接受的。比如，进入一家大型公司，公司条件很好，进去以后遵守它的规则、着装要求、工作流程，顺应它的一切，得到对应的不错的工资，你觉得很好，别人也觉得不错，然后你就感觉生活变得很顺利。但是如果你稍微有一点严肃精神，在30岁、35岁、40岁，你可能忽然就会觉得自己的创造性和自由被极大地限制了，自己能够选择的空间太小，一切都围绕着这个大企业的规定进行，一辈子活在规则里。那时候你可能想改变，但是太难了，你已经被驯化了，被格式化了。

所以，一个人越是到了一个好单位工作，改变的可能性就越小。

我非常提倡的是另一种，跟创业精神结合在一起的先难后易的逻辑。就是一开始很难，从零开始，但是你努力奋斗、积累，不断地在经验教训里增长智慧，坚持5年、6年、7年、8年……知识、经验越来越丰富，专业度不断提高，对社会需求的敏感度也不断提高，跟社会资源的对接也不断变好，到后面就会越来越顺利了。这就叫先难后易，这就是创业。我常常觉得我们的年轻人一定要选择一条先难后易的创业之路，不要怕最开始的艰难，要高瞻远瞩，看得到后面的自由。

把内心最深切的、
不能放弃的东西
变成你的生活，
就是创业。

每个人都了不起

○ 麻木

○ 代际

○ 固化

工作如何塑造了我们

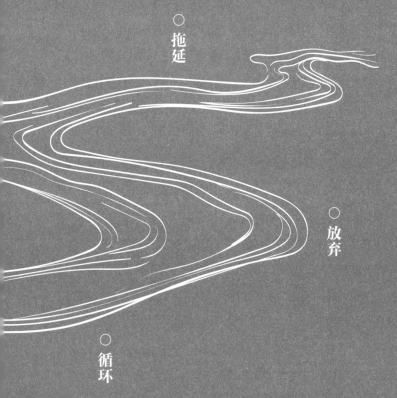

○ 拖延

○ 放弃

○ 循环

代际

爸妈非让我考公务员，
我该怎么办

　　以我的接触来看，代际问题对于今天的年轻人来说，是一个特别令人烦恼的问题。年轻人经常诉苦，说爸妈非要替自己做决定。从小到大，自己都是父母眼中的乖孩子，学习上也没有让父母操心，但是在找工作的问题上，自己和父母的意见经常不一致，以致经常吵架。工作后与父母的关系也逐渐疏远，应该怎么办呢？

　　这些问题我确实是深有感触的。我带过的一个研究生，山东的一个女生，父母希望她留在上海，她觉得自己适合去无锡一个中学当老师，原因是她特别喜欢那里推行的人文教育，她可以去教授戏剧、电影课程。留在上海，她只能去另外一个学校，按部就班地生活，她不喜欢这种方式。

　　这是一个很普遍的问题，今天的这种代际关系，父母与子女的关系，非常微妙且有点紧张。

　　有媒体做过一次调查，88.1% 的青年表示，自己的就业观念跟父母存在很大的差异。这就导致有 42% 的青年不愿意跟父母交流自己会选择什么样的工作及工作的情况。

在以前的农业社会中哪有这种事情？儿子长大跟着爸爸学种地就行了；女儿长大赶快嫁出去，跟着另外一个种地的生活。家族社会、亲缘关系、血缘关系是固定的，跟着走就行了。父母对于儿女来说，是年龄越大越有经验，越有指导意义。

中国几千年农业文化留下来的家庭纽带非常牢固，但是在当今社会却变成了一种负担。当然，这个问题不仅仅存在于中国。

·代 DAIJI 际·

家族文化变成了甜蜜的负担

1945 年日本在"二战"中战败，战败之后首先面临的问题就是把天皇当作神的信仰的崩溃。国家要重组，人们背井离乡跑到大城市求学、找工作，在这个时候亲情开始中断，跟自己的父母越来越疏远，大家在自己的生活中焦虑着。

所以，日式家族社会的瓦解在 1945 年之后成为普遍现象，小津安二郎的电影艺术成就在世界上已经处于领先地位，他的电影的主题就是亲情、家族和农业社会的瓦解。

中国跟世界上其他国家还不一样，我国人口众多，而且耕地面积广，农业文明发展得很早，不是想告别就能告别的。即便到了现代社会，每到传统节日，几亿人在移动，人们千里迢迢地赶回家团圆。这种关系本来是很温暖的，现在却变成了一种压力。

父母为什么那么在乎我们？

想搞清楚这种压力从何而来，首先要理解父母为什么对你那么关心，为什么想要介入你的生活。

西方文化有自己的特点，西方人长大以后，父母的话都是参考，自己所有的大事都由自己决定。举个例子，一个幼儿园的小朋友，父母要给他买个礼物，在中国的话，这是父母对他的关心，感谢还来不及呢；但是对于西方人不是这样的，父母先要征求孩子的意见："我要给你买这个礼物，你喜不喜欢？"孩子说很喜欢，那就买，说不想要，那就不买。西方人比较尊重下一代作为独立个体的意见，其实这是一个培养的过程，能培养出孩子独立判断、生存、选择的能力。

在全球化过程中，西方国家很长一段时间能走在前面，这与西方人的独立性不无关系，他们认为全世界任何地方都是可以去的，都可以成为故乡。所以，这是一种复杂的，并且有着广阔的历史背景的文化。

中国就不同，费孝通在《乡土中国》中写到，乡土社会有一个基本的要点，个体服从家庭，孩子从属父母，中国是这样的社会结构。

在巴金的小说《家》里，老大觉新爱上一个女孩子，但是家族反对，他没有任何决定权。

为什么我们那么在乎父母的看法？

现代社会跟农业社会有一个巨大的不同，每个人都是独立的个体。在一个背井离乡、身处异地的孩子看来，父母的话的有效性就大大降低了。但是年轻人的善良就在这里，他们也希望父母能满意。我在学校经常听到这句话，特别是女生会说："不被父母祝福的婚姻是不幸福的。"这里面就有一个大问题，想和父母的思想融合，取得一致，太难了。

为什么中国青年会有这样的感觉呢?

其一,因为你的父母为了培养你,付出了百分之二百的努力。这就是中国社会代际关系的特点。父母一生为了什么?就是为了你。自己的生活不要了,一切围着你转。你上小学,父母在学校附近租房住;你上中学,也许又要搬家。古代的孟母三迁,现在我们很多人都经历过。父母帮你收拾吃、穿的东西。

其二,孩子为了感恩。父母对你的恩情很深,如果自己做了父母不喜欢的事情,就觉得很对不起他们,心理压力很大。社会学家马塞尔·莫斯有一个礼物理论,他认为人际社会的关系是礼物关系,没有白给的东西,我给你个礼物,其实潜在语言就是要回报、要回礼。

我有一次受邀去日本人家里做客,准备带点礼物。我就参照了一下别人的做法,千万不能买贵重的东西,一般就买八九百日元的物品,按当时的汇率,相当于人民币60元左右。心意到了,又不会给对方造成压力。对方如果觉得你送得很贵重,比如价值2万日元,那压力会很大,人家就要回礼了。

在现代西方文化中,父母跟孩子是相对独立的关系,而孩子需要回报父母、为了父母去改变自己的压力会小很多。

现代化不是个抽象的概念,其中非常复杂的一面就是代际关系,怎么调整,怎么让年轻人拥有自己的独立性,有自己的决定权,是一个很大的问题。在日本导演小津安二郎所拍的电影《麦秋》里,28岁的女孩子纪子,人很漂亮,很多人喜欢她。有人给她介绍了一个叫真锅的人,很有钱,但是纪子觉得幸福最重要,钱多不一定幸福,她也不急着去见面。纪子哥哥的医院里有个他的大学同学,这个医院要在别处开个新医院,派她哥哥的同学去,纪子到他家送别,送别的时候医生不在,医生的妈妈在，跟纪子说她心里一直有个梦想，如果她的儿子能娶到像纪子这么好的妻子就好了。医生的妈妈说，这样说出来，只是表达一个心意，让纪子不要多想。

纪子一听微微一笑，问她真的是这么想的吗，医生的妈妈特别吃惊，看纪子的神色，好像很有希望，就说是啊。纪子说，她同意。纪子后来跟嫂嫂说起这件事情，嫂嫂说，你怎么这么大胆，跟他去那里多艰苦啊。纪子说，他妈妈那么说的一瞬间，她心里觉得跟他在一起会很幸福，就同意了，她不怕吃苦。

纪子回家后告诉父母，她同意了那个医生妈妈的提亲。纪子的父母气坏了，哥哥也气坏了。尽管两家关系很好，但全家人还是气得一塌糊涂，说他们这么多年为纪子的婚姻做打算，结果她自己一个人就擅自决定了，所有人都不同意。后来哥哥怒气冲冲地问她："你知道他有孩子吗？"她说，她知道。哥哥说："你知道你这样做对家里人伤害有多大吗？你这样以后不会后悔吗？"

纪子很坚定地表示，她绝不后悔。为什么纪子有这个信心呢？因为她真正地爱父母，在乎父母，想给父母幸福。这个幸福是需要时间来实现的，但是父母往往是从他们眼下的认知角度和生活经历来判定儿女的幸福的。在传统农业社会里，父母的眼光值得信赖，因为那个社会是不变的，父母经历的一生，也就是孩子的一生。所以，找个好人家，门当户对，然后生活安定、风调雨顺，那就是好生活。但是现代社会完全不一样了，年轻人更加注重精神生活。

所以，一个孩子在面对自己的父母时，是一定有冲突的，如果你想放弃冲突顺从父母，那将来你痛苦，你的父母也痛苦。因为你没有过上自己心里想要的生活，内心会有深深的忧伤，认为你的悲痛都是父母带来的。

怎么创造一个良性的代际关系呢？

时间是个魔法师。我们今天跟父母的一些冲突，甚至对抗，实际上是在给父母带来幸福，就看你自己能不能做好。你要理解父母，父母最大的欣慰就是看到你幸福。父母终究要离开这个世界，如果留下的是一个幸福的孩子，那他们的内心该是多么快乐。所以，要从长远看，站在未来的角度来看，这是现代人代际关系里边特别重要的一点。

· 代 DAIJI 际 ·

为什么反抗那么难？

反抗父母实际上是在反抗自己

这里还有个潜在的问题，很多年轻人在不知不觉中反抗父母，实际上也是在反抗自己。父母给你打造的生活，表面上你不喜欢，实际上在你内心深处，你知道自己是在这里成长起来的。你要开始一段新的生活，这不仅仅是你和父母的冲突，实际上也是你和过去的自己的冲突。这就是人的成长、觉醒，以及自我的形成。

美国哲学家米德有个理论，认为人有主我，也有客我。客我是什么呢？客我是个宾语，是根据他人的期待，也就是别人对自己的要求，来确定自己是什么角色，要怎么样选择，怎么样行动。

但是，在每个人心里还有什么呢？还有一个主我，他是在当今新的时代形势下所形成的，是你的另外一面，也就是说是你未来的样子。

你能不能建立起主我，从而使自己获得价值，并且坚持做自己，通过寻找和判断，最终让自己获得幸福，活得自由？父母看到你幸福，他们也高兴，父母并不希望看到自己的孩子愁眉苦脸。所以，要建立主我，需要一种坚持，不要习惯性地对父母顺从。

我们人类有个特点，就是避远就近，避难就易，避繁就简，所以你现在想同父母达成一致，实际上就是一种避繁就简、避难就易的逃避现象，暂时好像风平浪静，实际上危急时刻却在后面，自己和父母将来过得都会很难受。

有个上海的女学生毕业以后，很想去英国学习新的学科，结果她的妈妈就是不同意，说她身体不好，自己不放心。这个女学生的英语很好，工作能力也强，听了妈妈话，就没走。过了一年，看到别的同学纷纷有心寻找出国的机会，她就对妈妈说："妈妈，如果我到了50岁再回想现在，会觉得自己过得很不好，在应该去打开视界的时候没去，就是因为你的一句话，我没走，到时候我天天用怨恨的眼光看着你，你会怎么想？"妈妈一听，就让她留学去了。于是，女学生去留学了，后来生活得很好。

这就是一个不能放弃当下的原因，生活最重要的是活在当下，当下是好的，后面就会好。当下获得委屈，把自己折叠起来，将来就无法承受其后果。不过，这也牵扯一个关于中国人的精神改造的问题。

康德说，愚昧的人不敢用自己的判断去生活。就是说懒惰和胆怯成了很多人的一种生活状态，维持了他的卑微地位。所以康德说，很多人一辈子都是在把自己变成一个次要的人。

对于年轻人来说，现在一定要先摆脱顺从，学会突破那个对父母讨好的人格，其实你跨越的不仅是父母的意见，也是以往形成的自我形态意识。

120 多年前，梁启超写了《少年中国说》，里面说到少年就要有个少年的样子，青年就要有个青年的样子，不要做一个愚昧的人，不要做一个次要的人。你父母的愿望是想看到你的光辉，是希望你拥有一个阳光灿烂的未来。这点我觉得你一定要想通，这就是你对父母最大的爱意。

在我的学生中，经常有人问我，他的想法跟父母的想法不一样，现在特别郁闷，他该怎么办。我往往会跟他说，父母的意见你要无限地尊重，他们真的是对你好，他们心里特别希望你幸福，他们付出那么大的努力把你培养成今天这样，绝对不是想害你，所以你要绝对地、无限地尊重他们。这是第一句话。第二句话，你千万不能全听他们的，你要有自己的选择、自己的判断，这才是你对父母最大的爱意，只有这样你才能拥有一个属于自己的未来。

· 代 DAIJI 际 ·

如何看待代际冲突？

冲突带来分裂，但也带来理解

在社会学里，有一种冲突理论，即冲突肯定造成分裂，但是冲突也可以达成更深的互相理解。

我们在面对世界的时候会发现，中国人现在就很不适应冲突。国内的人有时候是以和为贵，实际上就是一种中庸理论，一旦遇到冲突，就想赶快把它消解掉。所以，孩子与父母起冲突的时候，孩子顺从一下父母，这个矛盾就缓和了，甚至就没有了。

这种解决问题的方式实际上是特别消极的，比较适用于农业社会，在现代社会中这样做就会丧失你发展的可能性。你应当在冲突中展示出自己的创造力及生存力。

那么，我们要如何面对孩子与父母之间的冲突呢？要欢迎冲突，把冲突作为财富，作为孩子跟父母相互了解的机会，尝试去相互理解，并共同开启一个新的生活模式。

自由精神的内核体现在冲突中

上一代人实际上是从农业社会走出来的，所培养出来的坚韧的精神，就是其最优秀的品质。春种秋收，播种后坚持灌溉，让它开花结果，这种努力，这种精神，是非常可贵的。新的一代人最可贵的精神是什么呢？是自由！

现代社会更加全球化，人类生活全面被打开，这时候人是一个打开的状态，但是没有自由的精神做支撑的话，打开也是没用的。如果说自由只是一种流行、一种模仿，那就不能坚持。你要是遇到了具体的事情，一定要有自己的精神能量。比如，一二十年前我在上海，看到咖啡馆里有的人端着咖啡，坐在夜晚的灯光下，很优雅地看着窗外。我心里有点伤感，因为我知道那是一种模仿性的行为。

只有在面对具体的事情的时候，才是真正能体现自由精神的时候。

年轻人要有自己的定位

我们在当下，一定要保持自我头脑清醒。改革开放的历程，造就了什么样的社会局面呢？爷爷奶奶那一代人，还处在有几千年传统的农业社会中。父母这一代人则是工业时代的人，属于工业文明时期，需要付出辛勤的劳动来维持生活。我们用1亿条牛仔裤才能换取一架波音飞机，就是这样辛辛苦苦走出来的一段艰辛路程。那么现在的90后这代人，在很多方面可以说是进入了一个后现代时期——拥有大数据、人工智能、互联网，整个世界就是一个多元性的网络世界。所以，三代人之间存在三种文明，这也是人类历史上第一次将三种文明放在一起。

你怎么活出你新一代人的精神呢？你身上有多少现代文明素质呢？如果你把自己跟农业社会对标，或者跟前面那个发展程度还不太高的工业化时代对标，那么你就枉为90后了。

觉醒时刻

在做选择的时候你要好好想一想：父母那一代人过的是什么样的生活？他们有什么样的局限性？他们的生活跟今天的生活又有什么不同？以此来判断他们所说的哪些有道理、哪些没道理。你脑子里要先想清楚这些问题，然后再去想到底要通过什么方式去解决代际冲突，从而去选择自己的工作之路。在做选择的时候，你时时刻刻要警醒自己，要克服父母那一代人的局限性。你可以同父母说世界上的一些伟大人物的事迹，例如伟大的作家劳伦斯，他的妈妈是上古历史专业的，而爸爸则是个矿工。他的妈妈控制他，不让他变成他爸爸那样粗鲁的人，说话粗暴、打人、喝酒。劳伦斯一辈子就为了反抗他母亲给他制定的中产阶级标准，导致了他后来的反叛、逃婚、跟罗拉私奔等。在这极其艰难的过程中，他写出那么多小说，比如《儿子与情人》《恋爱中的女人》《查泰莱夫人的情人》，都是极其具有开创性的，也都是在极力突破母亲的局限里实现的。

所以，我就想问问我们的青年，你们有没有觉得自己继承了父母的什么观念？继承了他们的什么优点，或者缺陷？你们有没有觉得，你们现在跟父母的冲突，其实也是跟自己的潜在意识的一种冲突？

冲突，
造成分裂，
但也能带来
更深的理解。

固化

—————

存够多少钱
才能裸辞

下面我们来讲一下固化之苦。什么是固化之苦呢？就是一个人不能改变了，就像一块石头，年年月月都是一个样子。有的青年朋友跟我说，自己很有想法，想改变现有的生活，但是又不敢尝试，为什么呢？就怕一步错，步步错。尤其是刚刚大学或研究生毕业的人，希望跟原来习惯的生活拉开点距离，就去尝试一种西方年轻人流行的 gap year（间隔年）。

间隔年就是离开自己原来的生活，跨文化去看看别人的生活，然后再思考自己应该做什么选择。很多年轻人有这个想法，但是迈不出去，为什么呢？因为看到大家都在忙着找工作、抢位子，社会竞争这么激烈，害怕自己一旦脱离原来的生活轨道就会落在别人后面，以后再也追不上了。所以，就匆匆忙忙找了份工作，固定在那里。一年一年就这样过去了，心里其实还是很不甘心的。

这就是现实中年轻人面临的固化问题。既定的生活改变不了，挪不开步子，这是一个让人看着非常难过的现象。

为什么会这样呢？这跟我们传统的农业社会有很深的关系，因为农业社会就是一个固化的社会，不但有等级制，阶层固化，而且生活也固化。农业社会里人以耕地为生，1000多年都过着这样一种重复的生活。这种固化的生活逐渐养成了一种盲目性，大家不会再思考生活还有什么其他可能性了。农业社会框定了一种生活，身处其中的人被时代约束，还形成了很多道德标准，所以人的一辈子就是在一种固化的生活方式和社会标准里学做人，很难创新。

我们现在的年轻人有时候特别需要自我思考，需要跟流行的生活、社会的标准之间有一定的间隔，让自己随时保持对自我生活的审视，而不是陷在其中，麻木地、毫无疑问地去生活。这是现在的年轻人需要做的一件事情。但为什么很多时候做不了呢？我觉得有以下两个原因。

· 固　GUHUA　化 ·

陷在既定标准中

第一个原因是害怕不符合标准。我们的社会和公众会对年轻人有一种期待，比如说"三十而立，四十而不惑，五十而知天命"等，觉得年轻人的成长发展有一个标准化的模板。如果你不符合这个标准，就会被社会排斥。鲁迅所担忧的一个社会现象就是"吃人"，吃的是什么人呢？年轻人。仁义道德的社会标准，实际上写满了"吃人"二字。鲁迅曾经发出呼唤，呼唤"救救孩子"，但是从1918年鲁迅写下"吃人"二字，到今天100多年过去了，情况是不是有根本的改变呢？我觉得还是没有。

我们的生活还是非常道德化、标准化的。现在很多人还是追求安稳、标准，失去了探索性，掩盖了创造性。

以前东北地区的孩子脑袋后面都是平的，为什么呢？孩子一出生，大人就会把他裹得紧紧的，为了让他的头型不变，就让他睡硬枕头，仰面朝天，小孩子又不会动，所以头骨后面慢慢就长得很平。大人觉得脑袋长成这样的形状很好，因此从小就让孩子按照这样的标准长。一个人从小要听话、要乖，这样的小孩受到的夸奖就多。然而什么叫乖呢？其实就是符合大人制定的生活方式和行为规则。于是，在这样的培养模式下孩子就养成了一种固化的生活习惯。所以，在今天这个变化的时代、转型的社会，需要打开的东西那么多，但是人们打不开，人们已经习惯于生活在标准之中，走不出来了。这就是我们中国青年现在面临的一个固化的状态。

我们生活在这种状态中逐渐麻木了，自己被固化了也不知道。

戏剧学家布莱希特有一个著名的理论：人为什么要看戏剧？因为人要追求的就是陌生化。要把最习惯的生活变得陌生，陌生之后就会有思考，然后产生新的观察，做出新的判断。上过大学的人都有过这样一种感受：刚进入大学时特别欣喜，学校的一切都是新鲜的，你走到每个地方都会觉得很新奇、很激动。但在学校待上半年之后就会麻木，每天习惯了上课、下课，再也没有新奇的感觉了，大学也就变成了一个常规化的世界。

给生命一个间隔

布莱希特为什么不在舞台上搭建实景？他有时候就画一幅画挂在上面，画上一个月亮，这就代表月亮了。舞台上人的动作也是特别虚拟化的，故意跟真实生活有点不一样，保持一点距离。所以，观众在看他的戏剧的时候，一方面欣赏强烈的戏剧冲突；另一方面又不会完全沉浸于戏剧中，随时知道自己是在看戏。看剧的同时跟戏剧有一定的距离，因此能够保持思考。这呈现出一种特别好的生活方式，就是要自我陌生化。

西方社会的年轻人会流行间隔年就跟这个道理有关，这就是一种生活的意义。我们在这个世界上不断接触新的东西，跟自己原来的生活进行对比，才会发现自己原来的生活多么狭窄，而如果习惯了狭窄，之后就会不断被固化，最终就是被框定的一生。被框定的生活是怎样的呢？爱尔兰作家詹姆斯·乔伊斯对这种生活有个定义，叫"瘫痪"，也就是精神瘫痪。精神瘫痪是非常可怕的，一个人会就此失去认识社会的能力。现在的社会与之前有很大的差距，所以我们需要对固化保持强烈的警惕感。很多欧美学生小时候会去非洲做公益，通过大量的中间组织、公益组织，去保护大猩猩，保护濒危动物，或者参加其他各种各样的活动。在这个过程中他们会知道天外有天，发现这个世界是没有边界的。这个时候，就会产生对世界的热爱，感受到自己的生命能量，世界在变动，世界在发展，自我也要发展。这样的观念非常有青春气息。

异地超越与就地超越

从哲学上讲，其实间隔年属于远方，这个远方用一个哲学词语来定义就叫作"异地超越"，就是一个人要超越自我，这是每一个生命想获得价值所必须要做到的。其实，超越自我有两种方式：一种是异地超越，比如《走出非洲》里凯伦从丹麦来到肯尼亚，又如海明威这一代人从美国来到巴黎，在那里看到丰富的文化、多元的生活。还有一种自我超越的方式叫就地超越，就是重新审视和思考自己的生活和工作。

我觉得对中国青年来说，就地超越特别重要。怎样就地超越呢？你的工作本身不是一块钢铁，它是你跟社会的联系，跟世界的联系。换一个角度来看，工作不仅仅是挣一份工资，它里面有丰富的人和人的互动、企业和社会的互动，它和技术发展、文化发展都密切相连。

所以，在工作之苦的背后，我们能不能换一个思路？作为一个观察者、一个旅行者，去看待这个世界，观察里面的变化，探索其中的可能性，观察人的七情六欲，思考人在工作中的不同追求。在这个过程中，你会更深入地体察到人类不同的生活。相反，如果你只把工作看作一个挣钱的方式，那你自然就会特别累。

既在其中又在其外

我们能不能就地重新认识自己的工作？以前我经常鼓励学生，以后的工作其实是既在其中又在其外的，你要善于观察。

法国思想家帕斯卡尔说："人是一根有思想的芦苇。"你在工作中有固化之苦，主要是因为没有思想。你是一根没有思想的芦苇，所以只能随风摇摆，和其他芦苇挤在一起，永远不可能改变。但是如果你有思想，那就不一样了。世界就是你思考的对象，世界就是你成长的空间，这样你的生活马上就变得不一样了，思考的过程会推动你去阅读。一个人在世界上怎样打破固化？我觉得最根本的就是带着问题去成长。我现在为什么会活成这个样子？带着这样一个问题，再去阅读。把这个问题弄明白之后，你肯定会有变化，你的生活就不一样了。所以，面对固化，首先要体会它，然后把它当成一个巨大的问题，这个问题跟自己的生存、命运息息相关。你一定要想通它，不是别人强迫你想通，而是你自己主动去想通。这个时候，你就会逐渐地在固化中苏醒，逐渐伸出头来，能够重新审视自己。如果能够审视自己，就一定是开始思考了。我觉得这是年轻人面对固化时应该有的态度。

·固 GUHUA 化·

害怕犯错

第二个原因就是我们害怕犯错。害怕犯错的背后是一种完美主义心理。中国古代有一种圣贤心理，就是对一个人的要求很高，道德上、政治上、文化上，包括平时的言行举止，都要求很高。因为我们是几千年的农业社会，要求稳固性。现在的年轻人，在今天这种追求完美主义的社会里压力很大。我们现在有一个不好的习惯，就是一个人犯了一次错，就会对这个人进行全面否定，而不是就事论事。

著名的科学家、思想家波普尔有一个著名的试错理论，他认为很多人生活在世界上有一个思维定式。比如说，如果一个人看到的天鹅都是白的，他就判定世界上所有的天鹅都是白的。其实他如果活得够久，走得够远，看到的天鹅够多，突然发现一只黑天鹅，他就知道自己错了。这个世界上不是只有白天鹅，而是你一直待在一个只有白天鹅的世界里，所以你才觉得这个世界就是这样，你的思想就被限制在这个框架里。

所以，去寻找黑天鹅，其实就是在打破自己的思维习惯，打破定式，打破局限。那么怎样才能看到那只黑天鹅呢？当然不能只凭想象，你需要不断地探索，在这个过程中你可能会犯很多错误，但人生就是这样一个不断地试错、不断地靠勇气去打开新生活的过程。

在试错中才有意外的收获

在试错的过程中，实际上你会看到很多真相，发现很多完全想不到的东西。你才知道逻辑不总是那么完整的，这个世界不是线性的，而是非连续性的，甚至是荒诞的。这个世界可能不是黑的，也不是白的，而是布满灰度的。

我们的青春太单薄，是因为我们经历得太少了。如果你以自己单薄的经历为人生下一个定论，认定世界就是这样，你就这样生活，那就太可惜了。

获得奥斯卡奖的电影《毕业生》中，那个年轻小伙子刚大学毕业，对生活充满了向往，进入复杂的社会后，却不由自主地被一个中年女人勾引、诱惑，完全难以判别自己的情感。后来他认识了中年女人的女儿，才知道自己真正爱的是她的女儿。但是他非常纠结，自己跟中年女人的往事，他藏着不敢告诉她，后来这个女孩子终于知道了，受到了毁灭性的打击。之后这个女孩要跟别人结婚了，男孩终于知道自己错在哪里，急忙追到教堂，他们正在举行婚礼，幸好还没有把戒指戴上，还没有说完誓言。他站在二楼上大声呼喊她，女孩回头看见他，这一瞬间才知道自己还是爱他的，最后两个人奔出去，坐车跑掉了。

如果没有跟那个中年女人的错误，男孩就不会认识这个女孩。生活里的很多惊喜和美好就是要经过错误之后才能收获的，不敢犯错，实际上也就没有未来。

现在很多年轻人的压力就在这里，固化的生活源于追求完美的心理。一切事情都要得到别人称赞，一切东西都要得到别人夸奖，一切选择都要得到社会肯定，既要这样又要那样，专业要优秀，收入要多，举止要规范……人一下子被框住了，就像被浇筑了水泥一样。

我们以前经常说残酷的青春。什么是残酷的青春？一个人在青春中要犯多少错误？不过，经过青春的试错之后，你会知道自己需要什么，还有更重要的一点，你会明白自己应该怎样生活。

在试错中体认限度

生活不是标准化的，每个人的生活都不一样。探索之后，你才会明白自己的上限和下限是什么。上限是你的专业能力，在社会上能达到什么成就，下限是你不能做什么，能做但是不去做，这是你的道德底线。

一个人在探索和试错过程中会一步步认识自己，活得更加明白。比如，乔伊斯的小说《都柏林人》中那个想要打破原来生活的女孩，要跟一个小伙子私奔，结果到了码头才发现自己过不去那个栏杆，身体像石头一样动不了。这个时候她才明白自己做不到。向往是向往，但做不到，所以她很沮丧地回到了原来的生活中。但是她跟私奔之前的自己已经不一样了，她活得更明白了，知道自己的限度了。

一个庸俗的人不是在某一瞬间才变得庸俗的，而是日积月累而成的。很多年轻人总觉得自己能做到很多，觉得自己可以这样、可以那样，只是因为环境不允许，但实际上是他们不清楚自己。一个人从婴孩时期开始，一点一点地改变，一点一点地积累，最终形成真正的自我，这就是存在主义的观点。你今天的一切都是以往的积累所得，是你以往所有选择的积蓄。

今天你想象自己可以惊天动地，实际上做不到。虽然做不到，但能够明白也好，活得明白也是一种幸福。明白自己的限度之后，你就可以安心地打理自己的生活了，这样也很好。

对于年轻人来说，试错是一件非常好的事情，这是年轻人的机会。复旦大学的一位老师说过一句话，我很赞成："一个人35岁以前把自己该犯的错都犯了，这样才活得值得，才知道后半生应该怎样过。"

但是现在的年轻人犯的错太少了，我觉得中国年轻人有一个大的缺陷，就是都很谨慎，总是活在别人的眼光里。30多岁本该是第二次人生的开始，这时候大脑皮层刚刚长好，正是对生活中的信息进行质疑，再次选择人生的时刻。但是现在的很多年轻人没有什么可选的，他们一路走得太正确了，脑子里没有试错的积累，也就没有什么体会，实际上是一路固化过来的。这种人叫什么呢？就是简单的好人。现在的很多年轻人就是简单的好人，一直很规矩，一直很听话，一直过得很规范。他们知道人要真善美，要符合标准，要关心什么，要努力……一切看上去都很好。所以，这样的人会有一个问题，没有少年，没有青年，没有中年，也没有老年，一辈子都是在一个标准中，活在一个固定的程式里。

什么是青春？青春就是不断地打破，不断地尝试。我觉得这才是年轻人真正应该过的一种生活，有点仓促，并不完美。开辟新生活的人往往并不完美，因为完美只存在于过去。过去积累的生活形成了一套固定的标准，一个人按照标准生活，就显得很完美。比如，在唐朝时该怎样化妆、穿什么衣服、如何行为，都有一套很成熟的标准。按照标准生活尽管很完美，但是完美属于过去。因此，年轻人要打开新生活，这一切都没有依据，我们需要一种激情，需要一种野性去创造。

欧洲历史上那些开创新生活的人，很多都有缺陷，比如杜拉斯，按照传统判断，简直就是放荡不羁、不规不矩。还有香奈儿，她也是出身底层，在奋斗的过程中交往了那么多男人，做的事情也是匪夷所思、不顾规矩。她设计的服装，把男性工装裤的粗布料移植到女性服装上，看着很野性，但是事实证明她改变了整个世界对服装的审美。

历史上有大量这样的案例，小说中也有很多这样的人物，按照标准来看他们并不完美，甚至很糟糕，但就是他们开创了未来。谷崎润一郎的小说《细雪》中写了四姐妹的生活，其中老四就不按照三个姐姐的套路来。三个姐姐追求优质的生活，想做贵太太。但是老四就不一样，她谈了三个男朋友，做过职业女性，制作过布娃娃，后来私奔，有了孩子又流产。她的姐姐坐在病房里看着她沉睡的面容，脸上浮现出沉重的神色。但是这个小妹妹决心不依靠家产生活，最后和第三个男朋友在一起，不要遗产，自己创造生活，这就是新女性。

在中国，怎样突破固化？你要突破完美主义的牢笼，敢于试错，不要害怕打破自我，要在破碎中重新组合自我，成为一个全新的人。

打破重组的你是一个什么样的人呢？按照我的逻辑来说，就是一个看到了黑天鹅的人，看到了这个世界有差异的人。

经历了破碎和沉沦的人，才能知道什么是真正的恶，什么是真正的黑暗，然后他才能知道什么是光明，什么是美好。经历过这些的年轻人是我们的未来，他们有过深度体验，有思想，有力量，有向前突破的坚定意志。

所以，这个问题对于我们中国青年来说真的非常重要。打破固化需要所有青年都去进行一种伟大的探索，他们团结起来就能造就一个伟大的时代。

觉醒时刻

年轻的朋友们，你们刚刚步入人生的黄金阶段，你们回忆自己的过往，回顾自己走过的路，有没有做过一些不被父母和社会理解的事情？如果你做过这样的事情，结果是怎样的？基于这个结果你做了什么调整？你是被驯化得更彻底了，还是坚定了内心的某种信念？

你有没有尝试过改变？在这些尝试中你有什么完全不同

的体会？这些体会对你后来的生活产生了什么样的影响？法国雕塑家罗丹最著名的雕塑是《思想者》，就是一个人托着下巴在思考，这是非常经典的作品。但是我更喜欢他的另外一个雕塑——《青铜时代》，就是一个人从原始森林里走出来，阳光太刺眼，他举起手来遮挡，然后眺望着远方，有点迷茫，但又充满向往。

你的人生有没有过这样一个高光时刻：突然觉得阳光很刺眼，对这个世界有一点不适应，但是又特别欣喜呢？这就是你的人生高峰。人生高峰不是你功成名就的时候，而是你打开新生命的时候。

我特别喜欢迷茫的人，迷茫说明他被照亮了一下，因此突然有点不习惯，但这就是打开了新的未来。所以，我认为每个青年都要想一想，自己的人生有没有过这样的时刻。

———

人生的高峰不是你
功成名就的时候，
而是你突然打开
新生命的时候。

麻木

——

佛系害惨了
多少年轻人

什么是麻木之苦？有的青年朋友跟我说，自己刚开始工作的时候，还充满着激情，充满着动力，斗志满满，但是现在觉得自己越来越佛系了，好像怎样生活都可以，什么都无所谓。虽然感觉这样的生活轻松一点，但是心里有点空虚，好像缺了什么东西。一边怀着一颗佛系的心，一边又感觉特别盲目，像一个没有感情的机器，生活中没有什么内在的愉悦感，面对世界就逐渐麻木了。

这就是一种佛系的生活。我们知道佛学里面很重要的一个方面就是放下、舍得，不汲汲于欲望。英国的文学家、哲学家罗素认为人有一种政治的欲望，有一种权力的欲望，有一种虚荣的欲望，还有一种强大的竞争的欲望。面对这个世界的时候，我们总想获得，但是佛系的人看起来好像脱离了这个轨道。从这个意义上讲，这可能是有所觉醒，在佛系之中获得一种生活的真切感。

警惕伪佛系

此外，我们也要看到，在面临这个问题的时候，有的人可能并不是真正的佛系，而是自我安慰，一种伪佛系。因为追求的很多东西得不到，就像哲学家叔本华讲的，得不到就会产生痛苦，尤其是我们在工作的时候，有一些小的获得，催生出来新的更大的欲望，而这些欲望更加难以满足，生活就显得更加艰难了。所以，我觉得有些人佛系并不是说没有愿望，而是达不到自己的要求。为了避免痛苦，为了摆脱内心的挣扎，就说自己佛系了。

从我的理解上看，这是一种更深的麻木，是一种自我欺骗。实际上，这种人是用佛系这样一个美丽的标签，给自己制造幻觉，一旦现实社会给他打开了一扇门，意外地给了他一个可以实现愿望的机会，他马上就不佛系了，立刻就会开心起来、活跃起来，也就把伪佛系的本质暴露出来了。这是现在很多年轻人存在的一个巨大的问题。

麻木里面的高级麻木就是伪佛系、伪躺平。这不过是为了自我解压进行的一种自我美化，这个就比较糟糕了。

麻木的合理化

有的人宁可活在麻木里面，既然想要的得不到，那干脆就停滞在麻木中，这样还可以少一些痛苦。为什么今天的社会中有些人活得苟且，有些人活得庸俗？庸俗是一种幸福，庸俗是一种明确的态度，有些人就宁可庸俗一点，他们知道自己在生活中可以追求什么。如果所求的东西超越了这个限度，就会发现自己陷入绝境，行为没有着力点，生活没有落脚点。

因此会出现这样一个问题：有的时候我们会建立一种美德，让自己在苟且生活中的麻木变得合理化，给工作设定一种价值，然后认定这种价值，勤奋地工作，在自我安慰和自我欺骗中逐渐麻木。

斯托夫人的小说《汤姆叔叔的小屋》反映了美国历史上的奴隶制，小说中汤姆作为一个黑奴，被人欺负，被人剥夺，但是他对此完全顺从，并把它当成一种美德，他认为自己对主人的忠诚、关心以及自己的无私奉献能让自己成为一个有价值的人。通过这样的自我欺骗，他把自己的不反抗和麻木合理化了。

在甘孜宗塔草原上，我跟一个在帐篷外面拴马的年轻人聊天，他的话让我印象特别深刻。我说："理塘的丁真前段时间很火，又是旅游大使，又是网红，你羡不羡慕？"这个小伙子跟我说："我一点也不羡慕他，因为他失去了自由。"

这个小伙子和我们大部分年轻人的想法真的是不一样的，为什么他会这样想？我在那里看到宗塔草原，那么明亮的天，那么白的云，草地、牦牛、羊、马……他每天骑着马，在那里放牧，自有一种充实感，他活得很自然。所以，他的选择很清晰，外部的虚名和繁华对他来说都比不过大草原上的自由生活。

为什么会麻木？

麻木的产生涉及一个深层的问题，那就是我们今天处在工业化时代，生活的节奏不是自然的节奏。

人被工业化磨平

我们现在的生活节奏是工业化的节奏、机械化的节奏。

我非常喜欢一句格言："热爱大地。"大地上有那么多生命，我要跟这些自然的生命一起呼吸。这也是我当年去云南插队的原因。云南高高的雪山，海拔一路急速下降，下面长满了山茶花，再到下面是层层梯田，种着番木瓜、杧果，再往下是怒江，沿江两岸都是木棉和山楂树……看着那么丰富的世界，我当时就产生了一种感觉：我们人类再伟大，也不可能创造出这样一座高山来。

我们每个人都是一个自然人。所以，我觉得我们要对工业化时代中的生活方式有所警惕。

人被资本捆绑

马尔库赛是德国法兰克福学派代表学者，我特别喜欢他的批判理论里所讲的一个问题：人的目标是从哪里来的？它是你从小到大在信息环境里面获得的，你以为这是你的愿望，实际上是资本家强加给你的。美国有一个广告，两个年轻人在山道上开着一辆500美元的破车，"嘀嘀嘀——"后面来了一辆劳斯莱斯，一对中年富豪夫妻很神气地开着车驶过，突然，这个豪车抛锚了，停在了那里。夫妻二人很尴尬，就招手让两个年轻人帮帮忙，两个年轻人当然是非常热情。只是他们也没有牵引绳，于是他们把牛仔裤一脱，一头拴在自己的车尾上，一头拴在对方的车头上，吭哧吭哧地发动了自己的破车，两辆车中间的裤子被拉开又缩紧，然后晃荡晃荡，不一会儿，后面的车子被发动了，夫妻二人非常感谢。然后就出现了这个牛仔裤品牌的广告。这个广告很生动，它其实能够表明文学性已经辐射到社会的各个方面，资本家讲故事的能力很强。而人就怕被讲故事，一听到故事就觉得"哎呀，真好"，这个牛仔裤品牌就印到脑子里去了，以后就会买这个品牌。生活中其实充满了这种案例。你的热情、你的追求，你忙忙碌碌地工作了半天，就是为了购买这些东西，那么你人生的价值在哪里？你根本就不知道。

人被生活包裹

其实我们看电影《楚门的世界》的时候，都会深有同感。楚门这个年轻人活得很快乐，天天上班，他看到路上有那么多笑容满面的热情的人，最后却突然发现这个世界原来是演出来的，周边的所有人都在欺骗他，他的生活全是被布置好的场景，连蓝天都是布景。

我们所生活的这个世界，很多地方都是人为设计出来的。我们觉得自己活得真实，认为自己所处的是真实的世界，但其实不是。所以，你忙忙碌碌追求的东西，可能只是别人对你的一个设计，你活在别人的设计里面，活在别人的程序里面。很多人就这样在空洞无物的生活中奔波劳碌着，一辈子也走不出这个布景。

所以，我们要有一个清醒的认识，贯通人和自然的关系，贯通人和真实世界的关系，不要被人为的世界所控制。

如何走出麻木?

生活中有时候要让自己腾空一下，然后你对自己人生的目标、自己的生活可能会有新的观察，去理解马尔库赛所讲的我们的心灵深处被植入的东西，思考一下自己真实的生活是什么。

寻找真实的生活

其实我们从幼儿园开始就进入了一个得失体系，你表现得好，老师会表扬，你就会跟着这种外部指令行动。如果做某件事情可能会受到批评，你就会回避，哪怕你心里很喜欢做那件事，大概还是会放弃，很少有人能够坚持自我。

我觉得有一种人是特别艰难的，他活在两难之中，一方面要寻找自己的内心，另一方面又难以挣脱现实。很多人又想追求自由，又想获得现实的肯定。充满了对自由的向往，但是怎么实现呢? 到底什么是真正的价值呢? 他不知道，特别迷茫。

我们真正要去寻找自己的生活其实是不容易的。"一战"之后，电影《西线无战事》、海明威写的《战地春梦》《太阳照样升起》，以及美国作家杰罗姆·大卫·塞林格写的《麦田里的守望者》，这些故事里的寻找之路都充满了曲折。社会充满着人为导向，你不想变得麻木，结果马上就看到了艰难，马上就发现自己无所依托，自己很孤独，于是就陷入这样的困境。

凯鲁亚克写的《在路上》，里面的那几个青年开着车在公路上跑，从东部到西部，又从西部到东部。这些人做的事情都很反叛，到处流浪也不劳动，这看起来有什么价值呢？

实际上它展现了所谓的"垮掉的一代"，通过这种垮掉，把原来的那种主流的、格式化的生活打破。虽然其中没有多少建设意义，但是它有一种批判的意义，有一种往前探索的意义。所以，我觉得这比麻木的生活要好，他们能找到自己生活的突破口。

我曾到四川西部看一个老朋友，他原来是《人民日报》的记者，后来感觉自己需要寻找一个新的生命方向，于是跑到川西草原，在那里他发现了藏族的唐卡。传统绘画中的光线都是直的，但是他发现四川炉霍的有点不一样，这个地方的唐卡会变形，所运用的透视法也不一样，它的光线是曲折的，但是又继承了传统的很多元素。他发现自己对这个地方的唐卡非常感兴趣，觉得其中有很古老、很深远的文化意蕴，又蕴含着我们现代的生命体验。于是，他就开始在那里专心致志地做唐卡研究，后来还开办了一家唐卡公司，推广唐卡文化。

找到生命的切口

走出麻木不是一个抽象的口号，它其实就是在生活中进行的。你落到一个点上，发现生活有温度的一个表面，然后找到一个切口，进行一种创造性活动。这个活动不是别人给你设定的，而是你自己内心真正热爱的。这个时候，你的生活状态会和原来非常不一样，你对生命的感觉会完全不同。

我最喜欢的伊朗电影《樱桃的滋味》讲述了一个人面对生活太麻木了，不知道自己为什么要这样生活。于是他结婚了，但是结婚以后他发现生活更糟，结婚并不能带来幸福。他就觉得生命没有意义了，于是要自杀。自杀的方法是什么呢？他带着一根绳子，跑到果园，把那根绳子挂上去，准备上吊。他以前也没有上吊自杀的经验，绳子一挂上去就掉下来了。这怎么办呢？他再挂，挂上去又掉下来。他想了想，决定带着绳子上树，找到一根粗树枝，把绳子拴牢一点，这样可以确保绳子不会掉下来。结果他上树之后，爬着爬着忽然觉得手边有什么东西软软的、湿湿的，他把这个东西放到嘴里一尝。是什么呢？其实这是一棵大桑树，他吃的是桑树上结的桑葚，他以前从来没吃过这种东西。

他吃了桑葚之后，发现味道很好。就在那一瞬间，他明白了自然很伟大，世界很广大，有不同的滋味。原来自己之前被困在一个方向、一个空间里，过着一种封闭的生活，好像生活枯竭了，生命也枯竭了，没有意思。爱情、婚姻都无法让他对生活产生愉悦感，但这个时候他忽然发现这个世界上有桑树、樱桃树，还有千千万万别的东西。他忽然发现这个世界上还有那么多滋味没有品尝过，怎么能说世界没意思呢？怎么能说活着是不值得的呢？

后来不知不觉天亮了，孩子们上学从桑树下走过，他还在树上。孩子们看见他在树上，就笑着让他摘一些果子丢下来给他们。那些孩子接到果子高兴得不得了，又唱又跳。他又一下子感觉人间也很美好，打破了原来的无意义感。这就像《楚门的世界》一样，一下子撕破了设定，看到了外面的世界，不是看到了绝望和黑暗，而是看到了真实的世界。

我们很多人一辈子都没有走出过被设定的世界，一辈子都没有打破过封闭的生活。电影《樱桃的滋味》中的这个人后来遇到另外一个人，这个人也想自杀。这个想自杀的人花了一大笔钱，20万伊朗币，到处去找人。找人干什么呢？帮自己自杀。他在一棵大树底下挖了一个坑，准备躺在里面，请这个人第二天早上来到这个坑边，如果看到他已经死了，就把他埋起来；如果没死，那20万伊朗币他也不会要回去，依旧给人家，他自己站起来离开。这个想自杀的人遇到了三个人，前两个人一听他的要求，吓坏了，居然有人要付20万伊朗币把自己活埋掉，那还得了？

后来他遇到了在桑葚树上上吊的这个人，向他讲了自杀的愿望和自己的故事，在桑葚树上上吊的人说："我愿意帮你。太好了，你给我20万伊朗币，我女儿上学需要钱，你躺进去，但是我给你讲个故事。"于是他就讲了自己的故事。想要自杀的这个人听了之后内心大受震撼，晚上他还是跑到那个坑里躺着，但他其实已经复生了，已经是一个全新的人了，只是躺躺而已。他在坑里想了一夜，第二天早上站起来，迎着阳光走下去。

我很喜欢《樱桃的滋味》这部电影，伊朗的土地上有那么古老的波斯文化，就在这片古老的土地上，在一棵树上就可以得到生命的气息。

今天有的人生活得多么漠然，在城市的灯红酒绿里穿行，割断了自己跟大地的联系。所以，海德格尔这些哲学家希望人能够自在地、诗意地释放自己的心灵，这是我们今天特别需要做的。

一个人生活在这个世界上，他不应该是麻木的。一个人本质上不是麻木的，所以冲破遮蔽，就是释放自己的新鲜生命。

在创造中发现新奇

我在日本教学的时候，看到一个40多岁的男人，学历也不高，很多人看不起他。后来这个人在街上走路，发现街上的人都没有精神，好像一个个都很焦虑、很忙。他就想，这些人到底是怎么回事？

于是，他就开始研究走路，他发现不同体型（高矮胖瘦）、不同性别的人，有不同的走法。后来又钻研走路的发力习惯，比如说我们习惯于先出脚，他是先出大腿，胸部跟上，再把腿甩出去，这样就变得特别精神。后来他成了在电视台专门教人走路的人。电视台的主持人也跟他学走路，一个个变得很精神。他的研究发挥了很大的价值。

还有一个主妇，40多岁，结婚以后待在家里，孩子长大之后，她觉得自己的生活很无聊、很痛苦。为什么呢？因为她知道自己10年以后、20年以后，也就是50多岁、60多岁的生活是什么样子——千篇一律的生活。她为此特别焦虑，那怎么办呢？她找到一个生命的苏醒点，她想起自己小学的时候喜欢画画，于是她就开始画画。但是后来觉得不行，以前的兴趣已经恢复不了了。那怎么办呢？她发现自己的布艺很好，于是骑着自行车在大阪的大街小巷里转，去各个布店、裁缝店讨剩下的碎布，回来以后进行拼接。在这个过程中她突然苏醒了，她发现自己所知道的远远不够，她不懂色彩学，不懂设计学，她有太多东西需要学了，于是一下子就变成了一个小学生，对生活充满了热情，她也就从那个麻木的状态中走出来了。

觉醒时刻

我们每个人都要有这样一种意识，走出布景，寻找自己和世界的关系，找到那种真切的、真实的，充满灵性的生活。人是生灵，而不是机器，我们生来并不是麻木的，所以我们要恢复自己应有的活气，追求内心的自由。

这是每个人在社会生活里必须要去仔细思考的问题。我总觉得一个人一定要想一想，每一周、每个月、每一年，自己过得麻不麻木？是不是整天那么忙碌，但实际上是一个麻木的人？

　　我有一个习惯，每年的 12 月 31 日去苏州的寒山寺，因为寒山寺会在 12 月 31 日晚上 11 点 45 分开始敲钟，敲 108 下，一直敲到午夜零点。人们认为这 108 次钟声可以送走人的 108 种烦恼，给新的一年带来幸福。但是我的理解并不是这样的，因为我每年都去，坚持了十几年，在这 108 声钟响的 15 分钟里面，我会想，去年站在这里的我和今年站在这里的我有什么不一样，这一年我有什么新的变化、新的拓展、新的尝试。

　　我觉得其实每个人的人生都需要 108 响这样一个节点，思考自己有没有自然的心情，面对生活有没有一种发自内心的真诚。生活在现代社会的人很容易一辈子困在一种设定里，走不出一条真正属于自己的路，这就是我跟大家分享这个问题的目的。

———

走出麻木
就是找到
生命的切口，
进行创造性
活动。

循环

——

走出内卷
为什么那么难

什么是循环之苦？形象一点说，就是每天忙忙碌碌的，好像很充实，工作的时候也得到了别人的认可，但是一停下来就觉得自己的工作没什么价值，好像只有不断工作着才能充实自己的生活。静下心来想一想，也不知道自己在干什么，但是每天就是这样过来的。所以，今天和昨天一样，这个星期和上个星期一样，这个月和上个月一样，人始终是在一个闭环里生活，就觉得生活空间很狭小，像一个大风车，不停地转，不停地转，每一次转都是重复的，每一次转都不知道为什么。但我们知道人不是大风车，生命也不是机器，那到底怎样才能把自己的青春变成一个不断被丰富、不断被打开的过程呢？其实这就是我们所面临的循环之苦。

什么是循环之苦?

很多人无法停止忙碌的生活和工作,一停下就会空虚,就会发现不知道自己在干什么。人从一个孩子开始,摇摇摆摆地学走路,最初接触的范围很小,然后一点点长大,面对世界充满了好奇,东一碰西一碰,一点点地学了新知识,再不停地长大,不停地增长知识。但是很多人长到青年时代就不长了,停滞了,虽然继续接受新知识,不断学到新东西,但是对世界的好奇心没有了。每个人在社会生活中都在追求优秀,但优秀的背后是什么? 不知道。一个人努力的价值,他的社会价值、文化价值、时代价值在哪里? 说不清楚,但是努力已经变成了一种习惯。

所以,这就很令人叹息,有的人很努力,不懈地奋斗,但是奋斗了半天,不知道到底在做什么,又为了什么。

这让我想起一件事情,我在云南的时候,看到树上有一种鸟,绿油油的,很好看,但是很小很小,当地人把它叫作绿豆鸟。绿豆鸟活得真快活呀,整天吱吱咕咕地叫,从这根树枝跳到那根树枝,反应特别快,你都不知道它是怎么跳的。绿豆鸟的生活虽然看着很快乐,但其实生活范围很狭小。它日复一日、年复一年地在一棵树上跳来跳去,其实每天都是在一个小小的空间里重复着同一种生活。

《逍遥游》里讲到了一种叫作鲲的鱼,它的体形巨大,化成鸟之后叫作鹏,鹏鸟的翅膀伸出来就像天边的垂云一样,它想要飞起来的话,要在原地盘旋很长时间,然后才能慢慢地升起来,这个过程比绿豆鸟不知道艰难多少倍。但是它一旦飞起来,可以扶摇直上,跨越万里,飞到南冥。它有强大的飞跃能力,能穿梭于广阔的空间里。和绿豆鸟不同,鹏鸟拥有超越当下小空间的能力，这是两种不同的生活方式。如果用它们来比喻人的话，身处循环之苦的人就是在过着一种绿豆鸟式的生活。很多人就是在这样的生活里过了一辈子，生活得很单薄、很贫乏，尤其是精神很贫乏。

以前有一个干部，退休以后内心感觉很空虚。原来有很多下属向他请示工作，让他来决定这个、决定那个，如今一退下来，不知道自己该干什么了，无所事事，内心空空荡荡的。后来他就每天到政府机关门口站着，为什么呢？每天上午 8 点钟，人们就来上班了，其中很多人原来是他的下属，有的人现在官还不小，他们看到老干部站在门口，就会来跟他握个手。他就这样每天都去跟大家握手，不然的话，简直不知道这一天该怎么度过。

所以，只有拥有丰富的世界，拥有无限的、多元的价值，人才能充实。这种充实不是一瞬间的感觉，它是指一个人在生活中不断地丰富自己，走出原来的闭环，然后知道世界的广阔，发现新的世界，接触形形色色的生命。有的人把生命形容成一个海岛，我觉得特别好，人是一个不断扩大的海岛，小的时候岛很小，所能接触到的海水面积较小，其中的生物也少。长大了之后，接触面更大了，其中的物种更丰富了。但是这时候就会出现新的问题，有问题说明有进步。你生命中的内容多了，可能面临的难关也多了，但是这就是一种生命价值的体现。我们为什么羡慕鲲鹏？因为鹏鸟起飞的过程很艰难，但是它能够飞得高远，它的生命境界扩大了。

循环究竟是什么呢？这不单单是说你的生活内容每天在循环，归根结底，它是指你的内在价值、内在精神始终处于一个不拓展的状态。

人为什么会循环？

得失感强

身处循环之苦的人内心很枯竭，所以需要外部不断地输入指令，输入激励，那这种激励究竟是什么呢？

这涉及我们常说的一个概念，就是得失。外部的世界告诉你要努力学习，高考考一个好分数，进入一个好的大学，然后在学校里全力拿 A，拿到学校奖学金、国家奖学金，就可以申请留学，或者找个好工作……这一切都是从得失出发的。这个时候表面上看起来你好像活得很积极，但是境界太低了，这样的人生像一个旋涡。

为什么说像一个旋涡呢？这种得失感太强的人会像旋涡一样不断地把外部的称赞卷进来，世界在他眼里会变成一个工具，成为为他的功利性目标服务的资源。

人一旦陷入功利得失的旋涡就很狭隘了。他只会不断地、强烈地内卷，而不会向外成长，比喻得夸张一点，就像宇宙中的黑洞一样，不断地产生更大的渴求，在很低的境界里积压越来越多的欲望。他会随时关注外界的信号，外界会鼓掌的事情他就做，外界不鼓掌的事情他就不做了，他的选择空间特别狭小。

为什么今天很多人谈恋爱谈不好？就是因为得失感太强。一个人爱不爱另一个人，其实是很简单的事情，它就是自己内心的一种感觉。但是就是对于这样简单的一件事情，我们的考虑却有很多，考虑来考虑去，归根结底还是顾虑得失。从第一天进入幼儿园开始，老师就教给你得失感，此后你始终没有突破，始终卷在里面，一辈子就生活在得失循环中，只不过是循环的内容在变化，你的内心始终是枯竭的、苍白的。

服从于上一代

中国青年的这种循环之苦也涉及一个传统的问题。我们传统的农业社会就是个循环社会，一代又一代人过着相似的生活。农业社会几千年来就是这样过来的，这就在我们的心灵深处形成了一个惯性，我们习以为常，不会觉得这种循环有什么痛苦。

别人认为鲁迅的小说《狂人日记》和《阿 Q 正传》都写得很好，而我觉得最好的是什么呢，是《故乡》，因为《故乡》写出了中国人生存的本质性的东西。闰土的爸爸是一个老实巴交的农民，围绕着土地生活，也没有什么新的想法。而闰土小时候那么灵动、那么活泼，脖子上挂着一个项圈，银色的月盘下，他在瓜地里面举着个叉子，然后对着猹奋力地投过去。那么灵动的一个小孩，40 多岁就头发灰白了，见到鲁迅回来，嘴巴里咕哝咕哝，半天说不出话来，最后叫了一声老爷。这种状态跟他爸爸一模一样，展现了一种代代循环的状态。

这就是我们生活里一个很可悲的方面。我后来注意到闰土是有原型的。闰土最后结婚了，他的孩子这一代也像他一样，老实巴交地生活着，身体又不好，也是当了一辈子农民。不过到闰土的孙子时，情况就发生变化了。

闰土的孙子从 1952 年开始学文化，后来研究鲁迅，进入绍兴的鲁迅博物院，成了一位研究鲁迅的专家，还写了关于鲁迅故乡往事的专著。这个人就走出循环了，他对自己的生活进行回忆，对自己父亲和爷爷的生活进行反思，通过文化创新走出了循环。

我们的时代实际上给人们提供了走出循环的基本条件，就看你有没有这个欲望，有没有这个能力，有没有坚韧的生命力和强大的信念感，去做一个不循环的人。

什么叫不循环的人？就像一棵树，随着岁月的流逝，它的年轮一圈又一圈地生长，一圈比一圈大，我觉得这就是最好的生命。不会一辈子待在原来那个小小的圈子里，而是不断地拓展，向外延伸，这就是生命的力量、生命的美好。

那我们生命的年轮在哪里呢？在我们的生命深处，在我们的内心深处。我们内心里有没有不断扩大的东西？有，这个不断扩大的东西就是我们跟世界的关系。世界在发展，我们内心的成长应该跟世界同步，这就是一个特别好的生命状态，一个我们的生命应有的不断更新的状态。所以，要做一个不循环的人，每个人都应该有这样的目标。

· 循 XUNHUAN 环 ·

如何走出循环？

我始终觉得任何一个当代青年都应该有一种强大的信念，这种信念就是相信你自己，你一个人就可以拥有世界，不用依赖别人的夸奖，不用依赖别人的肯定，你自己就拥有足够强大的力量。

鲁迅当年从绍兴到日本留学，他在生活中不断地思考，后来从学医变成了从文。这个变化很大，但不是因为他学不下去医学，其实他的课程成绩还是可以的，他唯一不及格的学科是解剖学。鲁迅其实完全可以继续学医，但是他觉得人生需要不断地扩大选择面，他发现中国人缺的是灵魂，民族劣根性在一代一代地循环，他想打破这个循环。他说最重要的是疗救国民的心灵，因此做出了弃医从文的选择。

后来鲁迅对尼采很感兴趣，写了《摩罗诗力说》。尼采强调超人意志，什么叫超人意志？不是我们印象中扭曲的、蔑视大众的、以自我为中心的一种独往独来的人格。他认为我们生活在世界上一定要有一种力量，什么力量呢？就是不怕失败，不怕世界的荒诞，哪怕自己的愿望最终不能实现，也要去追求。

如果一个人以完美为追求目标的话，他永远也走不出这个循环。就像阿Q画那个圈一样，都要被砍脑袋了，他还在遗憾自己没有画圆，这多么可悲！尼采的精神哲学认为，在资本主义条件下，在社会发展中，人渐渐庸俗化了，变得畏首畏尾，追求一些很微小的利益。因此，我们要打破这种庸俗，追求自己的自由价值。哪怕你觉得孤独，也一定要追求自己内心所想要的生活、所期望的价值。

不怕失败

要走出循环，必须不怕失败才行。你要找到一种人格的力量，发掘自我内心深处的激情，然后去释放它，去发挥你的生命能量。

为什么我看梵高的作品会非常感动？我在大学的时候，看《梵高传》，就深深地被这个人所感染。他画的《向日葵》那么耀眼，当时的世界，大家画画都是用的内光，很规矩，但梵高就是要把阳光解放出来，所以在他的画里，油画的笔触那么强烈。有的人分析说梵高可能是有眼疾（弱视），所以他画画必须用强烈的色彩，我觉得完全不是这样。生命就是燃烧，生命就是阳光灿烂，尽管他生活得很悲苦、很贫穷，有时候还要靠弟弟帮助，但是他的内心之火永不熄灭。在这样的情况下，一个人才可以跨出去，才可以像鲲鹏一样在广阔的天地间翱翔。生命并不总是非常圆满的，并不总是平衡的。一个人是可以打破自己陈陈相因的生活的。所以，每个人都要想一想，自己是不是可以有一种新的活法，是不是可以把自己的年轮扩大一点。

有时候一个人是很容易沉沦的，如果我们的年轮缺了一圈，一圈没有画出来，第二圈也就没有了，它是一种习惯。一个人面对世界，如果有一种终结循环的欲望，有一种不断打开的欲望，那么在这个过程中，他就会逐渐地喜欢上这种不断拓展的生活，就会有渴望面对新世界的热情。我们热爱一个世界，首先是要看到它，如果你看不到一个更广大的世界，怎么去热爱它？

有探索的激情

年轮的增长不是画一个饼、做一场梦就行了，你要脚踏实地地去行动、去奋斗。所以，你要走出循环，就一定要有非常强烈的激情，对这个世界有强烈的探索欲。在探索的过程中，你才会发现不断扩大的美好，你才会感受到这个时代在变化。时代的年轮在不断地放大，你自己也在跟随时代不断地扩大，这时候你就会吸收到这个时代最积极的力量。为什么不循环的人始终很年轻，像个孩子，就是因为他跟这个时代是互相贯通的。

我觉得这是对于年轻人，尤其对于今天的中国年轻人来说是特别重要的一个问题。打破绿豆鸟的那种小小的格局，站得更高，走得更远，把生命的维度放得更大，这样才能走出循环。

　　我想问问大家，你平时是不是很忙？现在很多人觉得自己很忙，那你有没有尝试过从这种忙碌里抽离出来？有没有想过你就像绿豆鸟一样，每天都待在一个狭小的、不变的空间里面？你的生活内容是不是始终都是重复的，始终都是类似的？你的内心有没有像鲲鹏一样对广阔天地的向往？有没有更大的追求？你有没有发现自己的局限？有没有在生活中积蓄力量，把自己和这个不断发展的世界联系起来？归根结底一句话，你有没有发自内心地希望自己的未来是一个展开的世界，自己的生命是一个不断打开的过程？

　　我前段时间又看了一遍《堂吉诃德》，从循环之苦里面我想到一个问题，突然理解了堂吉诃德为什么会把大风车看成一个大恶魔。很多人的生命就是大风车，不停地转转转，这不是人应有的生命状态，人的生命应该是鲜活的，是具有创造性的，是充满自由感的。为什么堂吉诃德要去挑战大风车？因为他想活得跟别人不一样，不重复，不循环。他60多岁骑着一匹老马，提着一支破长矛去挑战世界，挑战世界上一切正常的东西，它们在他眼里都是恶魔。很多人看《堂吉诃德》这本书会觉得很好笑，却不知道其实自己就是大风车。堂吉诃德拿着长矛来刺你了，可是你自己不知道，反而觉得很好笑。

　　总之，你一定要想一想，你在忙碌中有没有充实感和新鲜感？你一辈子忙忙碌碌，知不知道自己在干什么？你是不是一个循环的人？你是不是一个大风车？

循环的人是
内卷的，
在很小的境界中
挤压出庞大的
欲望。

拖延

为什么总有完不成的 KPI，
赶不上的 deadline

在我们的青年社会里，拖延症还是一个蛮大的问题。很多人不想上班，一到星期天晚上就焦虑，因为第二天要上班了。一到工作日就起不来床，一工作起来就想摸鱼，每天的压力很大。面对自己的工作总是想着越慢越好，感觉自己很被动，不来劲儿，总是把任务往后一拖再拖，拖到最后实在没办法了，才勉强开始。

· 拖　TUOYAN　延 ·

拖延是对工业节奏的反抗

首先，拖延症不见得是一件坏事情。为什么呢？因为我们今天的整个社会生产，不管是物质生产还是精神生产、文化生产，实际上内在都是按照工业的、流水线的节奏来进行的。这是从工业革命之后开始的，因为工业化非常讲效率。

但是我们的身体是不是这样的？我们的身体是自然的产物。以前孔子在春天跑到河边，穿着宽大的衣服，跟学生一起漫游，非常舒畅。而我们现在的社会生产是非自然的，你必须去适应它。但人的本性和这种工作节奏是完全不适应的，这种不适应实际上是什么呢？它意味着异化，就是把人变成自我对立的人，你的劳动和你自己是对立的，人就像一个齿轮，被咬死了。

我到十堰中国二汽去看流水线，一辆车子的配件，从一个大梁进去，然后一路过去，经过1个多小时，一辆车就装配出来了。每个人都跟着那条流水线移动，非常紧张地配合，每天不知道重复多少次。所以，在工业社会里人是慢不下来的，人在一个链条上，不管你喜不喜欢，都要跟着它的节奏走。

我在上海，有时候看着大清早的上班高峰景象，就会想到古代的奴隶社会，拿鞭子赶着你干活。现代社会是不用赶的，是自动的、自觉的，每天早早地起床，匆忙收拾一下，赶紧出门赶车，人似乎非常主动地就跟上这个节奏了。很多人半夜才下班，披星戴月，好像这就是一个不可抗拒的事情。但出于本能，人们有时候会想要拒绝这个节奏，拒绝这种异化，这是非常正常的。我始终觉得我们今天的年轻人如果面对工作不会拖延，完全没有拖延症，那就有点不正常了，那说明我们已经异化得太彻底了，已经完全被机械化、自动化给驯化了。

这种流水线模式是谁创造的呢？是福特汽车公司最先开始的，它为了追求效率，把人的动作进行了分解，就是把一个复杂劳动分解成最简单的几种劳动，然后组合起来，所以人就处在一种简单的重复性里，自己的个性、创意就显示不出来了。

创造性拖延

其实，有的拖延症是非常有积极意义的，它实际上是人想在工作里有一点自己的自由，保持自己的一种鲜活的生命力。

历史上很多艺术家就是著名的拖延者。比如，哈佛大学约翰斯顿大门的设计师。我在波士顿工作的时候，经常从这个门走。我们知道哈佛大学有 20 多个门，但没有正式的大门，这个门几乎就算是正式的了。从这个门里进去，右边是马萨诸塞楼，左边是哈佛馆，它们是哈佛大学最古老的建筑，那些砖石都有几百年的历史了。我记得这座门是 1889 年建造的，当时哈佛花费 2 万美元，委托美国最好的新古典主义设计师来建造大门，那个时代 2 万美元是很大一笔钱。要建造的大门并不复杂，但没想到设计师很长时间都没完成，不但没完成，还要增加一倍的预算。为什么呢？因为他在精工细雕，完全不顾甲方的要求，而是按照自己的节奏来。他要求这些砖石跟一六三几年的砖石质感一致，每一块砖都要精雕，用特别的工艺来烧制。这个要求和成本太高了。后来，他申请再加 2 万美元，学校董事会让他说明理由，结果你知道他说了什么吗？他说，我不是在造一个门，而是在造一种艺术、一个文明。幸好董事会的人很有修养，一听这个话，就无条件地同意了他的请求。所以，今天走过这个大门时，你会看到大门的砖跟里边两幢几百年前的楼的质感是一样的。

又如西班牙的高迪，他设计的圣家族大教堂都盖了 100 多年了，教堂的设计奇形怪状。他觉得这个世界上没有真正的直线，自然里面都是曲线，所以他的教堂建筑设计都由非常自然的曲线组成，就像一个蜂巢，慢慢地雕琢，一点点地做，直到今天还没完成。还有悉尼歌剧院也是这样一种设计，建造的时候不断地加大投入，比预定工期不知晚了多长时间。投资方实在受不了了，要求简化设计，但设计师坚决不同意，一定要慢慢地进行，后来它就成了经典。这就是在拖延中出精品的佐证。

有的拖延中包含艺术，有我们人类的精神，所以我觉得这是一个正面的东西。有些拖延，我们不能简单地否定，它是有自己的意义的。作为一个个体，作为一个普通人，我们的拖延有时候也是在回顾自己的内心，表达某种反抗。在生活中，如果你对一切都是顺从的，那就不会有拖延。如果让你干什么活，你使劲地干就完事了，那你就是一个习惯于程序化的人。

消极的拖延

如果你的心灵深处对自己的工作不满意，只是应付它，那对你来说这无非就是一份工作而已，只是获得物质的一个途径。劳伦斯的短篇小说里有一篇令我印象深刻，里面的男主人公是一个在办公室里做文字工作的人。他每天要完成很多文字工作，誊写文件、书写公文等，这些工作他一点也不喜欢，但是必须要做，因为他有一家人要养活。有一天他快下班时，老板突然甩给他一摞文件，让他赶快誊出来，这让他特别有压力。他以为当天的工作快要结束了，没想到还有这么一堆事情。他坐在桌子前面勉强写了几个字，感觉特别烦。后来他想先去外面喝一杯再说，于是跑到外面的小酒馆里喝了一杯酒，喝完之后回到办公室，看到老板怒气冲冲地等在那里，因为找不到他，把他大训了一顿。男主人公喝了点酒，情绪失控，突然对老板说自己不干了，要把老板炒掉。他怒气冲冲地离开了办公室，又回到酒馆，到酒馆后人已经不正常了，他跟酒馆老板说要喝酒，然后取下自己的手表换酒，并且对着酒馆里人的宣布，今天大家喝的酒他全部包了。这时候看着很潇洒，但最后他手表被当掉了，钱也花完了，空着手回到家里。他原本每天都会买面包回去，结果那晚空着手回去了。孩子饿得直哭，看到爸爸回来了，就抱着他喊饿。他怒火中烧，内心崩溃，就使劲打孩子。孩子最后没办法了，哀求爸爸不要打他。他说："看在圣母马利亚的分儿上，你不要打我。"这其实是非常悲惨的。

所以劳伦斯就说，在我们的现实生活里，一个人去做工作往往就是为了钱，为了生存，而不是为了自己的热爱。

拖延是种内心的苟且偷安

其实很多人没有这样崩溃过，而是靠自己内心的苟且去顺应这个节奏，这就是我们说的消极的拖延症，它在消耗你的青春。

现在很多人活得不精彩，活在自己的弱点中。这是在我们人性中普遍存在的一个弱点，就是避难就易，避远就近，避繁就简。这种时候，拖延就变成一种生活方式、工作方式，我们内心变得随波逐流，心就像一盘散沙，很多事情就在这个过程中变成一个散光的状态。

我们在大学里也可以感受到这一点。写一篇硕士学位论文是多么认真，需要3年的学习，从一年级开始就要收集资料。其实这3年是很紧张的，每天应该完成的功课是必须要做到的。但是有些人就喜欢拖拖拖，总觉得时间还够，3年的时间很漫长。结果拖了1年、2年，最后快毕业了，就剩几个月了，又忙着出去找工作、打工实习，真正留给这件事情的时间就很少了。我见过不少硕士学位论文都是到最后才赶出来的。所以，有时候就很遗憾。对大部分人来说，硕士毕业就是整个学习生涯的结束，硕士学位论文是多少年的学生生活的一个总结，是一生中最精彩的一个阶段的结束，但是有些人却把这个阶段处理得特别平庸，拖拖拉拉到最后拿出一个质量很差的结果。所以，这是我觉得很麻烦的一个问题，单从一个毕业论文来看，其实我们很多人从小就有拖延症。

青年社会里有一个很普遍的现象，很多人觉得自己还有很多时间，还有一个精彩的未来。但其实不是这样的，我们每个人的一生都应有一个高峰，这个高峰是一步步攀登才能到达的，是由一个个当下构成的。如果你没有当下一点一滴的积累，你的一生就没什么高峰可言。

所以，人一定要抓紧时间。你幼儿园该学的东西，小学该学的东西，然后到中学该学的东西，都要及时学会。你要做一个不断发展的人，必须具备的那些知识、能力，你的精神品质、意志品质，都是这么一层一层地积累起来的。如果你前面失去一个阶段，后面就要紧追而上，哪怕花3倍的力气也要追上去。如果你失去两个阶段的话，那就不得了了。

有时候我们的资源都花在别处了，比如吃喝玩乐、打扮自己，表面上很开心，实际上损失太大。有些东西是永远弥补不了的，有的人一辈子就毁在拖延症上。我们生活中充满了一种哲学，总是觉得这样也很好，那样也很快乐。什么叫苟且？就是自我安慰。所以，我们生活在这个世界上，总的来说还是要警惕这种拖延症。

打破拖延，付诸行动

　　人要实现自己的价值，一方面不能完全随着外部的机械化节奏走，要学会适当地拖延，但是这种拖延是针对不合理的东西而言的；另一方面要积极地建设自己不拖延的方面，抓紧应该抓紧的东西。所以，要建设新的生活，就要有目标，也要有自己的节奏。

　　有的人觉得要在这个社会里实现自己的理想太难了，于是就在这种畏难情绪中放弃了。一边跟着外部节奏走，一边又有严重的拖延情绪。克服这种畏难情绪，我们应该怎么做呢？其实就是要有行动力。你要知道一点，一件看上去很难的事情，一旦你去尝试了，就会发现也没有那么难，因为你想象的难度是整体的。你要打造一个新的生活，一旦投入其中，你是一天一天地度过的，每一天面临的问题都是具体的，这个具体的问题是你调动自己的力量就可以解决的。

　　我特别喜欢的一个作品是《我的安东妮亚》，一家人从波西米亚跑到美国来，其中一个小女孩叫安东妮亚。面对陌生的世界，他们该怎么办呢？比如，小说中写到这几个人坐马车，夜里被狼群狂追，这时候怎么办呢？只能让马车变得更轻。怎么更轻呢？只好把有的人推下去，让狼群吃掉，这样车子就变轻变快了，也才能保住其他几个人的性命。后来，安东妮亚面对陌生而艰难的生活时没有回避、逃跑，而是一点点地开垦土地，一点点地学习建造房屋，结识乡邻。小说的结尾，她拥有了自己的农场，也有了自己的家庭，几个孩子特别开朗，有力量。

　　所以，最好的生活状态就是有去努力创造的愿望，想做一件事情，根本停不下来，恨不得每天 24 小时都在做，特别兴奋，有一种投入感。

我觉得人生一定要找到这个状态。一旦找到这个状态，拖延就会被过滤掉。当然前提是年轻人要明白自己为什么会拖延，好好地想一想，好好地体会一下自己在拖延什么、抗拒什么，自己到底喜不喜欢目前的生活，应该怎么样生活。

一个人如果找到了自己真正喜欢做的事情，那个时候真的是只争朝夕。因为不是抓紧干就能马上出成绩，你要耗费大量的资源和时间，才能有所收获。美国摄影师麦克·山下是学历史出身的，他作为一个摄影师，看到随着人类文明不断发展，很多文明的遗迹正在消失，心里积压了很多遗憾。他为了拍马可·波罗之路专题，从威尼斯到北京，重走了马可·波罗之路。一路上走了将近两年，带着团队拍了 2.5 万多张照片，它们都是胶片，不是我们今天的数码图像，最后他从这些胶片里选出来 130 多张，举办了马可·波罗之路的摄影展。摄影展非常成功，但是你想想，在近两年的时间里，拍了 2.5 万多张照片，只选出了 130 多张，这需要多少时间和精力呢！

要做一件精彩的事情实在是不容易的。麦克·山下就有一种投入感、一种紧迫感，因为有些东西，比如中亚地区的一些古老民俗，在新的时代里正逐渐消失，如果不抓紧去拍，那就看不到了。而在中国，在快速的工业化、城市化过程中，也有很多古老的东西消失了。比如，一些方言、民族习俗等都没有了，我们已经失去了太多的东西。

我觉得一个人最重要的就是要找到生命的方向，如果找到了，拖延症自然就没有了，那他的生命一下子就会有源源不断的动力。每天都去打开新的东西，面对新的太阳，实际上我觉得这个状态就特别好。

我 2011 年、2012 年在日本西部工作的时候，去拍日本明治维新之后的各种历史遗迹、各种故事，大清早 5 点半坐上第一班电车，冰天雪地的，车往深山里开，在那里会看到巨大的阴影，然后太阳的第一抹红光出来，那时候我就感觉别人还在沉睡，而我已经看到了大地的苏醒。所以，我觉得不拖延的人，有他独特的幸福，他看到了别人看不到的东西。当然，这不是说你要咬着牙去努力做到不拖延，而是要满怀着热情去抓紧时间做事情。

我以前读唐诗，读到"鸡声茅店月，人迹板桥霜"，就觉得这个人很辛苦，后来我却读出了一种幸福感，别人在沉睡的时候，他已经在微微的晨光里走上了一座小桥，听到了鸡鸣，这是一个多么清新的世界啊。这就是一种不一样的人生，人自然而然就会形成一种力量，去追求、去体会，这样的人生就有价值。

今天的年轻人有很多选择的机会，生活有太多的可能性。从一个细小的方面开始，做到不拖延，看看自己喜欢做什么，然后马上去做，这样的生活你完全可以去试一试。我有一个朋友就是这样的，他如果想做一件新鲜事，就立刻去尝试。比如，有一天他忽然觉得自己喜欢音乐，于是白天做律师的工作，晚上就把很多电影的音乐剪辑出来，听听效果，觉得不错，然后就产生了更大的好奇心，进行了更多的尝试，把剪辑的作品分享给朋友们，在线上搞了个沙龙跟大家一起分享。

我想，今天的年轻人应该要珍惜自己的拖延症，想想自己的拖延里有没有一种可能性，找到自己一点儿也不会拖延，而是急迫要去做的事情。这个时候，一个新的生命、一种新的生活、一种新的生存方式就显现了。我觉得这是今天的年轻人的一种生活价值。

　　大家可以想一想，现在你为什么拖延？你面临着哪些困难？如果你想不拖延，立刻去做自己内心喜欢的事情，到底有什么困难需要克服？不要整体地、朦胧地去想，而要把困难细化一下，具体困难在哪里，然后找到最小的切入点，从一个小小的细节开始去尝试、去改变，这可能就是你人生的一个新起点。

———

莫让
人生价值
消失在
拖延里。

———

放弃

年过 30，要为了稳定丢掉梦想吗

　　人到了 30 岁左右，就会面临一个问题——到底是追求眼下生活和工作的稳定呢，还是去改变一下？心中有追求新的生活的愿望、梦想，在这种进退两难之间有些不甘心。但真正要改变的时候又非常犹豫，因为要做一件新的事情，就要转变，就要放弃原来的东西。

　　我们知道人有一种本性叫"路径依赖"。你原来轻车熟路的事情，也还可以很好地继续去做，但如果你现在突然要转向一条陌生的路径，就等于是从零开始。开始的时候，不管是你的经验，还是你的收入、待遇等，都会一下子——不能说归零吧——至少少一大截。而且周围的人、身边的环境也是这样，大家都会觉得你现在的生活就已经不错了，如果你放弃当下去开始一种新的生活，就有点折腾了，为什么人生要这么折腾呢？所以，这时候我们就很难去做决定。父母可能不支持，朋友可能也不支持。但是，我们为什么总是不甘心呢？为什么还是想改变呢？

　　因为看到了别人的改变。现在很多人，我自己遇到的很多也是这样，

131

他们的生命活力就来自改变和放弃。比如，有个人是留学回来的，专业知识积累得也很扎实，本来在北京打拼，后来却一下子跑到重庆去了。在那里，重新开始去做一个艺术空间，聚集各方资源来搞创意、搞剧本等。当我们看到别人这样的经历，就会忍不住跃跃欲试。这时我们的生活就进入了一个十字路口，之后到底该往哪边走，这就是一个问题了。

那么，到底怎样去面对这些压力呢？而什么又叫压力呢？下面我们来看看。

为什么有放弃之苦？

放弃就意味着要面对未来的不确定性。你以往有一种确定性，现在要面临一种不确定性。我们的农业社会传统是追求风平浪静，春种秋收，生活就是日复一日地重复。所以，这种不确定性在我们的传统文化里是被排斥的。如果你要放弃原来拥有的东西，扑向未知的世界，那就有点像蹦极，对着虚空跳下去。其实这可能比蹦极难多了，蹦极还拴着绳子呢。而我们人生的这种放弃之后重新开始的"蹦极"，它的保险绳在哪里呢？这个时候我们就要犹豫了，就会变得很纠结、很痛苦，到底要不要放弃。

这里有一个需要仔细分辨和思考的重要问题，就是你渴望的那个新东西是不是真实的，你是不是发自内心觉得自己这一辈子就为这个而活了。其实今天很多人追求的所谓的新生活是有点虚幻的，这种虚幻不能给自己提供真实的力量。我们今天的生活环境有很强的二元性，我们看的小说、戏剧、电影，听的各种流行歌曲，营造了一种特别有渲染性的文化语境和氛围，所以很多时候会让人误以为自己是一个心有远方的人，是一个很有诗意的人，是一个充满了艺术性和自由感的人。这种环境无法给你提供真实的实践性，无法让你对历史、人文、生活、社会、人类有深入理解。太多的人生活在这种幻象里。在这个幻象中，你对照出来的自己的生活就很平庸，是一种循环，于是就非常不满意，就会想改变。

现在很多人最大的问题就是缺乏行动力，踏不出去，因为没有强大的推动力，他们没有真正看见一种崭新的生活。这个正在变化的世界其实有非常多的新空间，有很多东西是过去没有的。但是你没有勇气，没有积累，你的路径是依赖在确定性上的，你希望自己踏出去就是有收获的。你害怕踏出去后是一片荒芜，每天都很孤独。所以，就产生了一个巨大的矛盾，你也就放弃了。

有很多伪理想主义者，很多伪自由主义者，他们有很多伪想法，经不起行动的考验。美国作家理查德·耶茨写的长篇小说《革命之路》里，弗兰克参加了"二战"。他上中学的时候就觉得自己了不起，想去流浪，还买了那些流浪的也就是远行的衣服，结果被别人一嘲笑就不去了。最后他结了婚，生了两个孩子。妻子决定全家人搬到巴黎去，去追求新的理想。弗兰克本来同意了，但是刚要去的时候，上司找他谈话，说非常欣赏他做的策划，要提拔他。就在这么一个现实面前，所有的东西，包括原来的理想，他一下子就放弃了，他突然觉得那些东西虚无缥缈，而扎扎实实地工作，现实的、被人承认的价值才是最可靠的。

生活中，我们常常在这种小得里失去了大的自己。放不下这种小小的获得，然后就失去了自己某些珍贵的价值。

这种情况非常多，所以在考虑到底要不要放弃时，我们首先要对自已有深切的理解。是不是真的想要追求未来，是不是可以放弃既有的确定性或者既有的优厚生活，去追求未知，一定要想清楚这个事情。

建立新的生命哲学

面临这种选择时，需不需要建立起一种新的生命哲学，这是最根本的问题。你要转变生活，不仅仅是放弃了一份工作或者一种待遇，也是放弃了原来的生存理念，要投入未知的不确定的生活中，这需要一种新的生命哲学。而对于我们来说最难的就是这一点，要自我革命，在内心深处有新的价值逻辑。

阿根廷作家博尔赫斯写的现代小说《小径分岔的花园》为什么那么有意义？因为这个小说展现了一个问题。教授一直在研究中国晚明时期的一个叫崔明的官员，他设计了一个花园，临死的时候都没设计完。他的后代就研究这个花园，到底崔明接下来要怎么设计？后来这个教授研究出来了，他完成了设计。这个花园的开放性及不确定性，就是崔明这个官员对世界的理解。

正视不确定性

现代世界是一个布满交叉小径的世界，每一个交叉口都有无限的可能，你每走一步都不知道下一步在哪里，这就是我们今天所面临的一个生存环境。我们的社会，未来 5 年、10 年、20 年会涌现出多少你意想不到的东西，而我们的习惯是用一种旧有的逻辑去审视未来，这明显是不行的。

这个世界充满了随机性、非线性、偶然性，甚至是荒诞性。谁知道下一步是什么样的？退一步讲，即使你要追求确定性，要留在一种确定性里面，本质上说，你最终还是留不住的。你现在的生存环境、现在的工作、现在的生活内容，再过5年会怎么样，再过10年会怎么样，谁都不知道。所以，既使你不放弃时代，时代也会放弃你。在生活里，你没有去寻找，没有跟着社会的变化而变化，没有找到最能释放自己的一条道路，你就毫无价值。

美国悲剧作家奥尼尔的小说《天边外》就阐述了一种特别的哲理。书中写到两兄弟朱安和罗伯特，罗伯特特别想知道远方是什么样的世界，他渴望外出闯荡。而朱安就喜欢土地，就想像爸爸一样，在这里非常朴实地经营农庄。两个人都坚持自己的想法，就会出现矛盾。罗伯特决定跟着一个舅父去船上当水手，周游四海，实现他的愿望。罗伯特走的时候，隔壁的姑娘露丝来找他，向他表达自己的爱意，说舍不得他走，罗伯特立刻就放弃了梦想，他决定留下来跟露丝结婚，结婚以后去经营农庄。这跟他的本性其实是相悖的。

结果他的哥哥朱安特别伤心，因为他也爱露丝。他一看这个情况，决定代替弟弟去当水手。两个人都放弃了原来的理想，过上了另外一种生活，至于到底喜不喜欢那种生活，两个人都不知道。

3年以后，哥哥回来一看，弟弟就快要死了。为什么呢？因为他并不喜欢经营农庄，他的放弃是致命伤。他的心在远方，身体却在农庄里，所以过得特别累，心力交瘁，浑身是病。朱安也特别伤心，因为他在海外到处漂流，后来跑到南美洲去做买卖。他看到人类社会为了钱你争我夺、尔虞我诈，根本就不喜欢外面的世界，他就喜欢在家里种地。两个人的生活完全错位了。罗伯特在死之前跟他哥哥谈话，他说："我是很失败的，但是你比我还失败。因为你是农民，对农民来说最珍贵的就是粮食，你现在在南美洲倒卖粮食，就是倒卖农民的灵魂。你比我还要悲惨呢。"看到这里，我们很难说谁对谁错。

不管是 20 岁、25 岁还是 30 岁，你根本就不知道自己即将面对的是什么。就像 10 年前的你看现在的自己，可能也不知道你今天是这个状态，会有这种生活、这种工作。

时间里藏着太多的未知。

西西弗斯精神

当然，我们面临这个问题时也可以有一种精神，就是所谓的西西弗斯精神。西西弗斯违背宙斯的意志，被惩罚往山上推巨石，费尽全力，终将巨石推到山顶，然而石头必然会再滚到山下，然后他又必须再推到山顶，这样循环往复。这就是对他的惩罚。

古代社会的人们觉得这是一个悲剧，但是后来尼采和加缪从这个悲剧里找出了积极性。什么积极性呢？西西弗斯推巨石这种情况只有人能做到，体现了人的伟大精神。一头猪拱一个东西，拱了半天拱不出来，它就放弃了。对动物来说，如果有什么事情做不到，它们就放弃了。但是人为了尊严会拼命去做，尽管做不到。比如，一个人永远不可能把一个石头固定在山顶，但他会不断地去做这件事情。只有人能做出这样的事情，这就证明了人的力量和意志。我们在生活里不管成败，只要有这个过程，有这种精神，就依旧很光荣。

这种精神多高贵呀，但是我们知道这样的精神很难普及。尽管我们的社会也崇尚这种精神，崇尚这种精神里的不顾结果、不顾未来，推崇其中的人的力量、人的自由。我们处于刚刚转型的社会里，其实真的很难有这种力量，很难成为西西弗斯。

有历史眼光

我们每个人注定活在一个时代里面，这个时代正在发生什么变化，哪些变化是最有价值的，是必然的，这是一个非常考验个人的文化内涵及历史眼光的问题。它属于过去，也属于当下，但是不属于未来。

从更宏大的历史维度来看，比如日本明治维新时期，涩泽荣一是一个出身高贵的人，后来又学习了很多经济、财务方面的知识。1889 年他去巴黎参加世界博览会，深受震动。工业化的成果带来的新气象强烈地震撼了他。他看到了这个社会中，工商业特别是大工业给人类带来的巨大改变。

对照日本的情况，他发现日本武士精神作为一种人们普遍追求的价值，内在还是有些缺陷，缺乏一点跟现在的科技、工业以及商业结合的东西。一个国家要想富强，恐怕就必须要做出一些改变。他本来是一个在维新政府里负责税赋和租金的高官，最后毅然放弃了原本的工作。干什么呢？当商人。这是日本那个时期最有代表性的一个转变。日本特别著名的一桥大学就是他创办的。一桥大学的商业相关专业在日本是超一流的。

他的选择、他的放弃，实际上是基于看清了历史方向，看清了社会下一步的发展方向，因此找到了自己未来的价值。并且这跟他原来的经验又能联系上了，他在经济学方面、经济观察方面的积累都能帮助他实现新的转变。

所以，一个人一旦认识到历史的方向，认识到社会转变的方向，他做什么都会比较明确。这就跟那种轻飘飘的理想大不一样了。

很多人过日子，总喜欢打小算盘，这个工作挣钱多一点，那个工作挣钱少一点，分析得一清二楚。小算盘永远解决不了放弃不放弃的问题，它是一笔大账。

放弃的问题实际上对年轻人来说是一个特别关键的问题。索尔·贝娄是我特别喜欢的一位美国作家，他有一本书叫《晃来晃去的人》。这本书是他在 20 世纪 40 年代写的，那时他是一个少年，不知道要干什么，结果被征兵，他很抵触。他善于对生活说不，不愿意被老套路套住，想寻找一种新的生活。但是晃来晃去，一直没有建立起自己的根性。

我特别欣赏竹子，它看着细溜溜的，但再大的风，无论东南西北哪个方向的风，它都不怕，它在地面上有多高，扎在地下的根就有多深。而且一群竹子聚在一起，底下有一个巨大的根系，就像一个迷宫一样，很难被动摇。如果能成为竹子一样的人，有了自己的根性，他就有了信念，也就会用历史的眼光去看待眼前的困境。

· 放　FANGQI　弃 ·

真诚探索而非简单放弃

一个人在社会生活里一定要有一个探索的根，就是不停地在社会生活里真诚地探索，而不是简单地拒绝。在这个探索的过程中，包含着某些不放弃。在这个过程中，你就会把自己全部投入进去，去体会，然后逐渐找到自己的根系。

我曾在一个地方看到一个女孩子，她原来是很棒的电台主持人，后来放弃了那么好的工作条件，去做播客，工作内容就是请不同的人来聊天。她在之前的工作中接触到了很多鲜活的人，觉得很有意思，但是广播电台容量有限，也有一些规定束缚着她，所以她就干脆辞职去做播客。结果节目很火，还有音乐会等各种创新形式，她把自己的活力、创造力充分地释放了出来。她的追求和理想是有肥沃的土地来滋养的。

所有东西都是会新陈代谢的。这种代谢，在新陈之间，你要有陈的基础、陈的体会。为什么鲁迅在五四时期可以写出《狂人日记》《阿Q正传》这么好的作品？因为他在过去的那个旧社会里体会太深了。从他的个人生活到他的求学经历，再到他后来的婚姻经历，他充分体会到了仁义道德的虚伪，总结出来"吃人"的社会感悟。他的那种孤独，其实就存在于对这个社会的种种体会之中。他夏天在院子里的槐树下默默地抄古碑，然后冰凉的毛虫掉在脖子上，就是这样的一种孤独。

所以，放弃不是突然间哐当一下就放弃了，而是要经过一番心路历程的。鲁迅明确了要做什么，所以后来《新青年》来找他约稿，让他写篇小说，他一下子就把全部的感慨表达出来，写成了《狂人日记》，从此以后变成了一个文学家。后来连续写了那么多小说、杂文、散文。

放弃其实有点玄学的味道，就像博尔赫斯的那篇小说，到底怎么往前走，其实真的不知道，但是不知道里也有知道的部分，就是一个人的根基有多深。放弃在某种意义上是一种批判思维，就是对原来的生活进行否定。在人类历史上，最有这种批判力的人，就是对原来的东西最了解的人。往往那种新青年，虽然他对你的否定态度很激烈，但是他的持久性、他的深刻性具有很大的局限性。这种放弃，就不是我们所提倡的。

人有时候缺少一点孤独的经历，缺少一点旧的体会，实际上放弃的时候就会缺乏一种深刻性。我们是要理性地去放弃东西，而不是感性地、情绪化地去放弃，不是这样的。希望今天的90后在经历了众多的社会变化，积累了大量的社会经验后，再去理性考虑放弃。我很喜欢有首歌里唱的：“你寻求的幸福，其实不在远处，它就是你现在一直走的路。”我们要好好地体会这段路，然后才能决定是否放弃它，再去开启新的生活。

你在生活中的哪些时刻想过放弃？你放弃的原因是什么？你要追求什么？你的放弃是一种逃避，还是一种游戏？你有什么不得不放弃的？就像米兰·昆德拉在《不能承受的生命之轻》里所说的那句特别有分量的话，“非如此不可”。

放弃就意味着我们对生活要有深刻的认识。我要放弃，我要转变，我非要这样不可，没有任何不放弃的理由，我觉得这就是一个非常有分量的选择，就是一个非常有价值的放弃。这就是我们今天所要追求的。

——

要真诚
探索
而非简单
放弃。

——

[每个人都了不起]

○ 出头

○ 煎熬

○ 孤独

○ 虚假

比工作更复杂的，是职场关系

○ 误解

○ 迎合

○ 妥协

煎熬

上班如上坟，是不是该辞职了

下面我们来聊一聊煎熬之苦。很多年轻人跟我说，工作了几年，有一种看不到头的感觉，自己对于当下的工作好像并不喜欢，不知道未来是什么样子。他们说自己必须付出，因为要立足、要安身，也可以去熬，但是未来会怎么样呢？这个"熬"值不值得呢？熬下去将来会出现什么结果呢？不知道。甚至有的人觉得上班就像上坟一样，心里特别不愿意。对此我是深有体会，为什么呢？

我当年去云南高黎贡山傣族地区劳动，太阳刚升起的时候出工挖地，一锄头接着一锄头，每一锄头都是煎熬。生平第一次感觉太阳移动得太慢了，就想起动画片《三个和尚》，那里面太阳从东边山头一升起来，噌噌噌就到西面去了。我那时候就特别盼望那样的情形，这样我马上就可以收工了。

这个状态对人来说内耗是特别大的，我们内心的各种向往，我们的青春、激情，都在这个过程里被磨灭了。然后，它会加速我们的衰老，我们的生命本身在这个过程中越来越老化了。今天社会上的有些人，你看到他工作成绩突出，社会对他的评价很好，但他内心深处其实不见得有多幸福。比如，指挥家伯恩斯坦，他做了三四十年的指挥工作，是全世界公认的最杰出的指挥家之一。但是他晚年的时候感叹自己这一生过得不幸福，因为他内心最喜欢的是作曲，不是指挥，只是无意中被选中做指挥，从此以后就从这个架子上下不来了。他一直觉得自己没有过上自己应该过的日子，因此就很难过。尽管他是个名家，具有国际声誉，但他还是觉得没有过上自己想要的生活。

为什么煎熬?

我们看看马斯洛所说的关于人的五种需求，人首先是有一个食色的需求，其次是安全的需求，再次是归属与爱的需求，又次是获得尊重的需求，最后一个是自我实现的需求。

其实最大的煎熬就是没有自我实现的价值感。如果一个人工作、收入还可以，大家觉得他人也不错，但他还是很煎熬，这说明他感受到了价值层面的东西。人生中可能会有这么一个自我反思的时刻，找不到自己的价值，这就是煎熬了。

我们说有的煎熬源于工资低、房子小，有的煎熬是觉得自己很孤独，没有亲密关系，没有友谊，所以煎熬是分梯度的，是持久的。如果没有解决根本的价值问题，人的内心永远存在煎熬。

如何走出煎熬？

这是我们人生中一个常见的现象。到底怎样才能走出煎熬呢？我们首先要知道自己在这个世界上应该做什么，自己内心渴望什么。

我特别佩服那些画唐卡的年轻人。画唐卡要用到不同颜色的矿物质，他们不是用水来稀释颜料，而是用口水，就是蘸嘴里的口水，然后一笔一笔细细地描。一幅大的唐卡要画几个月，甚至一年多。他们每天盯着眼前的画布，一点一点地描画着，我觉得特别不容易。那么，他们会不会觉得煎熬呢？后来我拐弯抹角地问其中一个年轻人，我说："你拿口水蘸着颜料来画，嘴里经常有各种颜料，你担不担心这个矿物质会让自己中毒？"他就笑了，他说不会，对他来说这是一件特别开心的事情。他有牵挂，他有信仰，如果从文化层面来说，就是一个人找到了自己的心宅，有了心宅才安心。

其实，很多人在这个世界上飘荡着。就像欧洲经典名作但丁的《神曲》中所展现的七层地狱，一层一层的，第四层的人在风中飘荡。当我看到这里的时候，我觉得世界上有太多的人在风中飘荡，没有根基，没有依靠，没有精神故乡。我非常喜欢作家王小波，他有一篇著名的散文叫《我的精神家园》。他一辈子都在分析自己内心与这个世界是什么关系，从文学、人文、历史等角度去分析这个问题。他在他的作品中列举了自己看过的书、喜欢的人，包括一些现代作家，比如杜拉斯、伍尔夫、卡夫卡等。一个学理工科的人最后毅然决定去研究文学，做小说家，做一个自由作家。他的生活也没太多保障，但是他很安心。

找到自己的精神家园

如果一个人总是感到生活很煎熬，那他首先要有一个非常单纯的精神家园。王小波在他的作品中描绘了自己对精神家园的向往。其实，他对生活的想象很简单：一条两边有竹篱笆的路，开满了牵牛花，篱笆上停着蓝蜻蜓。这是一种很诗意的表达。他说自己喜欢的是一种自然的、有艺术气息的、清新的生活。

你在这个世界上到底想要什么？首先要弄清楚这个，然后再对比自己现在在做的事，想一想你到底喜不喜欢。把这个问题弄清楚，煎熬之苦的问题相对来说就比较容易解决了。

我有一个学生，毕业后没多久，去了一家挺不错的公司，收入也不错，但是他天天焦虑。因为他想写东西，而再多的收入也不能解决他的这个价值问题，最后他还是毅然辞职去自己创业。所以，面对煎熬这个问题，首先要明确的是努力的方向。

· 煎 JIANAO 熬 ·

如何看待煎熬？

处理煎熬之苦必须找到自己的方向，但这并不是说你现在找不到方向，就去空想，什么也不做，这肯定不行。因为反过来说，其实煎熬有时候是必经之路。

煎熬是必经之路

第一种情况就是你选的这个事情是你喜欢的，但是任何专业都要有基本功。比如，达·芬奇学画画，先是画鸡蛋。在不同的光线下，鸡蛋的明暗和过渡是很不相同的，你能不能把它准确地、细致地表现出来？这个可不是开玩笑的，下笔轻重、如何勾勒都有讲究。一个好的画家几笔就能勾出一个传神的东西来，特别是速写。但这是下了很多功夫才积累起来的经验，"台上三分钟，台下十年功"，这是必然要经历的。

我在西安的时候，在我不远处住着一个秦腔演员，他每天早上起来"啊啊啊"地练嗓子。我们说练武术的人拳不离手，演唱的人曲不离口，就是这个道理。搞文学也是一样，也许一辈子都没有找到状态，但是有一刻你忽然发现语法并不重要，不在语法的奴役之下，你自由了，发现写作是充满灵性的。或许你写得不符合逻辑和语法，但是读的人能通过直觉去体会、去联想，他能感受到你内心的自由和灵动。为什么在文学世界里诗这种文学形式受到很多人的推崇？因为诗不讲语法，它是意象的组合，但极其讲究技术，让你不得不苦熬。

只有在煎熬中才有顿悟

第二种情况是领悟的问题，也就是精神的问题。其实人在煎熬之中会成长，到了一定的程度，才能获得一些自由，到最后才获得一种顿悟。南朝刘勰写了一本很著名的书——《文心雕龙》，里面就讲到人成才有两条道路，一条是积学，就是老老实实地一点点去学；另一条就是顿悟。我感觉这两者不矛盾，当你积学到一定的程度，有时候就会恍然一下顿悟了。当然，有的人有天赋，可能一下子就顿悟了，那是另外一回事。所以说煎熬对一个年轻人来说，有时候是必须要经历的，你的智慧、你对世界本质的把握、你的意志、你的品质、你的情感深度都是在煎熬中形成的。然而，很多年轻人过不了这一关，怕煎熬，吃不了这个苦，所以半途而废。

有的人明明可以走 100 步，但只走了 70 步就觉得满足，然后就停下了。所以，在煎熬里，我们一定要认识到它的正向价值，也许当下你正在煎熬，甚至最后不做这个工作了，但是这个煎熬过程可以提升你的精神品质，它的能量是很大的。以前我在歌舞团待过，歌舞团的成员每天都要练几个小时基本功。比如，拉手风琴的人已经很熟练了，但每天还是会苦练一些最基本的东西；跳舞的人，姿态和表情都需要对着镜子长期练习，一丝一毫都不能马虎。所以，我们说有些煎熬是我们成长过程中的一个必由之路，是我们通向自由必须要走的一个大台阶。

煎熬后才知道爱不爱

第三种情况是煎熬让我们明白自己喜欢什么，这是它的另外一个价值。就是说你为眼前的工作付出了最大的努力，你跟它已经变成熟人了，觉得和它亲密无间，但是到最后你发现它不是亲人，最多也就是一个朋友。但是我们终其一生要找到自己的精神故乡，找到自己的亲人，这说明这份工作不是你最后的落脚点。所以，在煎熬的过程中，你可能逐渐会意识到自己应该做什么，这个很正常。我原来在复旦大学读书的时候，前辈里有著名的戏曲史专家赵景深先生，他原来学的是棉花专业，最后喜欢上了古代戏曲研究，两个专业前后差异非常大。

有些人一开始做了一个工作，非常认真投入，最后可能跟这份工作道别了，但是在努力的过程中照亮了自己，知道自己内心真正热爱什么。从社会学角度来看，每个年轻人进入社会都有一个磨合期，有一段不起眼的时光，在这个阶段你会觉得自己不受重视，也缺乏自我价值感，焦虑感也会增加。不要给自己太大的压力，扎扎实实工作就行了。不过在这个过程中，你可能会逐渐体悟到自己渴望什么。

我去敦煌看石窟的时候就很感慨，当时没有电灯，工匠都是拿着那种小小的灯，连油灯都不是，在暗暗的岩洞里仰着头画画，特别是顶上那些画，仰着头一画就是几十年。他们可能在这里画了一辈子，就是在画的过程中，逐渐感觉到自己爱上这种生活了，因为这种生活比较单纯。

以前我不理解为什么短跑运动员天天要跑那么多路，还有游泳运动员每天要游那么久，现在我明白了。我曾经看到上海体校那些锻炼的人，每天在一条跑道上很枯燥地跑着，我当时就觉得这种不断循环的生活太无聊，太磨人了。但是后来跟他们聊起来才发现不是这样的，他们在这种生活里排除了大量的杂念，因此觉得这种状态挺好。反而当他们进入到现实生活的时候，就会有形形色色的矛盾、各种各样的不愉快等，然后再回到跑道上，又觉得生活很简单。所以在煎熬中，我们有两种出路，一种就是原来你以为是煎熬，后来却喜欢上它了；另一种是经过煎熬，经过自己的努力之后，明白了自己其实可能会喜欢另外一种生活、另外一份工作，这个时候就可以去转换。

如果你刚刚工作稍微吃了点苦就受不了了，就害怕煎熬，要跳槽，那就会永远处在生活表面，就像穿着滑冰鞋在冰上滑过一样。很多人一辈子就是从生活的表面上滑过去了，没有经过煎熬，逃避掉了。这样的人活了一辈子，却没有深度。任何有深度的生活都必然有煎熬，我觉得这是我们在年轻的时候一定要明白的一件事情。

我小时候有一次一个人去远方，要经过一个弯弯的隧道，那个隧道在大山里面，很长很长。走到隧道前我就有点紧张了，因为天色将晚，但是我必须赶到前面去，不通过这个隧道不行。没办法，我只能硬着头皮往里走。前面黑咕隆咚的，隧道的墙壁上隔很长一段才挂一盏昏黄的灯，旁边高高的水泥台阶是巡道工走的。那时候我才9岁，一个人走在那里，过了一会儿，"嗡"的一声轰响，一列长长的列车进来了，还长鸣了一声，它从隧道穿过去，烟尘哗啦啦地落下来。这个时候我该怎么办呢？我就在那个隧道里继续走，坚持了10多分钟，终于看到了远处有亮光的隧道口，那一瞬间的欣喜难以言表。看到出口之后，我就继续这样往前走，最后终于走出去了。其实，人生总有一个隧道时期，有这样一个一开始有点煎熬、看不见前路，后来慢慢豁然开朗的短暂时期。这段经历对我后来的生活影响特别大。尽管那时候我很小，但是我明白了一点，人生有时候就是要经过一个隧道，一定要有勇气去穿过它。世界上没有走不通的路，就看你敢不敢走。

很多人面临这种情况就会想依靠别人，但是这个煎熬时期是不能依靠他人度过的，煎熬是不能分享的，是你必须独立承担的。所以，在你的人生中不要拒绝煎熬，要欢迎它。尤其是年轻的时候，有一个煎熬的阶段，你的成长过程就会不一样。比如，卢米埃尔兄弟是超级富二代，他们在100多年前发明了电影，吃了那么多苦。都说瓦特发明了蒸汽机，其实不是他发明了蒸汽机，在他之前就有蒸汽机了，但是效率很低。他花了20多年去改进蒸汽机，怎么把冷凝器移出去，怎么从一次往复变成二次往复……很难，他的煎熬期很长。但是他最后打开了工业化的大门，改变了人类历史。所以，年轻人不要只想要快乐和轻松，你要问一问自己，生活中有没有煎熬，你的煎熬价值在哪里。没有的话赶快找一点，然后在新的方向上，在煎熬之中获得能力，学会自立。我觉得这是年轻人在这个世界上应有的一个姿态。

在我们的成长信念里，农业社会培养出来的人懂得勤奋劳动。以前经常讲"吃得苦中苦，方为人上人"，其实我赞成前面半句，一个人要

"吃得苦中苦"，但是我特别反对后面半句，"方为人上人"。我们在现代社会要实现的价值并不是爬到所谓的上流社会的位置上或者怎么样，那是一种很腐朽的观念。但是我们一定要明白普天下都是这样的，都要"吃得苦中苦"，才会有一番新的天地，有新的生活，这是一个颠扑不破的真理。

觉醒时刻

每一个年轻人都要想一想，你内心里煎不煎熬？你的煎熬是什么层次？你是因为钱不够，想买昂贵的东西买不了，所以很煎熬，还是因为没有情感归属，没有一段特别让自己喜悦的友谊，所以很煎熬？还有就是，你有没有什么社会价值？是不是受人尊重？这些煎熬都存在，但是最根本的就是你有没有一种价值煎熬，自我实现的煎熬。我来到这个世界上，我的价值在哪里？什么叫价值呢？价值就是不重复别人的东西，价值是原创。你给这个世界增添了什么新东西？我特别推崇的生活理念就是，人活一辈子，一定要给这个世界增添一点新东西，所以就要做一点新鲜事。做新鲜事没有不煎熬的，什么马到成功啊是绝对不可能的，你要明确这些，然后好好地回味一下，你经过了哪些内心的煎熬，什么时候有一种豁然开朗的感觉。人在煎熬之中的那种顿悟不是一次性就有的，也不是一个瞬间就产生的，它会不停地推着你往上走，往更广阔的方向去。有时候你会觉得豁然开朗了，其实我们在生活里经常会这样，想通了原来世界是这样，我要怎么样。走着走着又想不通了，好像又糊涂了。有时候天一黑，闭眼睡一觉好像又想通了，早上一睁眼，投入现实生活马上又想不通。所以，我们的生活本身并不是一个简单的逻辑，我们要想一想自己在奋斗之中、在煎熬里，那些豁然开朗的片刻，我们感觉到了什么。

我们也要想一想，自己到底喜欢做什么事情，为自己喜欢的东西努力过吗？在努力中承担了哪些煎熬？有些年轻人觉得自己过得很快乐，过得特别好。为什么？因为生活很简单，每天上班下班，也不想那么多，好像生活极简化了。其实我在想这是不是有点麻木了，有点习惯性了。德国思想家马克斯·韦伯觉得人的行为方式和生存方式有四种，其中有一种是很常见的，就是传统型的、习惯性的行为方式和生活方式，已经顺应了既有的生活，感觉不到痛苦了。这个时候就不会煎熬了，为什么呢？因为我们不承担责任，不去考虑自己有什么价值的问题了。别人是这么过的，那我们也这么过，错了也是大家一起错，所以一下子轻松了。但是这里放弃了什么呢？放弃了我们作为一个生命的内在生机，因为一个人面对生活时不应是虚空的。

我们在做一件事情时，实际上这个煎熬过程也是不断有发现的。归根结底，你最后能发现什么呢？你会发现你原来要实现自我价值，你忽然发现了自己的价值和这个世界的价值有联系。世界上有大量的需求，有一些是坏的需求、奢侈的需求、特权的需求、虚荣的需求、占有的需求，有些人心里就是渴望无限地放大自我；有一些是非常美好的需求、正义的需求、热爱的需求。

一个人有时候要揣度一下自己，我在这个世界上做了什么。我们国家内部发展严重不均衡，有很多很多事情需要去做，你在反思时就会发现所有值得去做的事情，值得去经历的煎熬，都是在不断地促成自我价值实现，而且这个价值跟整个世界正向的价值是紧密联系在一起的，这时候你就很难放弃了。所以，我觉得这是我们今天的年轻人面对煎熬的时候需要有的一种姿态和精神。

煎熬是生命的
必经之路，
煎熬后才会
遇见真正的
自由。

孤独

被办公室政治孤立怎么办

孤独，这是我们现代社会一个特别关键的主题。从文学角度看，20世纪开始之后，孤独就是一个特别有影响力的、具有关键价值的文学写作领域。很多经典著作，像卡夫卡的作品《变形记》《城堡》等，归根结底都是在讲孤独，还有阿尔贝·加缪的《局外人》、威廉·福克纳的《喧哗与骚动》，尤其是马尔克斯的《百年孤独》。

· 孤　GUDU　独 ·

为什么会孤独？

流动社会加剧孤独

到底怎么面对孤独呢？这需要我们在生活、工作中去好好思考。

在生活中，如果你感觉孤独，不要觉得悲伤，这说明你活得很真实。我们今天处于发展起来的现代社会中，每个人都不同，你永远有别人理解不了的东西，越有别人不能理解的内容，说明你越有自己的生存精力，越有自己的生存内容。每个人出生后的游历、求学、工作经历，及其中的心路历程，都是不一样的。一个人看上去好像很常态，但其实你很难真正了解他。

比如，我的很多学生看上去很优秀，从小就学习好，家庭对他的关心也很多，甚至有的学生从小学到中学搬了好几次家，为什么搬家呢？孟母三迁，为了学区房，为了让孩子去重点小学、重点中学。

听上去很励志，如果用一个统一的标准看，真是妈妈那么有爱，孩子那么努力！但实际上是怎样的？孩子的心里幸福吗？

我的很多学生深谈起来都说感觉很孤独，因为从来没有真正的朋友，总是在陌生的同学、老师之间流转。他们的内心一直在漂泊，父母也不理解他们内心的焦灼，所以他们非常想反抗这种生活，非常想从这种生活里脱离出去，这些都是外人看不出来的。所以，我们现代人处在一个流动的社会里，处在一个迁徙性的社会里，处在一个陌生化的社会里，人和人之间的经历和心路历程差别是很大的，人和人互相了解其实是很难的。

独生子女更加孤独

我们中国实施了那么长时间的独生子女政策，独生子女家庭容易产生一个问题：孩子就是家庭的中心，他们缺少一种更广阔的社会关系、家庭关系，所以跟他人相处时只看到自我，很难去体会别人的想法。这是我们这个时代的一个背景。

有一次，一个女生跑到我办公室里来交论文，交完论文她跟我聊起来，她问我家里有没有兄弟姐妹，我说有一个哥哥、两个弟弟。她听到之后表示太可怕了，我说："怎么会太可怕了？"她说："这样等于爸爸妈妈的爱要分给四个人，我幸好不在那个时代，爸爸妈妈、爷爷奶奶、外公外婆的爱都给了我，很幸福。"我一听很吃惊，她体会不到一个家庭中兄弟姐妹之间的温情，她没有过这种体验，就只是希望全世界都温暖自己，生怕别人把自己获得的东西分走，她体会不到我们的生命、我们的家庭、我们美好情感的另外一面。这种以自我为中心的态度会培养出孤独感，会强化孤独感。

期待周围所有人都关心自己，关注自己，按照自己的需要出现，并给予自己期待的东西，哪会有这种情况？大家都是独生子女，都这么想的话，那么每个人都会觉得不满足，都会觉得失望，都会觉得这个世界冰凉冰凉的，都会有强烈的孤独感。

这种高度的自恋、自爱，会形成一种畸形的孤独感。社会学家史蒂芬·平克提出了一个概念，即我们现在社会的很多孤独来自过度的自我爱恋，把这种强烈的自我爱恋带到工作里去，你跟这个环境就完全失衡了，所以这是一个大问题。

在古希腊时期有一个论断：孤独是一件很糟糕的事情，所以人们喜欢穿着宽松的衣服出去互相交流，搞辩论、搞运动会、搞艺术，共享一个世界。在那种自然的世界里大家都是自然人，彼此都很理解，觉得特别有意思，而且在思想、艺术交流及体育比赛的热闹之中，每个人的价值也能够体现出来。

我们为什么需要孤独?

在现代社会,文学把孤独作为一个优良的内容表达出来了。孤独能体现出什么呢? 其实现代社会有一个新的历史背景: 大工业兴起之后,整个社会逐渐庸俗化、金钱化了。我们看一看巴尔扎克的小说就知道,在工业社会里人人都变成了"通货"。什么叫通货? 只追求钱,没有自己的心灵,这个世界只有资本在运作,每个人都只想抓住更多的钱,所以世界就变得特别冰冷。马克思讲的那种温情脉脉的面纱被扯掉了,扯掉之后整个世界充满了赤裸裸的利益关系,所以这时候很多有文学情怀、自由主义精神、人生终极价值追求的人就会觉得很孤独。

要么孤独,要么庸俗

反过来说,孤独就变成了一种很优秀的表现,不孤独的人变成了庸俗的人。这是现代社会的背景。

我们来看看获得诺贝尔奖的德国文学家托马斯·曼写的《死于威尼斯》,他为什么要从德国坐船去威尼斯? 因为市民社会太庸俗了。市民阶层本来是革命的阶层,但是到了 19 世纪中期、20 世纪初期之后却变成一群庸俗的人。契诃夫也写到了那些小市民的灰暗人生,小算盘打得把人框死了。波德莱尔等诗人,在 19 世纪中期之后,看着巴黎的落日,一片青红,感叹在这个世界上找不到一个灵魂活着的人。就像你大白天举着灯笼上街,人家问这是干吗,你回答说:"我在找人。"满街都是人,但你回答"我在找人",这就是孤独感。

我们看罗曼·罗兰写的《约翰·克利斯朵夫》，会感受到一个人在成长过程中要承受很多孤独。其实，在现代社会的这种背景下，像加缪的《鼠疫》、萨特的《墙》、毛姆的《月亮与六便士》等，这些经典作品都在书写孤独。

我们生活在现代社会里，当然不像文艺作品里面所写的那样孤独，因为大部分人可能还是活在实际工作中，活在日常生活里，但是你要意识到我们在生活中确实还是需要一些孤独的。

孤独提升生活品质

一个人如果因害怕孤独而没有给自己一个孤独的机会，那他的生活质量就会很差。为什么呢？因为会有一种盲目的期待。会期待整个社会的理解，会因为追求别人的理解而给自己人生增添太多的麻烦。你要意识到我们现代人之间永远有不可理解的部分，我们要尊重这种不理解，尊重人的孤独。

孤独有时候会给我们提供一种非常好的心灵空间。我在旅行中有一个深深的体会：我经常希望一个人旅行，背着摄影包，默默地看世界，一个人站在山头上，看着这个世界的人间烟火、人们的各种活法。如果这时候我旁边有个人，那就完了，因为要聊天、要社交。从社会学角度分析，一个人的旅行质量很高，两个人就有点问题，要说话、要分神。三个人问题就更大了，因为一旦成三的话，今天到哪儿玩、怎么玩就会有分歧，一旦有分歧，肯定是少数服从多数，那个被迫服从的人就委委屈屈地跟着去。四个人的话就不得了，四个人很可能就会出现分裂，这两个人去这儿，那两个人去那儿，最后不欢而散。所以，一个人旅行是最保险的，自己体会，自己决定，而且默默沉静的时光实在是太珍贵了。

李白在《月下独酌》中写道："举杯邀明月，对影成三人。"没有朋友在身边，我举杯邀明月就可以。所以，在孤独之中，在你的世界里，你的心灵深处，会感受到很多东西。我有时候会通宵坐在外滩，看着浦东的长夜，直到有一点点霞光，出现一些巨大的楼影，最后世界逐渐清晰。如果你是白天跟很多人在一起，热热闹闹的，那看到的场景就太不一样了。

孤独可以让你看到大地是怎样被人类改造的，城市是怎样重新定义了这个空间。如果没有让你分神的东西，你就可以看到一个不一样的上海。然而，我们很多人太缺乏这种体验了。我有时候很怀念读研究生的时候，骑着自行车凌晨3点经过南京路，两边的高楼像峡谷一样，没有霓虹灯，也没有喧闹，静静的一条南京路，只属于我一个人。你会体会到这个城市100多年的发展过程，这条南京路原来是泥泞小道，1840年之后各种各样的人来了，盖了一些中式的房子，后来洋楼渐渐地出现了，特别是像沙逊这种冒险者，一个接一个地盖房子。而且你看上海永安公司，华人为了争气，一定要盖一座高楼，要超过那些洋人建的楼。你默默地体会着这些东西，就会有一种历史的沧桑感。

有一年春节我在杭州，除夕晚上那么热闹，大家一起举杯，后来到半夜的时候，我忽然想要一份孤独，我说"你们在这儿玩，我去西湖边走走"。住的地方离西湖很近，漫天大雪，雪后的西湖我之前从来没见过。湖水漫向暗夜，远远地，看不到边际，船上只有黑、白两色，落满了雪和暗影。这时候我看到一对恋人走过来，一句话也不说，他们不想打破这个氛围，默默地手牵着手，在西湖周边留下一对对脚印。我站在那里看着他们远去，心里特别感动。所以，有时候一定要有一种孤独存在，它会给你的心情、你的感受，甚至你的人生带来特别大的影响。这就是孤独的意义。

　　日本小说《枕草子》里有一个人坐着牛车，在下过雨的夜里前行，到处都是水洼，里面闪着月光，忽然感觉世界很美。牛车碾过这些水洼，水洼一会儿破碎，一会儿聚合，非常感人。其实我们每个人都是艺术家，但是必须面对孤独，才能去体会，才能去倾听，才能够认识生活的另外一面。

　　我们说的孤独不是把自己关在家里，把自己的世界封锁起来，这样就属于宅男宅女了，就跟世界隔离了。有意义的孤独不是这样，孤独不是封闭，而是体会到更宽广、更丰富的世界。

　　从我们的工作来说，职场已经够压抑、够热闹、够喧哗了，有的人在工作中习惯了热闹，回家以后就不得了了，忍受不住孤独，一定要弄出点动静来，音响要开一开，这个地方动一动，那个地方弄一弄，没办法自己一个人安安静静地待一会儿，也就是没有让自己孤独的能力。不过，有些学生我很喜欢，为什么呢？因为他自己会拿着一本小说到一个地方静静地坐下来，对他来说外部的影响都不存在，自己默默地沉浸在书里，这就是一种心注一境的能力。

　　我在日本工作的时候很喜欢京都，京都大德寺附近有好几个寺庙，寺庙里有枯山水庭院。有一次，我就在那个枯山水面前默默地坐了一下午，一直坐到夕阳落下，这时候我才感受到所谓的枯山水不是枯的，它是活着的。你慢慢地凝望它，它会动起来，你的心给了它生命，它也给了你启发。所以，在这样一种安静的孤独里，你会找到一个真正的生命空间。

　　我们的职场是一个资本化的空间，充满资本的运作，充满利益的追逐。巴尔扎克的《欧也妮·葛朗台》里有一段写得特别好：葛朗台面对生活听不到别的，他每天晚上睡觉前一定要把自己的那些金币、银币往水缸里一丢，听见那个"当啷当啷"的声音就特别开心，觉得生活很美好。为了感受这种金钱的美好，他不让女儿出嫁，怕她把财产带走。

19世纪，马克思提出了"人格的资本化"，或者叫"资本的人格化"。好多人为了钱忙忙碌碌，其实内心很空洞。所以，在现在的条件下，你在工作中不要怕孤独，其实孤独是你自己生活的一部分，是你自己精神的一个支点，在其中你可能会感受到自己的生命空间，这是孤独的一个积极意义。

前段时间我讲到了日本电影《黄昏清兵卫》，里面的清兵卫实际上就是一个跟大家不一样的人，他有他的孤独，每天工作完以后，大家都要去居酒屋喝一通发泄一下，但他不去。首先，他妻子生病，后来去世了，在治病过程中欠了不少钱，他没有钱喝酒，觉得很为难。其次，他不喜欢这些虚伪的交往，他喜欢回到自己的孩子和母亲身边。

太多的人只是看外在，我见过很多人，在生活中就追求热闹，一个星期不去两次酒席就受不了，听不到别人两句夸赞就受不了，在现实社会中没有获得感也受不了，依赖性太强。其实，孤独是一种自立的能力，也是一种独立的能力。

我印象特别深的一件事情就是刚去大学教书的时候，旁边有个著名的文化古镇叫昌傅，昌傅镇里有一个地方是做雕刻的。我在那儿待了两年，店里做雕刻的一个男人，几乎总是纹丝不动的，每天坐在那里非常专心、非常静默，不管是白天还是夜晚，就在自己的世界里面，永远不分心，永远不动摇。别人看他很孤独，但实际上他心里有自己的世界，有自己的幸福感，他的生命非常充实、满足，并且简单。

所以，如果一个人能承受孤独，那他其实就是一个非常透明的人，一个内心深处非常朴素的人，我觉得这是一种能力的体现，一种高贵的精神品质。

警惕消极的孤独

现在很多人身处城市化的过程中，人在不断流动，周围是碎片化的媒体环境，晚上不看一点东西，不刷一些短视频，简直就不知道该怎么睡着。

时间失控

现在的人普遍有一个问题，就是时间失控，被短视频之类的东西引着走。有一个作家跟我说，不知道怎么搞的，晚上睡觉前觉得脑子要休息休息，就打开视频看看，一看两个小时就过去了。所以说，今天的人活得不一定比以前的人幸福，在现代社会中保持孤独感太难了。当有的人兴高采烈地跟我讲，他在短视频上看到了什么时，我心里更多的是叹息。

我特别希望看到一个人拿着一本长篇小说，在那里细细地看。这样的人不会是一个支离破碎的人。我觉得这是我们今天要认识到的孤独对于我们的价值。

自我封闭

孤独也有不好的一面。因为社会生存压力太大了，方方面面的思虑很多，所以有的人可能就有点自闭，也不愿意跟人交流，把自己变成了一个堡垒，所有的门都关上，然后享受那么一点点风平浪静、无所作为。这也是一个问题，这不是我们应该有的状态。

这种孤独来自什么呢？有的人想回避这个世界的波动、骚动，想摆脱这个世界给自己造成的不安全感，所以就通过这种方式获得确定性。我觉得人活在这个世界上确实是一件很难得的事情。你来到这个世界，其实应该是有所创造和有所体悟的。我们说"朝闻道，夕死可矣"，从哲学上来说，人最大的特点，跟动物最大的区别，就是理解自己的价值存在。

我们到底为什么活着？这是一个需要探索的问题。封闭不是一个好的生活方式，封闭后生命如一潭死水。闻一多在五四时期写了长诗《死水》，他说什么东西都在里面腐烂。这不是一个积极的好的状态，尤其对于年轻人来说。

所以，我们要追求一种积极的孤独，而不是那种失去世界的孤独。失去世界的人，就会停留在失去世界的那种状态中，这种孤独状态是会恶化的，它会产生一种不可控制的破坏社会的欲望。比如，萨特写的著名小说《艾罗斯特拉特》，主人公就是把自己封闭在房间里不出去，他觉得世界很丑恶，自己特别孤独。然后他干吗呢？他想把这个世界毁灭掉，就扛了把枪跑到街上，想打死十几个人，制造一个惊天大案，然后自杀。那种仇恨世界的孤独感恶化成了这样的黑色情感，他跑到街上以后也没勇气打死人，但是最后很荒诞地打死了一个人，被大家追着跑回家里。他本来应该举枪自杀，没想到最后还是软弱了，于是开门让大家把自己抓住。

有的人很孤独，发泄的方式是残杀生灵、虐猫等。有时候有的人看

165

起来很优秀，但心里却埋藏着恶的孤独。比如，他在路上看到一只小虫，忽然上去一脚把它踩死，嘴里还说"你还敢挡我的路"，就是这样的情绪发泄。

所以，我们要建立起自己跟世界的关系，我们的一切孤独都应该是为了更好地体会这个世界，体会自己，体会自己的内心。

觉醒时刻

在孤独中寻找自己，看一看自己过得对不对、好不好，看一看我们的生活还有什么需要去做的事情，这种默默的状态有时候是非常必要的。

日本尾道有一个文学小城，著名作家志贺直哉在那里写出了他的代表作《暗夜行路》。小说写的是一对男女互相不理解，都很孤独。最后男人要去世了，这个时候他理解了妻子，理解了妻子心里的悲苦。妻子还跟别人好过，但最后一切都被原谅了。我去看过志贺直哉的故居，屋里有扇窗，面向濑户内海。我看到很多日本人进去以后一言不发，默默地坐在榻榻米上，从窗户眺望外面，就这样默默地坐着。如果说是抱着旅游的态度，看到了这样一个地方，有个作家在这里写过一本书，可能嘻嘻哈哈地说说就结束了，怎么能体会到生活的深刻呢？

很多人活得很热闹，总是在哇啦哇啦地说话，其实那些话都是从嘴里出来的，不是从心里出来的。我们心里的很多话是说不出来的，是在沉默中才能体会到的，我们的很多感受是默默地放在心里的。

这个世界有很多很多泡沫，我们很多人就活在泡沫里，这些泡沫需要我们在孤独中过滤，在孤独中重新打开我们的内心，这是需要不断尝试的。我们今天需要努力尝试，在烦琐的生活里，在忙碌的工作中，获得一份孤独，在这种好的孤独里，获得精神上的成长，释放出来很多自己不曾想到的东西。

这就是我们今天为什么要谈孤独这个问题。大家可以一起想一想，我们有没有孤独？没有孤独是不是因为时间失控？我们怎么用孤独把失控的时间换回来？我们有没有试着做一点自己一个人做的事情？能不能试着在大家都热闹的时候，一个人坐在一个地方看一看这个世界，默默地想一想，体会一下自己的内心？在人声喧哗的时段你不去参与，也许就在四下无人的时候，你会发现这个世界的美好，发现自己生命的本质。我很喜欢王国维讲的第三种境界，"众里寻他千百度，蓦然回首，那人却在灯火阑珊处"，就是这样，我们人生的体会也许就会在这种寂寞中悄然出现。

——

享受孤独，
打开属于
自己的
生命空间。

——

出头

被人说爱出风头
怎么办

有一种职场的苦是出头之苦，这是一种什么样的情况呢？我们在一个群体里往往比较害怕表达自己的观点，担心大家说自己爱出风头、好表现等。中国传统观念经常讲"枪打出头鸟"，还有"出头的椽子先烂"。这是我们文化传统中的一个中庸看法。

西方有本很著名的书《乌合之众》，书中讲到集体中的每个人分散出来都是很有自己的想法的，但是一结合起来就沉默了。如果有一种非常平庸的观点或者一个决定，大家就会一致赞成，而其实这个决定往往水平非常低。在一个群体里如何能够真正地把自己想法表达出来？这是个问题。

我印象很深的是美国"二战"时期驻日本大使的表现。其实分开看日本外交部、外务省那些人，会觉得他们还是很有修养的，但是一旦卷入一个整体里，卷入一种战争狂热、军国主义之中，人人都会被淹没，没有一个人敢表达自己内心的想法。

这种环境非常利于那种自卑的人，他们在社会生活里想要获得存在感，体现自己的价值，就去挑杰出的人的毛病，只要把他们的毛病挑出来并打倒他们，自己就很畅快。这些自卑的人原来没有什么特长，也没有什么可出头的地方，但这种时候就会很过瘾，好像一下子就获得了存在感、幸福感。在这样一种氛围里，中庸就变成了一个生活逻辑，变成了一种精神状态。

在生活中我们会有出头之苦这么一个问题，你很优秀，但是你的逻辑没有办法变成别人的逻辑，怎么办呢？难道你要放弃自己的逻辑吗？如果你降格，去适应外部走不通的这些逻辑，那你就活得太惨了。

我们在现代社会里、在职场上怎么面对这种出头之苦呢？下面我来聊一聊。

· 出　CHUTOU　头 ·

如何面对出头之苦？

社会学家欧文·戈夫曼有一本书叫《日常生活中的自我呈现》，书中讲到了怎么才能纯粹地呈现自己，把自己的能力和价值释放出来，他提出了一个概念叫"礼貌性忽视"。

礼貌性忽视

什么叫礼貌性忽视呢？就是不管别人怎么夸你，或者别人怎么责备你，你都要善于忽视，不要被外部影响所干扰，独立决定自己应该怎么做。因为这个世界上每个人都有自己的想法。

有时候你会想，我这么优秀、这么努力，我这么想做好工作，搞好自己的专业，我的出发点这么好，你怎么就不理解呢？实际上每个人在社会生活里都有自己的逻辑，很多时候不同人的逻辑其实是不相通的，你以为全天下的人都会按照你的逻辑来，都会和你用同样一种正面的逻辑，实际上不是这样的。

有一次，我在人挺多的一条小道上走，一个人骑着电动车飞快地过来。我觉得很奇怪，你骑得那么快，完全没有顾及他人的安全。所以他从我身边高速开过的时候，我就瞪了他一眼。结果这个人骑着电动车往前走了十来米，停了下来，回头对着我说："你瞪什么瞪！"我说："你骑这么快影响别人的安全。"他说："关你什么事，我买这个东西它能骑多快，我就开多快。"后来我说："你不顾虑别人的安全吗？"他说："你是不是读书把脑子读坏了？我自己设定的速度我就要这么骑。"如果一个人没有现代社会修养，他的逻辑就是很任性。

我们要学会礼貌性忽视，不跟他斗，也不强求他按照我们的逻辑来，不用花过多的精力在冲突上，而是专心致志地做好自己的事情。那么什么叫礼貌性呢？我觉得其中具有平等性。这个世界上每个人都有自己的生活，你觉得他活得不太好，为什么不可以提高呢？可能他有一定的原因，他可能有原生家庭、社会环境或者其他方面的问题，这些造就了他今天的样子，所以这时候你要尊重他，而不是把自己摆到优越地位，蔑视他。社会上的很多冲突就是这么来的，你可能很好，但是你蔑视他，这就容易使他产生一种强烈的愤怒，然后就跟你作对，进而衍生出来一系列的社会矛盾。所以，礼貌性忽视还是很重要的，我们要理解这个世界上每个人的不一样。

面对复杂的社会，我们要善于简化，怎么简化呢？就是要好好做自己的事情，这件事情是能给社会创造价值的，我们要专心致志地、比较单纯地去生活，这样就不会太多地去考虑自己是不是出头了、别人怎么看自己等。如果你总是想着自己会不会出头、别人怎么看自己，就永远无法与这个世界好好相处。所以，一个人不要有太强烈的角色意识，而应该朴实地生活，该干什么干什么，把它干到最好，要有一种朴实的态度。

另外，礼貌性忽视也可以帮助我们避免做人上人的那种冲动，不会总觉得自己在社会上很优秀。如果你总这么想，那自己的世界就变小了，其实也是把自己放低了。

角色逃离

在社会学里，这种把自己放低也叫"角色逃离"。别人把你看作一个什么样的人没关系，你自己不要有这种角色意识，这样的话你就解放了。什么叫解放了呢？就是你不太在乎别人说什么，而且你也知道自己就是在单纯地生活，所以也不会把自己比作圣人。

· 出 CHUTOU 头 ·

警惕封建性出头

我们现在特别要注意的是防止封建性出头。如果你在单位里爱出头，你要好好想一想自己内心深处有没有一种封建性。

什么叫封建性呢？我看到很多人在专业上一流，但是观念上却存在一个问题，他想做一流的专业人员，但又想过上流的生活。也就是说，在这种想出头的想法和生活理想里，还是有强烈的等级社会的特点。

有些非常优秀的人，毛病一大堆。比如，启蒙运动的"旗手"、思想家卢梭在《忏悔录》里写道，他有一个大毛病，就是喜欢小偷小摸，到了朋友家里，看到好东西就忍不住把它偷过来，装在口袋里带走。关于教育儿童，他写了《爱弥儿》那么好的一本书，却把自己的孩子送到孤儿院，没有亲自去好好照顾。

我觉得现在一些很有专业能力的人，内心深处确实也有很多灰色地带，甚至是黑色地带。

很多人爱出头，这个出头又是怎么来的呢？我们有句话叫"时势造英雄"，不要把你的出头都记在自己账上。我最能体会到这一点，我每年去招生、招新，很多人因为跟录取线差一分而进不来。可能你觉得自己很优秀，你能进来完全是依靠自己的努力，但实际上这个世界并没有一个截然分明的等级划分线。但是选拔人才的时候必须拿出一些标准来，就这一分之差，把多少人拦在外面。如果你觉得自己很优越，那你就进入误区了，因为这种偶然性的多一分少一分太普遍了。

我们要感谢这个时代给我们提供了一个空间、一个机会，让我们去奋斗。我们要对时代怀有感恩之心，然后用自己的努力去回报这个时代。如果有这种想法，我们的努力就不完全是个人奋斗了，我们就能获得一种社会价值感。

一个人要奋斗，那么奋斗的价值在哪里？就是要打造出一个让千千万万的人都能获得价值的社会。这个时候你的动力就转变了，应试教育所赋予你的一定要考上某所学校的目标，逐渐就会转化成对于广阔世界、对于大多数人的责任感。这时候你出头就会毫无顾忌，因为你知道自己做的事情的价值，知道自己的出头是为社会谋福利。总之，我们现代社会的出头，跟传统等级社会里追求出人头地、做人上人是完全不一样的。

什么是现代性出头？

现代性的出头里实际上有一个自我支撑。在现代社会里，一个人要做到杰出，绝对不能靠投机取巧，出头的基础就是你需要有创造性、劳动性，还有更重要的专业性。

为什么历史上很多遭受厄运的人能获得人们的尊重？主要是因为他们在逆境中表现出了极高的专业性，这就比一般人更加不容易。对此我深有体会，我在"文革"中后期从插队的农村出来，到一个工厂去做电工，学习怎么维护、修理机床电路和半导体电路，还有汽车的电气系统等。当时我被安排跟着一个师傅去学习。这个师傅是什么人呢？他曾经被抓进监狱，出狱之后，因为技术好被留下来了，留在劳改工厂继续工作。这个人具有很强的工作热情和专业精神，他订了很多电子杂志，只要有一个新发明出现，他就想试一试，所以他做出了很多好东西。这个师傅虽然有那样一个背景，但是大家都很尊重他。

所以，我觉得在现代社会里，你要出头，就要作为一个劳动者出头，而不是一个投机取巧者。出头是一个积累的过程。有的人出头是因为一下子冒出来了，但是他底气不足。比如，现在有些影视明星，一下子出了头火起来了，但是为什么后面维持不下去了呢？因为在商业利益或者炒作里，没有自我提升的机会，也没有对社会价值的正向输送，只是走金钱路线，这样的出头过于单薄了。

我看美国获得奥斯卡奖的电影《炎热的夜晚》时就很有启发。故事发生在美国种族歧视最严重的地方——美国密西西比河流域。费城的刑侦专家，一位黑人警官，路过一个小城时，因为要换车，在车站停留了一小时左右，没想到这个小城发生了一起杀人案。这个黑人警官被巡查的警察看到，警察从他身上搜出来100多美元，就觉得这个黑人怎么会有100多美元，而且这个钱数跟被杀的人所丢的钱数差不多。因为黑人警官当时没有穿警服，所以就被抓了起来。他被带到警察局之后，那些警察都蔑视他，蔑视的原因就是他是黑人，最后他掏出他的警官证，那些人大吃一惊，打电话向费城警察局核实，对方告诉这个小地方的警察，他是最杰出的刑侦专家。当地警察说他们不会破案，想请他留下来帮忙，他不太愿意，但是后来还是留了下来。这个地方的白人警官一开始还怀疑他，但是在破案的过程中，大家看到他有非常杰出的推理能力、验尸能力，以及面临危险时的判断能力，还有敢于挑战的勇气，都深深地被他折服。他通过自己的专业能力，最终抓住了真正的杀人犯。最后，当地警官送别他的时候，帮他提着箱子，依依不舍。

一个人对自己有较高的劳动性要求、专业化要求，有不断努力的精神，同时又为这个社会提供了能量，从长期来看，这就是一个人的社会价值。

这种出头对我们来说是一件特别紧迫的事情。如果不及时出头会怎么样？举个例子，19世纪的美国小说家赫尔曼·梅尔维尔写了一本长篇小说《白鲸》，书中讲到一只白色的鲸，跳跃起来时像一座雪山。阿哈布是个捕鲸船的船长，追过这只大白鲸，结果大白鲸把船掀翻，还把他的一条腿咬掉了。阿哈布船长极其愤怒，他要招募捕鲸船的船员，实际上不是去捕鲸，而是要去杀死这只大白鲸。船员跟着他上了船，发现船长看到鱼也不捕，完全不像是挣钱的样子。后来大家发现那只大白鲸太厉害了，是一个非常恐怖的存在。大家都不敢说话，被它镇住了，没有一个人敢出头。其实团结起来力量会很大，但是大家一盘散沙，都不出声。

结局怎么样？他们在海上追了快一年，终于追上了大白鲸，最后阿哈布驾驶着船冲向这只大白鲸，大白鲸轻松地把船撞散了，所有人都死了。

所以，我们的社会特别需要敢于出头的人。

保持角色紧张

这个时候，一方面我们要认识到自己的能力，不要放弃，该出头时就出头。那么应该保持一种什么状态呢？在社会学上叫"保持角色紧张"，就是保持住自己的内在张力，而不是把自己变成一个沉默的人，就是角色缄默，让自己一下子消失掉了。

另一方面，我们也要充分地意识到，自己不是在方方面面都能出头，一定要克服圣贤心理。现代社会跟传统社会有什么不同呢？现代社会是一个多元化的社会，有大量的亚文化。有时候一个人在公司里完成工作职责，在专业上可能不是最杰出的，是不出头的，但在别的方面很厉害。比如，有的人可能跳舞很好、音乐很好、绘画很好，或者影像生产能力和后期剪辑能力很好，都有可能。

我们学校里有一个博士生，他在专业上不见得杰出，但是他做饭做得很好，特别希望能开餐馆，后来毕业后真的去开了个餐馆。北大的陆步轩，虽然生活充满坎坷，但最后通过养猪做出了特别杰出的业绩。所以，人的才能是不一样的，每个人身上都蕴藏着大量的潜力，要各尽其才，而且一个人的才能并不一定就是在公司里能得到体现。所以，你一定要意识到，你的每一个同事，他们在某个方面可能会远远超过你，因此要有"三人行必有我师"的心态，要创造机会让人家呈现价值。

一个公司的企业文化有没有给大家充分呈现自我的机会，这对一个公司的领导者来说也是很大的考验。日本体育界有这样的文化，有时候会把中层以上的官员或者一些关键技术骨干带到另外一个地方，也不谈什么专业，大家就做游戏，这个时候一下子就可以看到一些人平时不被看到的一面。

其实在生活里，再出头的人，也只是在某个方面出头。同时，你要知道任何人都有可以出头的方面，要尊重他人生命中有价值的东西。

觉醒时刻

一个年轻人如果养成了害怕出头的心理，就会随波逐流，在生活里丧失自己真正的价值。

我们不能做一个沉默的存在，就是哲学上所说的把自己变成一个次要的人，因为这会带来麻烦。我们要反思一下，尤其是面对这个问题的时候，特别需要反思。自己有没有出头的欲望？为什么要出头？出头是因为想获得提拔，获得领导的认可，还是想像传统社会的那些人一样获得高人一等的优越感？如果你这样想的话，就太外在了，太没有核心价值了。我们说这个时代需要很多人先跨一步，那这一步跨的是什么呢？就是去开拓、去承担，让自己拥有一个新鲜的生命。我觉得这是一个特别好的追求，而外部的那些别人是怎么看的都是次要的。

在这个过程中，我们要重新定义自己的生命。一个人在出头的时候难免会面临一些不好的处境，比如像丹麦电影《狩猎》里所演的那样，那么杰出的一个老师被诬告，说他性骚扰，结果被大家孤立。如果面对这种处境，你有没有勇气去接受和处理？我觉得这是年轻人可能会特别苦恼的问题。我们应该活得紧张一点，保持住自己的纯度，保持住自己的精神。这个精神就是要在生活里做新鲜事，把它做得很好，精益求精。

按现在的定义，出头精神说到底就是一种优秀的精神，我们要追求优秀，但也要时刻记住自己是普通人。

人是可以去创造奇迹的，我觉得这样的人生就有一种真正的活力，有一种真正的内在力量。

———

宁可角色
紧张，
不要角色
缄默。

虚假

———

同事素质差，
该不该说真心话

虚假之苦也是一个很普遍的问题，很多网友都有这种体会，觉得工作的环境很差，不知道身边的同事人怎么样，该不该跟他们说真心话。工作之后就没有特别能交心的同事，内心也没有跟他们深度交流的欲望，但是又不得不和他们合作，不得不和他们一起工作。因此，感觉自己生活在虚假里面，带着笑，戴着面具，说的都是很表面的话。自己并不喜欢这样的生活，也不喜欢这样的环境，但又不知道该怎么办，所以就形成了虚假之苦这个问题。

· 虚 XUJIA 假 ·

普遍虚假和荒诞虚假

其实虚假这个问题在我们现代社会里是很普遍的，因为从根本上说，现代社会是一个流动的社会。著名的思想家、社会学家齐格蒙特·鲍曼有本书叫《流动的现代性》，它的意思是什么呢？就是说一个人身上聚集了大量的现代性要素，聚集了多样的文化因子，他不仅仅是一个干活的人，他还有丰富的经历、丰富的心路历程，但这些在流动中是无法被看见的。流动中的人靠着各自的一技之长聚集在一起，进行某种劳动，这种目的性、功利性，使个体身上的其他价值无法显现，所以同事之间也只能看到彼此工作技能的一面，而难以看见对方的内心，更不用说理解了。

我们今天的困境在哪里呢？就是很难达到真实这一点。哲学家维特根斯坦讲，我们今天的社会生活充满了语言的游戏。人和人之间不是实体性的、实然的、本然的、真实的关系，而是一种充满了语言戏法的关系。

有一些客气是必要的，比如说面对一个老人，尽管他身体不太好，你还是要祝福他长命百岁。人家生了个孩子，你跑去看，张嘴就说这个小孩有福相，这个小孩未来如何顺利，人家听了肯定高兴。如果哪个人说这个孩子以后会生病什么的，那就不得了了，即便这个人说的是真话。所以，社会生活里充满了荒诞的虚假，但有时候也是必需的。

我有一个大学同学，很书生气。她的同学家里生了孩子，她去看望，但半天不知道该说些什么祝福的话。她平时生活在一种艺术氛围里，一到现实生活中就不善于表达了，面对这种情况，该说的那些话大部分都是套话，但是她不会说。她就盯着这个小孩子看了半天，最后说出一句"哎呀，麻雀虽小，五脏俱全啊"。这件事情真是让人觉得很可笑、很滑稽，但这就是一个真实的人，她语言表达能力确实不强。

我们有时候确实只是在表面上交往。尤其是工业化之后，城市跟乡村出现了巨大的不同，城市里都是陌生人聚在一起。在城市空间里，大家是为了某种利益聚到一起，人和人之间没有那种出于血缘关系的天然亲近感，又没有长期在一起而逐渐形成的后天情谊，很多都是今天聚在一起，过一两天又分开了。

我有一个深圳的朋友跟我说，在深圳生活、工作特别轻松，人和人之间不需要多了解，大家都是外来者，比较容易打交道。但是也有一个问题，就是很难与人深交。

这是我们现代社会的一个特点，就像英国著名作家萨克雷在小说《名利场》中刻画的，一个社会中的人与人之间，包括夫妻之间、恋人之间、情人之间，在各种场合中说出来的话都是滴水不漏的，看似很热闹、很热烈，但其实背后是一颗颗冰冷的心。大家都是向钱看齐，过着一种不表露真心的生活，而没有真心就没有真实的生命。

19世纪中期，诗人波德莱尔坐在巴黎蒙帕纳斯大道的咖啡馆里，看着满街的人，朋友问他在看什么，他说他在看满街的累累白骨。今天的市场不需要你的真实，只需要你的交换价值，也就是你在市场上能交换出什么价格，你的真实再宝贵，你的道德再高尚，如果不值钱就没用。

·虚 XUJIA 假·

虚假是种灾难

在现代社会里保持真实的自我实在是太难了。从根本上来讲，这种虚假性是我们人类的灾难。

它首先来自我们自身的软弱。我们不敢把自己表达出来，揭开虚假的面具，所以我们是活在自己的软弱中，去玩这个假面舞会的游戏。

现代社会的流动性让人变得很孤独，内心中压着大量没有表达出去的东西。人在生活中回避了那些会被环境否定的内容，送出去的都是别人会喜欢的东西，所以就变成了一个见机行事的人，一个机会主义者、功利主义者。一个人如果背对生活，背对自己的内心，那他的生活肯定是没有价值的。所以，就形成了一个困境，我们的社会中流行着这种虚情假意，但是自己又不能放弃自己。那怎么办呢？

·虚 XUJIA 假·

为什么要坚持真实？

社会学家卢曼有一本书非常有名，叫《信任》。卢曼在《信任》中提出，我们的生活一定要简化，社会很复杂，人的关系很复杂，但是你要把它简约化。

真实中才有自尊

一个人只有坚持真实，才有自尊。

我们的社会文明目前停留在什么阶段呢？就是尊重他人的阶段。但是从大文明角度看，尊重他人还不是最高的文明。最高的文明是什么呢？是自我尊重。

如果你主观地认为一个人不值得尊敬，你就不会尊敬他。历史上人们曾经把一些非常好的人定义为敌人。比如说，布鲁诺提出了日心说，那么有价值的人，当时却被认为是公敌，被送上火刑台烧死了。历史上有多少真实的、有才华的人被杀害，大家觉得一个人不算人了，不值得尊重了，就把他像蚂蚁一样消灭掉。但单是提倡尊重他人，并不能解决根本的问题，一个人还必须自我尊重，认可自己是一个文明人，无论在任何情况下，都有自己的原则，有自己的坚持，真实地面对世界，面对自己。扭曲自己是最大的悲哀。

我在重庆参观白公馆，那是国民党关押犯人的地方。长长的岩洞，里边是用刑的地方，真的很可怕。后来我就想，那样的严刑拷打，烧红的烙铁、可怕的鞭子、带刺的刑具……革命先烈们为什么能够面对酷刑宁死不屈？除了信仰，还有尊严。我低下我的头，就是你面前的狗，这一辈子就完了。我视我的尊严高于生命，所以我不向你低头。我在那个地方真正体会到了人性里面最坚硬的部分。

坚持中形成社会规则

在繁忙的城市里，交通那么复杂，但在红绿灯面前，红灯一亮，大家就会停下，等绿灯。放在10年前还不是这样的，10年前很多人都是乱窜。但是有一些人始终坚持遵守规则，看到红灯就自觉地停下来。这不是实用主义态度，他们坚持的是什么呢？坚持的是内心的一种规则。现在红灯亮了，那么多人停下来，就是因为越来越多的人开始遵守规则，一点一滴地量变，最后等红灯变成了大多数人的自觉行为。这些人靠自己的坚持净化了社会。少数人的坚持，会带动社会逐步地变化，最后变成一种规范，文明就是这样发展起来的。

比如，我上了一辆公交车，给一个老人让座，绝对不是指望他谢谢我，而是因为我作为一个内心有文明规则的人，必须站起来。这是来自我内心的命令，而不是别人强迫我做的。这就是真实。

一个内心深处有良好规则的人，一定要坚持，这是一笔社会财富，是我们文化进步的力量。你把它放弃了，对不起自己，其实也对不起社会。

所以，不要把事情搞复杂，你要想到，作为一个自我尊重的人，如果活得不真实，你的生活就太糟糕了。强者的支撑就是对自己的信任，真正的强者，绝不会以虚假的方式对待这个世界。

现在社会压力很大，很多人在压力面前把自己的根拔出来了，然后随波逐流，这些人表面上是比较顺滑的。我在云南怒江里游过泳，顺流而下，手一划拉就下去十几米。如果逆流的话，费了老大劲，保持不动就不错了。但是逆流的时候，你感觉到的水压、水温，感受到的内心力量，和顺流而下是大不一样的。

我们在生活中、工作中要适当地说真话，做真实的人。

如何面对真话带来的冲突？

这里有一个关键问题，就是要正确地看待冲突。做一个真实的人，必然会引发冲突。因为真实的人在一起，观念不同，价值观不同，游戏规则不同。

我们的传统文化对真实有一定的压制，传统文化讲究和谐，讲究顺滑，大家在一起要其乐融融，避免冲突。思想家达伦多夫有一本书叫《走出乌托邦》，里面有一点说得特别好，他认为冲突在这个世界上有两种功能，一种是加剧分裂，另一种是激发新的融合。在如一潭死水的工作环境里面，大家都是平静的，是不被看见的。但是一旦有了冲突，这潭死水就会被激活。就像一个水箱里面，一群金鱼活得优哉游哉的，这时候放进去一条吃金鱼的黑鱼，一下子就打破了这种宁静。

有一句古话叫"不打不相识"，冲突一方面激发了彼此的矛盾，另一方面通过矛盾可以看到真实的彼此。你会发现原来对方是这样一个人，原来对方挺好的，原来你们两个人其实挺相合的。

我有一次到新疆去监考高考。考卷是国家一级机密，绝对不能有闪失。我们要坐飞机把考卷带回来，一路小心翼翼地保护着，到了虹桥机场，出来等行李的时候，没想到旁边有一个人挤了上来，我的一个同伴差点被撞倒。他就生气了，抱着考卷瞪着那个人，那个人脾气也很暴躁，两个人就吵起来了。吵起来之后，我这个同事怕考卷有闪失，就把他推开了。结果因为力气很大，一下就把他推倒了。那个人就更恼火了，说："好，你等着，外面有四个人在等着接我呢。"我一看情况不好，就去找虹桥机场的警察，我说："千万不要出事，他还抱着考卷呢。"这个警察说："还没打起来，没事，先观察观察。"这两个人一直瞪着对方，后来我们这个同事说："听你口音好像是东北人吧，好像是沈阳什么地方的。"那个人说："是啊，我是××区的。"然后我这个同事就说："我也是那个区的。"那个人说："哎呀，你在那个区哪一块儿啊？"他说："我在那个区的×××。我有一个朋友，叫×××。"那个人一听，这人也是他的朋友。搞了半天两个人这么有缘分，他们顿时就高兴了。那个小伙子对我同事说："你刚才推我这一把没有关系，但是你推得太不是时候了，旁边站着我的女朋友，我的面子往哪儿搁呢？我无论如何要争口气啊。"然后我的同事就安抚他。他的女朋友也很开心，又结识了一个好哥们儿。这个事情经过冲突以后，还有这么一个变化，我倒真的没想到。

其实我们跟很多人的关系有时候就是在冲突中发生变化的，变得亲热、紧密、真实。所以，我一直信奉一点，在这个世界上，人和人之间，夸奖的话，90% 都是客气话，甚至都是假话，但是批评的话，90% 都是真话。

我们要活在什么样的世界里？肯定要活在真实世界里，你不能活在一个虚假的世界里。所以，要接纳真话，接受别人的批评，欢迎跟你不同的人。假话说多少都无法触及内心，都是空的。你以为你说的话别人会当真话听，其实大都是假话，别人也知道。这样的话，大家就处在一种淡而无味的关系里了。

新疆阿凡提的故事里，有一个故事我觉得很有意思，就是一个人意外得了一只兔子，他就做了一锅兔子汤。好朋友听说了，马上跑来吃，于是吃到了真正的肉。第二天，又跑来一帮和他关系远一点的人，也要分一点。结果他只好在昨天的汤里又加了点水，煮了一锅汤的汤。到第三天，又跑来一堆与他不相干的人，也要来喝兔子汤，于是他再加了点水，于是他们喝了一顿汤的汤的汤。

生活中很多人与人之间的交往就是"汤的汤的汤"。这样的汤有什么意思呢？

我自己在上学期间跟老师交往的时候，那真的是很真实的。有一次我们系办书画展，我当时在学生会搞宣传，学生会就派我去请著名的传记学者、书法家朱东润先生写一幅字，于是我去了。

去到他家里以后，我发现老先生提着个大茶壶，都快80岁了，但还是很有精神。我说："朱先生啊，系里派我来请您写一幅字。"朱先生很高兴，就说："哎呀，好啊好啊，什么时候要啊？"我说："明天就要开展，今天就想拿到。"朱先生脸色一下子就不好了，他沉吟了一下，说："你们这一代真是没文化。"我一听就紧张了。朱先生接着说："你这是在请字啊。在我们中国传统文化里，这是一件很优雅的事情，最起码要提前一个星期来告诉我。我今天就可以写十几幅，但是我不能写，这样就破坏规矩了，破坏这种文化了。"我一听特别地惭愧，他如果顺着我写了，那我永远不知道这一点。我心里一下子明白了我们中华文化、中国的艺术其实还包含着这样一种礼仪，包含着人和人之间的这种尊重。后来朱先生跟我说："既然要得很急，那这一次我破例，四天以后给你。"我说："哎哟，我特别地感激您。"

然后我离开了朱先生家，因为我还要请郭绍虞先生写字。他也是一位大书法家，我们系的教授想请他来写。郭先生身体不太好，他问我："你们什么时候要啊？"这下我聪明了，我说："这是请字啊，尽管很急，但也要尊重规矩，我一个星期以后来拿。"郭先生就说："你们既然急，那我就快一点吧，三四天以后你就来拿。"我当时真的感受到了他的一份心意。我说一个星期，人家就讲三四天，这是礼仪、文化都达到了。

我去著名学者施蛰存先生家里采访他。去了以后，他给我端水，给我倒茶，我拿起来就喝。施先生一看就发愁，说："文化破坏得真厉害啊，现在你们连喝茶都不会了。"我一听，这喝茶又出毛病了。施先生就跟我讲传统礼仪，文化语言的内涵是什么，茶水应该怎么倒，盖子应该怎么盖，杯子应该怎么端，盖子应该怎么打开，这都是有一套完整的传统规矩的。我一听就意识到自己太欠缺这方面的知识了。这就是真话，让你明白了自己的问题。

我们一定要讲真话，这是推动社会进步的一种方式，这是一种启蒙。我们要在人际中建立起一种新的文明，在一个企业、单位或是工作环境里建立起一种好的话语环境、游戏规则和价值观念。在这样的环境里，我们不逃避，不怕复杂，不怕冲突，怀着诚意去说真话。

这个时候彼此之间才能建立一种长远关系。如果你和一个同事共事了好几年，就如同参加了一场假面舞会，那这样的相处没有什么意义。

认识自身的虚假

当然，我们同时还需要有一种意识，就是不要觉得自己很优越。人的内心深处其实也有自己察觉不到的黑暗，有大的局限。

英国作家康拉德的小说《黑暗的心》，讲述了一个殖民者跑到了非洲，他本来是一个很有修养的君子，到了那个环境之后，忽然发现他要治理这些有色人种，不使用暴力不行。于是他用恐怖统治去镇压当地人。他的内心深处也觉得自己特别恐怖，没想到自己原来这么残暴。所以，他很感慨，觉得人类进化得还不够。其实黑暗不存在于别人心里，而在你内心最核心的地方，在潜意识最深的地方，那是你自己都不知道的无限黑暗。

北欧的电影《狗镇》，很多人看了受不了。电影中一个姑娘想要逃离资本，她的爸爸是一个大富翁，她逃到山里的一个寂静小村庄，想在那里过自然的生活。结果镇里的人很排外，幸亏有一个叫汤姆的青年收留了她，并做大家的工作，才让她留了下来。后来大家发现她是一个逃亡的女孩，警察在找她，她怕被别人知道。于是大家都来支配她，让她干杂役，给每家打扫卫生，甚至来强暴她。全狗镇的男人都强暴了她，只剩下当年要把她留下的汤姆。后来汤姆的想法也变了，他觉得大家都跟她有了性关系，自己没有就太不划算了，他也去强暴了这个姑娘。这个姑娘的心最后终于破碎了，她意识到这个世界没有美好，于是主动回到父亲身边。然后，她带着一帮人来报复狗镇。她爸爸以为她要杀一些对她伤害深的人，结果没想到这个姑娘把全镇人都杀掉了。结局就是整个村庄全部被毁灭了。

人性里面有很多残酷的部分，有时候我们情不自禁地就跑到虚假里去，这是一种回避，回避世界的黑暗，也回避我们内心可能包含的自己都受不了的东西。这也是一些现代文学、精神分析里会揭示的内容。所以，我们能跟大家分享什么呢？我们见到一个人就要谈心吗？不是这样的。

·虚　XUJIA　假·

如何真诚表达与倾听？

德国思想家哈贝马斯在《交往行为理论》里提出了话语伦理，他说人和人通过话语交往。话语伦理是什么呢？他觉得在这个世界上，人首先要言说，就要有说的能力。说什么呢？说事实，说可以分享的东西。为什么有的人别人不愿意跟他交往？他说心情，说观点，说很主观的东西，别人无法和他一样深度体会，无法移情，只是非常勉强地听下去。这时候就变成一个人的自我宣泄，而别人来承担你的情绪。这样的交往就没什么价值。因此，要说事实，事实是可以分享的。

另外，哈贝马斯认为，交往之中也一定要有倾听的能力。今天很多人没有倾听的能力，交往的目的只是表达自己。其实交往中最大的财富来自对方，对方说一个事实的时候，对你来说是生命的扩展。但是很多人听不进去，他以自我为中心，不是说他是一个拥有广大世界的人，而是心理学所讲的把科幻世界主观化、感觉化的人。他没有真实的世界，所以他跟人交往的时候，不愿意倾听别人，只听自己喜欢的。

我们说倾听世界，其实也要听很多自己不习惯的东西，听很多超出自己经验的东西。倾听超出自己喜欢范围的世界，这就是人的成长。与人交往的时候，倾听彼此说的事实，就可以互相建立价值连接。你说的有价值，对方说的也有价值，互相有价值，彼此就会愿意交往，愿意继续说真话。为什么我们今天的社会交往质量这么差？就是因为缺少这个环节，大家在一起只是简单地乐一乐。

为什么很多人在交往中收获不大？其实就是因为千篇一律、千人一面。有时候一开始看到一个人很新鲜，谈了没半个小时就发现跟自己差不多，都是一个模子里刻出来的，实际上分享的余地就不大了。

所以，我们要说一些跟别人不一样的东西、真实的东西，这是人们交往的时候可以共享的一份财富。为什么要这样交往？因为这样交往有一个积极成果，不是我说一个事实，我有一个观点，让你同意，也不是你说一个事实，你说一个观点，让我来同意，而是双方调整之后形成了一个共识。这个共识是新的，既不属于你，也不属于我，而是融合了彼此的真实，形成了新的认识、新的观念，分享了一种新的价值观。

一个真诚的朋友，实际上你对他有极大的促进作用，他对你也有极大的促进作用。朋友之间是可以互相提升的。所以，在新的理念之下，我们要推动我们的工作群体变成一个非常好的参照系，人人都有真实的呈现。我们在这个真实性里，判断自己应该去做什么，应该怎样释放积极的力量。

这样的话，大家彼此都是平视的关系，彼此之间都是互相拉动的，我觉得这样就是一个好的群体。面对一个环境，不要把它无限复杂化，也不要把它表面化，我们要建立有质量的互动关系，在里边生活、工作。

我很想问一下大家，你在生活中是否觉得不适应群体？你是不是有一些优越感呢？你是不是觉得自己比别人强，别人可能听不懂你说的话，所以不愿意说真话？你会不会有时候忽然反省自己，觉得自己有问题？

在人际交往中，很多人觉得自己的观念很现代，就看不起别人。但是在行动中，可能就会发现自己并没有高人一等。在你的工作中，你有没有对一个人有偏见，后来突然刮目相看，有新的发现，发现这个人原来还有那么美好的一面？你要有这些期待，有这些自我疑问，才会有动力去说真话，才会真挚地去和别人交往。

在时间的
天平上，
一切不真实的
生命都将
失去分量。

迎合

———

领导水平差，
不会拍马屁就混不下去了

　　什么是迎合之苦？我们很多年轻人，包括 90 后、95 后，工作以后感觉领导的水平不怎么样，不管是知识结构、思维能力、文化素养，还是带领团队的能力，都跟自己的预期有很大的差别。那么怎么办呢？是拍马屁，盲目夸赞，对领导的安排只管埋头执行，还是勇于提出意见，表达自己，为企业或者单位的进一步发展直言不讳？这是很多年轻人面临的一个问题。

· 迎　YINGHE　合 ·

我们为什么难以摆脱迎合？

官本位的绝对服从

　　我们是一个有 2000 多年封建传统的社会，封建社会是一个等级制社会，等级制里，最核心的部分就是官本位。所有人都生活在权力架构里，学而优则仕，以官为本，以权为尊。对于权力比自己大、位置比自己高的人，要绝对地尊重和服从，形成了唯上是从的思想观念。因此，我们就缺少民主的传统，缺少平等的文化。以前在皇帝面前，大家都是子民，官本位的观念形成了上尊下卑的森严等级。在封建制度下，没有一种公民的平等参与精神。

我认识的一个人，他原来做大学校长，后来去做了市长。做了市长之后，他有一个体会，就是他在大学里讲话，有些地方讲得很对，还是会有人进行批评，提出意见；但是他当了市长之后，有时候发现自己哪个地方讲得不对，没想到底下还是一片赞扬声，"讲得对""讲得好"。所以，这种官本位文化在今天依旧是深入人心的。

在这样一个传统之下，社会秩序是什么样的呢？就像军事化管理。军队里，军令如山。俗话说"官大一级压死人"，在军队里这是不容商量的。美国作家诺曼·梅勒有一篇著名的长篇小说叫《裸者与死者》，小说中写了一个很有民主意识的年轻人，作为大学生去参军，参加"二战"，到太平洋海岛作战。他对卡明斯将军（这支部队的司令官）武断的作风非常不满意。他觉得不顾士兵的生命，为了取得战绩，盲目地投入兵力，在很多人准备工作不足的情况下，贸然发动进攻，牺牲率很高，所以他对此很有意见。

卡明斯发现他居然有反抗意识，就把这个小伙子送到了侦察排，让他跟着最前沿、最危险的部队往前走。这是什么意思呢？就是希望他在最危险的位置上，最后被打死。这个年轻人被分配到那里后，跟着侦察排往前走。战争的残酷，只有在战场上才能真正体会到。在一场进攻中，一个岩洞里布满尸体，日军装弹药的那些箱子还在里边，为了把弹药箱里的东西拿出来，他们需要翻开尸体，一翻开，那些尸体上的蛆就像雨点一样哗哗哗地往下落。最后，这个年轻人真的在一次伏击里被打死了。

很多电影，包括库布里克的电影，描写了战场上的残酷。因为政治的需要，必须打一仗，哪怕注定要失败也要打，所谓的不怕牺牲，实际上是不管士兵的死活。

所以，我们说这种迎合的文化是低级的文化、野蛮的文化，它存在于我们的工作环境里，但我们不需要打仗，我们不是军队。军队有自己的严格纪律，但是我们在城市里，在自己的工作中，彼此是平等的关系。因此我们现代社会又有一个新的问题，它跟军队不一样，它是一个有分工的流水线。

执行命令式的现代分工体系

流水线有一个特点，你既不知道前面在做什么，也不知道你的流程后面别人在做什么。你无法像传统农业社会那样一个人完整地去操作一个流程。所以，你到底在做什么，你自己都不知道。比如，一个电子零件，你只做电容器，这个电容器装到哪里去，有什么用，你根本就不知道。所以，你不是自己的设计者，也不是生产的设计者，而只是在执行命令。

其实现代经济体系往往是这样的，在一个企业里，你只管执行命令，做好你的这一份工作，不要管其他事情。所以，你的价值就在于执行命令。你不能质疑领导，他就是合理性，他就是规则。这跟以往的农业社会还不一样，传统的等级制、官本位，再加上我们现代经济的这种分工化、流水线里人的断片化，人就变成了麻木的执行者，变成了不能思考的人，不知不觉就被工具化了。

一个活生生的青年，学了那么多知识，对生活有那么多的向往和想法，然后到了这个冷冰冰的工业体系里，到了现代经济体系里，甚至文化体系里，上面一层给你下达各种指令，其中有些东西并不合理，你这时候该怎么办呢？面对自己的工作，如果我们心甘情愿地被支配，接受分工，沉默而机械化地去完成自己的工作，那我们就变成了无机物，我们就没有姓名了。

中国古代哲学经典《周易》是一本很难懂的书，但是它的革卦里有一句话，对我们今天的人特别有启发。它说"大人虎变"，大人是谁呢？是君王，他要动起来，他要变，就像老虎一样有气势、有气场，特别地有威力。"君子豹变"，君子是什么人呢？就是有社会地位的人，有知识的人，这些人要变化是豹变，力量没有老虎大，但是浑身斑斓，也有自己的美。"小人革面"，小人是什么人呢？就是普通人，是老百姓，指的是劳苦大众，小人只能革面。革面就是变化自己的脸色，根据大人的喜好变换脸色，要我笑我就笑，要我欢呼我就欢呼，要我怎么样我就怎么样。小人革面是一种很悲惨的处境，一种奴隶化的处境。实际上谁甘愿当一个奴隶呢？谁甘愿做一个小人，整天革面呢？

我们今天的新时代，青年有自己的个性，有对自由生活的向往、对生命价值的追求，而曲意逢迎是传统奴隶的生活方式和行为方式。契诃夫观察俄罗斯的小市民，观察得很深切。他的短篇小说《胖子与瘦子》，写一胖一瘦两个老同学在火车站见面，这个瘦子带着老婆，还带着孩子。看到胖子后，瘦子忍不住要自夸一下。为什么呢？他刚刚升了官，升到八等了，他很得意。他觉得这个胖子在学校的时候无所作为，成绩平平，现在肯定也比不上自己，所以他就特别高兴。人际社会有时候就是这样的，一个人看到比自己低下的老同学混得不好，就特别高兴，很有优越感。这个瘦子见了胖子，就跟他欢天喜地地聊起来，然后故意问："你现在红光满面，肯定混得很好吧？"胖子说："哎呀，不行不行，你肯定也很好啊。"瘦子说："哎呀，也没什么好的，我就是刚刚升成了八等文官。"心里非常得意。胖子一听，说："哎呀，恭喜恭喜，真好真好。"然后瘦子说："你也有很大的进步吧？"胖子说："哎呀，也没什么，现在才是个小小的三等文官。"这可好，比瘦子还高五级，瘦子本来直腰挺胸，很傲慢的样子，忽然就弯下腰来，他的老婆和孩子也马上满脸献媚地笑起来，通通弯下腰来。那个胖子呢，露出不跟小人计较的神色，哈哈哈地笑笑，好像很轻松地跟他们道别了，其实心里充满了对瘦子的鄙视。

黑格尔哲学里专门区分了主人意识和奴隶意识。一个人一旦开始逢迎、迎合，就会逐渐变成惯性。人有这样一个基本特点，就是只要迎合一次，就会永远迎合下去，形成一种奴隶意识。也就是说，你把自己调整到一个奴隶意识的位置上，就收不住了。这就是黑格尔讲的"恶无限"。

· 迎 YINGHE 合 ·

怎样摆脱迎合，获得自我价值？

哈佛大学商学院有位波特教授，他提出了波特法则，就是人在社会里怎么获得自己的价值。他认为在公司里，你要意识到，其实人在工作之中是站在一个分工的位置上，你的价值在于分工，而不是等级。所以，你在自己的分工上，有自己的尊严，有自己的价值，迎合不是你的应有之义，不一定要对上面表达出顺从。

顺从是动物世界的法则。狮子、狼，它们都是顺位动物。什么叫顺位动物呢？就是动物在群体里面有非常明确的位置，谁是头领，谁是老二，吃东西的时候谁先吃，谁吃最好的那一块，都是按照这个顺位来决定的。但我们人类不是这样的，我们每一个人都有自己的特长，有自己的天赋，有自己的价值。一个人一旦想通过迎合的方法去获得自己的价值，就会在无形中损失自己真正的价值。

有的人在工作的时候，该用力气的地方不用，精力三分用在工作上，七分用在人际关系上，听上去好像很聪明，其实是很大的损失。你的生命力都花在这些跟你专业能力不沾边的东西上了，你在工作中就软弱无力，只能被支配。

所以，在波特看来，一个人要知道自己在工作里就是分工的一部分。一个人的定位就是他的职责和生产力。

找到自我定位

我们在一个工作环境里，真正的追求是把自己的工作做得更好，完成质量更高。在这个更高、更好里，凸显自己的独特性，凸显自己的能力。如果你已经费尽了力气，还是做得不好，那说明这件事情不适合你。

有的人的追求意识特别混乱，顺从归根结底是迷惘，没有焦点，不知道自己的站位，不知道自己的人生依据。所以，迎合就变成了一种生存手段，在迎合之中把命运交给别人，这是一个比较悲惨的事情。但是，很多人觉得好像没有问题。

按照组织行为学、人格心理学等理论的分析，在一个企业里，一个团队一般可以细化为各种角色。有开创者，他会提出很多新东西来；有说服者，一个东西很好，但是别人不熟悉，因此不接受，这种时候就需要专门有人担任说服者的角色，他非常善于动员，让大家理解新事物；

有的人是传播者，他善于在组织里对正向的、有益的东西进行传播；还有实干者，等等。很多人为什么会迎合呢？因为不知道自己是什么角色，不知道自己适合承担什么分工。是开创者、说服者、传播者，还是实干者？模模糊糊，不知道。也就是说，很多人缺乏现代社会生活所需要的角色意识、定位意识。

在一条军舰上，水兵的分工定位非常清晰，操纵雷达的、操纵爆炸物的、操纵炮的……每个站位都有清晰的分工。在一个工作环境里，我们每个人处在不同的位置上，除了工作，其实还有一个文化性的角色。有了这种角色意识，你就获得了一种自我维护、自我发展的定位。那你的专业点就不是迎合了，而是把自己的能量、自己积极的内在释放出来。

我们每个人都要仔细地想一想，自己有什么弱点，有什么值得跟别人分享的技能或者经验，这都是一些特别重要的问题。

在快速转变的社会里，领导和被领导的人之间是有文化差距的，他们的观念是有很大差异的。这种时候怎么办呢？如果你心里看不起领导，面子上又顺应他，那就过得很拧巴了。所以，我觉得我们在工作之中，对待领导最好的方式是互相成全。就是要真率，把自己的观点表达出来，把跟领导不一样的想法说出来，把自己认为的合理做法表达出来。

从公司发展的角度着眼

这种真率有什么好处呢？其实对领导来说，这也是一个非常好的推动力。比起你去迎合他，这样对他而言更有价值。在近几十年里，很多大企业衰落了。很多曾经赫赫有名的公司，就是因为领导很固执，不能顺应时代的发展，而衰落了。大家也拗不过领导，只能顺从他，结果最后公司破产了。比如，当年威风凛凛的诺基亚手机，在新兴的智能手机的浪潮下，固守原来的那一套，最后失去了市场。

其实领导者和被领导者是在一条船上的，你要给领导一种我们在一条船上的感觉，你不能蔑视他，而要尊重他，形成一种良性的互动。这样的话，领导也会把资源更多地向你倾斜，因为你的想法很有建设意义。

以前我有一个学生，是中文系的本科生，很聪明，毕业后被分到了一家大型国有航空企业，在总经理办公室做助理。他去了以后发现了一个问题，就是航空系统有时候会丢失行李，比如一件行李从上海发出去，发错了，装错了，最后不知道发到哪儿去了。那这时候怎么办呢？他就提出了一个建议，说现在的系统不合理，要做一套新的电脑系统，针对整个行李运送流程设计一个全国化跟踪系统，通过系统追踪可以马上知道行李的位置。领导觉得这个建议提得很好，就把他的建议采纳了，后来系统就做成了。

这就是我们需要去做的事情，大家在工作中，如果都是为了企业的发展，为了这个共同体工作，我们就会有一个美好的未来。如果你发现有问题，却默不出声，还在那儿拍手叫好，那是害人，是你的品格有问题。

所以，迎合不是一个好的态度，那是从封建社会沿袭下来的奴隶意识，也是我们现代社会中的一种投机取巧，它会降低你的人格，是对你、对企业，同时也是对群体的最大伤害。

不怕被误解

俗话说："路遥知马力，日久见人心。"不要怕被误解。你身上的能量，你的真诚，只有时间能考验。最后，你会有一种问心无愧的坦然和安心。而那种迎合的人，生活过得很不舒心，随时察言观色，战战兢兢的，降低了自己的生存质量。我们年轻人跨入社会之后，如果是这样一个态度，那就非常可惜。

我听说一些企业觉得95后很难领导。后来我一想，95后的生长环境，他们所处的文化信息环境，使得他们的性格有更多的独立性、自由性，他们敢于说话，而且不怕跳槽、不怕领导，对一个工作不满意就会丢掉。他们的生活支撑系统以及家境可能比以前好，所以他们的独立性更强，更敢说话。有的领导说起这个就很头痛，但我觉得这是一件非常好的事情，这预示着一种时代性的变化，预示着我们年青一代的自觉意识增强了，他们对生命、对世界有了新的理解。这是我们整个社会变化的一个前兆，我觉得这个兆头特别好。我们要让年轻人感觉到自己身上有骨头，有一股傲劲。

觉醒时刻

我们要注意一个问题，就是领导也需要成长，你要给他输送你的能量。由于传统的、历史的原因，也许上一代领导的教养、知识结构有着时代的局限性，需要改变和进步。我读研的时候，一个老师跟我说，他努力了一辈子，但是没有做过太大的学问，那个时代整天搞斗争，整天封闭，看不到那么多学术资料，没有办法按照自己的想法去研究。所以，尽管辛苦，但是只能做到这个样子了。同理，上一代的领导有艰苦奋斗的精神，但也有他们的局限性。所以，我觉得对他们最好的尊敬就是直言不讳，就是把你觉得可以让他们变得更加有力量、更加有领导力、更加有现代性的东西输送给他们，我觉得这就是对领导最大的敬意。

这是我们在工作之中必须要去思考的问题。我也很想问问大家，你有没有意识到自己在一个工作团队中是什么定位？有没有按照自己的定位、角色去创造价值？在一个团队里，在一个工作环境中，你有没有一种负面的迎合？为什么会有？你害怕什么？你有没有意识到这样的态度给你的生活带来了什么样的后果？从长远来看，你应该做什么样的改变呢？这是我们面对迎合之苦的时候，需要去反思的问题。

本 节 寄 语

———

无骨的
笑容背后,
是最空洞的
人生。

———

妥协

当老好人
没好下场

妥协之苦也是现代社会的一个普遍问题。在职场里，很多人，特别是一些善良的年轻人，希望自己被大家接受，受大家欢迎，所以别人对他有什么需求，要他做什么事情，他都会答应，没有拒绝的习惯。往往到最后，四面八方的事情都要应付，把自己搞得焦头烂额，却有可能变成群体里最没有存在感的那个人。他自己处处妥协，也觉得很累，甚至有点痛苦，但不知道该怎么办。

这就有点让人叹息。因为这种人，从人性角度看，是非常单纯的、利他的。另外，对大家有求必应，对他自己来说并不是没有难度的，他的心里也是有自己的一些诉求、自己的一些难处的，但是最后总是调整自己，成全别人。

为什么会出现这种情况呢？为什么有的人就是这么愿意妥协自己，让别人活得通畅？

为什么会习惯性妥协？

　　我们的传统道德提倡的是一种什么样的行为规范呢？传统道德观念特别强调处理好人际关系，在人际关系中获得自己的价值，也就是获得一种道德价值。

　　比如说，一个媳妇过了门，那她一定要讨好婆婆。《孔雀东南飞》这个古典悲剧的诞生就是因为婆媳关系不好，所以媳妇对婆婆一定要低眉顺眼。在这种传统家庭伦理体系里，儿子顺着父亲，媳妇顺着婆婆，小辈顺着长辈，就这样一路顺从过来。当然，这种顺从从根本意义上来说也不是完全的无私。因为一个媳妇顺从了半辈子，最后终于"多年媳妇熬成婆"，位置就换过来了，该别人顺从自己了。所以，在这个过程中实际上存在一个交换体系。

　　在日本，通常婆婆一去世，媳妇立刻就要去通知各路亲友，在家里开披露宴。什么是披露宴？就是宣告从此我就是女主人了，通晓各方，让大家知道自己扬眉吐气了。所以，在古代社会，媳妇好不容易熬到最后，婆婆老了，没力气了，把腰带上的那一串钥匙交出来，将权力转移给媳妇，媳妇从此就很神气了。由此可见，传统道德里的这种顺从不是一种无限的善，其中包含着功利性的付出和权力之间的平衡。

　　但是我们一定要知道，我们现代社会是流动社会，没有这种长期关系了。传统交换体系是在一个长期的关系里进行的，媳妇可以预期自己的获得，在这个前提之下，她才去顺从，去妥协，去压缩自己，而在现代社会这一套就很难行得通了。

为什么妥协在现代行不通？

现代市场是怎样建立起来的？经济学中有一个著名的原理，10个人一起干活，如果有1个人是要讨好大家的，那他就会无条件地给其余9个人做奴隶。这种局面看上去很和善，但实际上极度不合理，极度不公正。虽然你妥协了，去顺应别人，但你有没有想过这不是正义的？

你自己丧失了什么，丢弃了什么？你自己的人生到底有没有一个基本点？所以，从人格上分析，这是一种讨好型人格，通过讨好来获得大家的欢喜。这种人有一个问题，就是没有自我。

古希腊阿基米德说过一句名言："给我一个支点，我可以撬动地球。"我们每个人都是这样，你活着，你的支点在哪里？你的人生价值的基本点在哪里，难道就是去讨好别人吗？你人生的一个重大价值是让自己幸福，同时这个幸福又是对社会有益的。一个人幸福，他就有创造力，有输出情感的能力。如果一个人不断地丧失自己，还有什么幸福呢？你对别人的迎合，对别人的顺从、妥协，有什么内在的价值呢？所以，我们每个年轻人都要思考自己在这个世界上的支点在哪里。

我们要找到自己的支点，按照自己的逻辑去生活。这个支点是不能让给别人的。改革开放后我们的社会有一个特点，就是每个人都是利益主体。以前的公有制社会提倡的是什么呢？大公无私，提倡无我，就是完全忘我。而现代社会是市场经济体制，市场经济中每个人都是利益主体，每一个人都要对自己的权利和价值有清晰的认识，都要认真去守护。因为只有这样才能建立社会的公正。

上海《新闻晚报》有一篇文章，让我特别感慨。一个人骑着电摩托车经过菜场，看到这个摊子上的番茄好，拿两个，看到那个摊子的鱼好，拿两条。那些人对他赔着笑脸，随便他拿，都没有让他付钱。这个记者就很吃惊，后来那个人篮子装得满满的，骑着车走了。记者就问那些菜摊老板，他是什么人。那些人说，他是市场管理员。这件事情很难不令人感慨，我们很多人就是这样放弃了自己应有的利益和权利，去妥协、压缩自己。

妥协是对现代规则的破坏

一个处处妥协的人表面上看起来很和善、很友好，实际上阻碍了社会的进步，破坏了现代社会游戏法则。市场代表什么？代表平等。我们来到这个世界，人人都是平等的，不是说我的人生就是你的资源，我的人生就是为你服务的。

卢梭的《社会契约论》讲的就是这个道理。我们要建立的不是那种让一个人八面玲珑的社会，而是一种人和社会的新型关系，一种平等的契约关系。而要建立这个关系，最基本的前提是每个人都要维护自己作为个体存在的权利，而不是去讨好别人。

其实在我们现代社会里，怎样定位自己是一个很大的考验。如果一个人特别容易对别人妥协，特别容易放弃自己，特别容易满足别人，那他就缺少了原则性，缺少了对生命负责的态度。

在一个群体里，如果别人对你提出不合理的要求，你不拒绝，反而努力地满足别人，从某种意义上说，你也是在伤害对方。有的人身上有很多毛病，对自己要求很松，对别人要求很严，觉得别人应该为自己做这个、做那个。这是一种像肿瘤一样的恶习。他该做的事情自己不做，该承担的责任自己不承担，你去满足他，只会让他继续膨胀，让他更加堕落。

妥协是一种恶

在这种没有原则的妥协关系里，人就从善转变成了恶。美国作家斯托夫人写的小说《汤姆叔叔的小屋》里，那个黑奴就觉得自己是无限善的，他无微不至地关心别人，奴隶主对他提出任何要求，他都是从内心里顺从，生活里没有丝毫的反抗意识。他觉得这是他的美德，这是一种像圣人一样的无私。但实际上他是在间接地维护奴隶主的利益，维护奴隶制，助长黑恶力量。对世界上不合理的东西，对病态的人格，我们一定要抵制，一定不能给他们扩张的机会。

在我的生活经历里，我看到一些人特别有原则，特别能够划清界限，这些人从表面上看是坚持自我，实际上坚持的是一种公义，坚持的是一种社会应该遵循的法则。

我小时候有点捣蛋，有一次我突发奇想，想从西安到上海去。我看到少年报上有一则消息，说东北的大兴安岭有老虎，老虎到处危害当地人，那时候动物保护的意识不强，就有人拿着猎枪去打老虎。我后来就跟弟弟商量，一起去大兴安岭打老虎。那时候我 9 岁，弟弟更小，他很高兴地同意了。我们兄弟两个就从家里拿了钱，夜里跑到火车站，买票去上海。因为听说上海有猎枪，我们打算去买。那个售票员看到这么小的孩子来买票，按理说闭着眼睛卖给我就行了，但是她没有把票卖给我，而是坚持必须大人来买。我没办法了，就在附近看，结果看到一个中年人，我跟他商量让他替我买两张去上海的票，那个中年人蛮爽快的，答应了替我买。他去窗口买票的时候，那个售票员非常负责，问他是不是替两个小孩买的。那个人倒还蛮诚实的，说是，售票员就告诉他这个票不能卖。后来没办法了，夜里公交车都停了，我们只好去找三轮车。找来找去找不到，好不容易来了一辆，却因为太晚了不肯送我们。后来还是那个中年人帮我们招呼，付了双倍的车钱，请他帮忙送我们回去。

我后来想起来这件事情，心想如果真的跑出去，那不知道会怎么样，幸亏那个非常有原则的售票员把这件事挡下来了。所以，社会生活里处处需要这样的人，坚持原则，不妥协。

从我个人来说，其实我不是很喜欢太有争斗欲望的人。有的人过于固执，看到跟自己不相合的人，马上就产生争斗的欲望。现在网上的键盘侠就有这样一种病态心理。我觉得一个人可以不妥协，但这种不妥协是要有思想含量的。不是说别人叫你干什么，你就偏不干，这样人际关系就不行了。处理人际关系就像写一篇论文。怎样写一篇论文呢？首先要有观点，我不能做这件事。为什么不能？要有道理、有经验，弄清楚这种事情有什么不合理。然后还要有逻辑，我应该怎么做？跟对方摊牌，和颜悦色、有理有据地把道理说清楚。这样别人尽管也会有点失望，但是他会觉得我是一个有修养、讲道理的人。我觉得这样整个社会的文明程度就会提高。

· 妥　TUOXIE　协 ·

如何建立具有现代精神的人际关系？

遵守现代社会的原则

不善于拒绝的人，很大程度上是没有自己的界限和原则的人。这就给那些没有边界感，非常有介入欲望，总是漠视他人存在，善于剥夺别人的劳动成果、侵占别人资源的人打开了空间。所以，我们需要在工作环境里建立起一种良好的、具有现代精神的人际关系。

一个群体的文化里一定有明晰的界限，每个人可做的和不可做的事情之间有一条不可逾越的界限。这样就可以打破传统的老好人社会，跟八面玲珑、到处讨好的交际方式划清界限，同时又可以跟我们现代生活中的自私性划清界限。在第二次世界大战中，德国和英国杀红了眼，但两个民族、两个国家在生死关头依旧坚持了一个原则，就是不攻击跳伞的空军飞行员。当时德国有一个功勋飞行员击落了很多英国飞机，后来有一次他被击中后就跳伞了。英国和德国军队都有这个传统，就是一个飞行员在跳伞的时候，表明他已经失去战斗力了，跳伞就等于解除武装，因此无论如何不能攻击他，要让他安全落地。这个德国功勋飞行员打死过多少英国飞行员啊，但是这个时候英国军人瞄准了他，却始终坚持不开枪，让他安全落地，最后他还回到自己的军队继续战斗。这就是对原则的坚决捍卫。

德军对待英军的飞行员也是这样。德国空军司令戈林是个大战犯，他视察空军部队的时候，问一个德军的功勋飞行员："在战斗中，如果一个英国飞行员被击落后跳伞，我命令你开枪打死他，你怎么办？"那个飞行员说："我会坚决拒绝执行您的命令。"戈林就笑了，说："我期待听见的就是这个回答。"所以，生活的各个方面都有特别重要的原则存在，一个有原则的人，不会随意妥协。

这不是一个老好人的时代，我们现代社会的建立，就是需要权利与义务分明，一个人可做和不可做的事情都是非常明晰的。这是一个契约社会，我们的法则是现代法则，我们应该坚守原则，坚守自己的人格精神。

这样，我们才能真正在一个群体里有自己明晰的人生轮廓。

不忘怜悯与理解

当然，也不是说人生界限就永远那么分明，有时候我们还是要怜悯一些人，理解一些事情的。雨果的小说《悲惨世界》，里面的神父接待了一个刚被放出来的无家可归的苦役犯冉·阿让，他让冉·阿让在他家住了一晚上，给他好吃好喝的。冉·阿让经受多年的不白之冤，心里对社会充满了绝望，也就不守什么规则了。第二天他离开的时候，把神父家里的银烛台给偷走了。结果路上遇到警察，银烛台被搜出来，一看就知道肯定是偷的。警察发现东西像是神父的，就把他押到神父这里，让神父指认他偷窃。如果冉·阿让被指认的话，可能就要被判处绞刑了。结果神父笑容满面地跟警察说："你们搞错了，这是我送给他的。"冉·阿让很吃惊，警察也不敢相信，但是神父说得那么坚定，冉·阿让就没罪了。这个神父的大善，使得冉·阿让沉寂的道德感复苏了，后来他重新开始了自己的人生。

觉醒时刻

很多时候，我们的付出并不是等价交换，并不是你给我什么，我就给你什么。有时候确实需要我们的善意，对他人关爱，需要一些付出。但这跟盲目的妥协是不一样的。这种善意妥协是有明确的价值追求的。所以在社会生活里，如果有人在关键的时候需要帮助，而我们不帮助他，这在道义上是过不去的。

我就有过这样的经历。我在云南乡村劳动的时候，有一天晚上，我们几个人正在聊天，忽然有一个傣族农民来了。他说家里很穷，最近都吃不饱，孩子都很难过，想向我们这些知识青年借点粮食。我们知道他的信誉不太好，经常借东西不还，所以就不太想借给他。后来就真的拒绝了他，他失望地走了。

　　多年以后我反复想起这件事情，这个人确实是家里太穷，孩子又多，所以当时是应该借给他的。对他来说，这是一个很大的帮助，或许可以让他度过可能是最艰难的时候。所以，我回忆插队时的事情时，就觉得那是令我特别惭愧的一件事。

　　我想，每个人，特别是年轻人，还是要想一想，自己在生活里面做了什么样的妥协？面对生活，你一路是怎么过来的？在这些经历里，哪些妥协让你印象深刻？那些妥协让你换得了什么？哪些妥协对你的人格以及你后来的价值发展有负面影响？哪些妥协是你有意识地给别人提供了帮助？哪些妥协其实是害人的？你尤其要想想，你一路走过来，有没有因为不善于拒绝而把人害了？这是一些严肃的问题，非常值得我们每个人去好好地思考。

———

在现代社会
的原则中，
要坚守自己
的价值。

误解

职场中的误会
要不要解释

什么叫误解之苦呢？就是在我们的工作中，我们周围的人好像总是不能理解自己，总是对自己有偏见。我们觉得自己已经有很好的形象了，但是别人还是有一些灰色的甚至黑色的联想，所以我们就会觉得不开心，心想同事怎么这样看我，觉得很苦恼。

· 误　WUJIE　解 ·

误解是种必然

首先要了解一点，我们并不是停留在传统社会，人和人之间可以高度地相互了解。现代社会是一个复杂的社会，每个人都在多元的文化场景里成长，而且还在不停地流动，一个人身上聚集了大量的不协调成分，聚集了丰富多样的经验和观念，还有一些对这个世界不一样的看法。

在存在主义哲学里有一个很重要的概念：主体间性。什么叫主体间呢？每一个人都是一个主体，间就是距离，人与人之间、主体与主体之间的距离是永远无法消除的。这个距离会造成什么呢？我们不可能按照对方的内心想法来理解这个世界。他的悲欢，他的痛苦与欣喜，你可能会感觉到，但是你绝不可能替代他去感受，所以人和人之间必然是存在误解的，必然是不可能全部理解的，也就是说充满了错觉。

我们只是从一个大的轮廓线上去理解别人，稍微一细化就会发现错位的地方太多，所以我们的社会里还有一个问题，就是不均衡的光环效应。什么叫光环效应呢？就是一个人被贴上标签，他本来只比别人多出1分，结果标签一贴就多出10分；本来他只比别人低1分，现在一下就可能低了10分，这种扭曲的哈哈镜效果在我们社会生活中是很多的。我们心里的这面镜子，不一定能够非常准确地留下别人真实的影像。其实每个人都想给他人一个特别好的直观印象，但人生资源是有限的，你在这方面用得多，那另一方面肯定就少了，所以就会产生内外不相符的问题。今天走出来的每个人都收拾得挺好，但是内在就不一定了，所以这个时候我们就容易对一个人产生误判。通过表面的印象去判断一个人，往往严重走形。

在小说作品中，我认为有个作品特别深刻地描写了误解问题，那就是简·奥斯汀写的《傲慢与偏见》。在小说中，达西来到乡间，伊丽莎白看着他，觉着这个家伙很傲慢，眼睛和额头抬得高高的，对他抱有一种排斥态度。其实我们知道英国贵族社会中，身份是很重要的。达西本来就身在高贵的、有钱的家族，给人的印象又那么傲慢，所以伊丽莎白对他产生了极大的误解，她不知道达西实际上是看不起庸俗的。在简·奥斯汀的时代，工业革命已经进行了几十年了，整个社会已经完全商品化、世俗化，小市民阶层的人唯利是图，所以很多人会奉承达西，都想把他变成自己的丈夫，他心里特别抗拒，就故意用傲慢的态度来抵御这些人，划一个清晰的界限让人高不可攀。他表面上冷冰冰的很高傲，但实际上内心是单纯的，他对生活充满了渴望，而不是迷醉于金钱的光环中。

从达西的角度来说，他也误解了伊丽莎白。伊丽莎白是什么人呢？一个乡村姑娘。当时的工业化促进了城乡之间的交流，城市的文化艺术也开始在英国乡村慢慢地扩散。华盛顿·欧文在19世纪写的《见闻札记》中，就惊叹那个时候的英国乡村是全世界最好的乡村。当时的很多贵族不喜欢城市里工业化的丑陋面目，就跑到乡下去盖房子。在乡村生活的贵族把城市生活中的交谊舞会、图书、音乐等都带到了乡村。伊丽莎白就是在这样的环境中长大的，达西对她的偏见，实际上是对女性的普遍偏见。因为那时候女性普遍读书少，对世界了解得也少，他就推及到了伊丽莎白身上。这两个人因为"傲慢"与"偏见"，发生了很多戏剧性的冲突，但是最后发现对方不是自己所想的那样，原来对方很美好、很独特。

爱情里最大的一个要义就是认为对方很独特，是自己爱的那一个人。不懂爱的人觉得好像条件好的人都可以爱，但是真正的爱情就是只爱那一个，所以就在这种"傲慢"与"偏见"里，两人看见了彼此的不可替代性，最后走到了一起。

·误 WUJIE 解·

误解是理解的开端

误解有时候可以变成一种推动性的力量，促成一个人对另一个人的关注，相互之间产生与一般人不一样的牵连，在紧张之中，甚至于在对抗中，能够加强彼此的联系。这是我觉得《傲慢与偏见》这本书写得特别好的重要原因，它从误解开始，以美好结束。

我们在现实生活中既做不到像达西那么坦率，也做不到像伊丽莎白那么态度鲜明。我们人类普遍有一种弱者心理，因为一个人身上必然有弱点，必然有局限的部分，所以总想把这个部分掩盖起来，然后放大自以为美好的那一部分让别人看。别人看不到一个真实的你，所以误解也就是必然的了。

·误 WUJIE 解·

如何展现完整的自己？

在现实生活中，如果你想要让别人理解你，看到完整的你，其实有一个很大的难关，就是要把自己的弱点勇敢地暴露出来。

对于一个人、一个群体是这样，甚至对于一个国家也是这样，无论是文化、政治还是经济，都是这样。从这个方面看，人就像一个木桶，就像著名的木桶理论所说的那样：决定一个人整体发展力的，不是最长的那块木板，而是最短的那一块，你往一个桶里装水，什么时候会漏出来，取决于最短的那块。

勇敢展示弱点

很多人不了解自己，一辈子活在自己的弱点里，因为他们没有去正视它，而是在遮盖它、保护它，让它成了一个维持不变、固定不变的短处。

有的人生活了若干年，好像有些方面有发展，但是他的弱点、短板一直存在。一个人，实际上有一个长处，就会有一个相应的短处，一个很豪爽的人可能就比较简单，有时候还有一点粗暴；有的人很关心别人，但有时候可能介入感太强，就不太重视跟别人之间的界限，越界行为很多。所以，人们总是把自己所谓的长处尽量地展现出来，而应该去改进的短处却得不到正视。

你有没有勇气在一个群体里，在工作中，把自己的缺点暴露出来？什么叫暴露呢？就是有时候要做一点自己力不能及的事情。什么叫力不能及？就是你在这方面有欠缺，达不到这项任务的要求，但是你要去完成它。也就是说，要克服自己的弱点去工作，这时候你就不得不努力了，你必须要拿出超强的能力去提升短板，然后才能完成任务。

古希腊神话里的英雄伊阿宋为什么要去找金羊毛呢？就是为了获得公主的爱情。如果没有这个推动力，他不可能去冒这些险，经历那么多九死一生的场景，这都是在正常情况下根本不敢想的事情，是几乎完不成的任务。他给自己确立了这个目标，就不得不鼓足勇气，拿出百倍的胆量去实现它。所以，我总觉得一个人的缺点、一个人的局限，其实就是他最好的生长点和发展点。别的长处可以放一放，把短的这一块发展起来，你那桶水就会越来越满、越来越满。

在弱点中成长

很多人不是这样的，他一直就是在一个不真实的生活中，向世界、向他人呈现自己的长处，一直只使用这个长处，因此他的水平始终无法提高。有一个短板在制约他，比如心理比较脆弱，那他就会尽量不展现自己的短板。我们每个人在成长过程中，都可能会有心理创伤，都会有自己畏惧的东西。比如说，我既开过枪，又扔过手榴弹，上山当民兵连长时还用过冲锋枪，开枪我都不怕，但是我就怕崩爆米花。黑乎乎的爆米花机器像炸弹一样，我一看到就紧张得要命。

我在南京的时候，才4岁，有一次我从学院出来，拐弯的地方有一个卖爆米花的，我刚拐过去还没看到它，突然间它"嘣"的一声就爆炸了，从此以后，在任何地方只要看到远处有爆米花机器，我就一定会等它爆完才过去，而且要赶快过去，要不然就绕路。后来我下决心要克服这个恐惧，我想找一个机会，找一个卖爆米花的，我就坐在他旁边听一听，把这个心理障碍跨过去。但现在上海没这个机会，我找不到哪里有用这种机器做爆米花的。

就像傅里叶精神分析里面讲的，一个人身上有什么呢？有挫伤，有挫伤之后心理就会形成短板。有的人的短板更加有社会性，比如说小时候因为贫困产生了物质欲望，物质欲望就变成对世界的解释，认为这个世界就是物质的，长大了以后他就只追求自己的物质生活比别人好，没有其他价值追求。这也是一个巨大的问题。有的人工作很努力，很有奋斗精神，但是背后的动力是什么呢？我们误以为他很有正能量，但是他背后的东西可能不受自己控制，他不是自己的主人，小时候欠缺的东西才是他的主人。

有的时候一个人的愿望、欲望跟自己的成长大有关系，社会现在对你的期待，可能不是你自己心里的愿望，你只是想让自己表现得更符合时代的要求。你觉得这个时代很讲自由、讲艺术、讲现代性，所以你就表现出来自己好像很有这方面的理想。但实际上你的成长对自我的塑造，你的内心的真实自我，是根深蒂固的。所以，有时候就会出现一种自我冲突，就是在公众面前你表现出来的东西和你内心真正想要表达的东西是不一样的。别人对你的观察、看法、感受，并不能代表真正的你。所以，我们一定不要怕被别人误解，事实上，别人永远在误解你。现代社会人和人的关系中必然包含着误解，你不要抱有非常幼稚的期望，希望别人百分之百地理解自己，能够用他的思想把你的逻辑完全理顺，这是不可能的。

不要误解自己

我们现在最重要的是不要误解自己，不要一味觉得自己"高大上"，要清晰地认识到自己内在的不均衡和自我的矛盾。

按照现代心理学的观点，今天的我们面临的最大问题是整合，就是你的七情六欲、你的想法怎么整合到一起。现在的人什么都想要，什么都想得到，所以内心没有方向。我们总是自以为是，就像在大雾里行走，看不清自己真正想去的方向。

这有点像《呼啸山庄》的女主角凯瑟琳，她和希斯克利夫两个人站在雾气浓浓的小山坡上，发誓要在一起，但凯瑟琳完全不知道自己心里还藏着另外一个自己。她陷在和青梅竹马的爱情里的时候，觉得自己是这样的人，但真正到了结婚的时候，发现自己还是有强烈的阶层意识和门第观念，没法跟希斯克利夫这样一个被收养的流浪儿结婚。在她心里，爱情的享受和婚姻的要求强烈地对撞着，这时候她才发现自己原来还有另外一面，于是一生的悲剧就产生了，她选择向现实低头，结果发现自己又放不下感情，就是这样高度分裂。

我一直认为，一个人最怕身上承担两份生活，那太沉重了。那种就为了让别人觉得自己特别好的表演性人生，也是太沉重了。为什么一个人要敢于把自己的局限和不足亮出来？就是为了实现自己的真实性和完整性。

接受不完美的自己

不要怕放低自己，要勇往直前。我很喜欢的一本小说《细雪》就讲了这个道理，小说中的小妹妹妙子很有现代性，她脱离了做职业太太的传统道路，转而做职业妇女，在爱情里也是敢恨敢爱，前后有过三个男人，走过一段坎坷的道路，后来还怀了孩子，又经历了流产，等等，生活看起来很不完美。

我们要知道一个道理，现代社会，尤其是在高速发展的社会里，你不要怕自己有缺点，因为往前走的人肯定不完美，人生道路难免坎坷。一切都是未知的，没有可循的标准，充满了试错性，这个时候你怎么样完整地释放自己？那就是不要怕错，不要追求完美。为什么很多人容易被人误解？因为他们要做出比自己真实状态更好的样子，就是要追求完美，想让别人认为自己很好。

电影《花样年华》为什么用那么多镜头去展现女主角穿着旗袍的样子？那些画面配上音乐好像很优美、很完美，但实际上这样的生活是悲剧。旗袍表面看着华丽漂亮，实际上是一种束缚，是对人的包裹，这里边有一种强烈的内在反腐性以及透视性。

在现代社会里，我们包装自己，显得自己很完美，实际上却是葬送了自己，放弃了内心真正渴求的东西。我为什么喜欢《细雪》这部小说？是因为老四是我最喜欢的角色，她敢于走新路，尽管伤痕累累。她的姐姐雪子到医院看到她流产了，觉得她沉沦了，曾经那么鲜活的小妹妹现在脸上写满了沧桑。

与之相反的是雪子，她不断地追求那种所谓的完美，让别人称赞她、肯定她。她一个劲儿地想要一种完美的生活状态，于是从21岁开始相亲，一直相到35岁，一路上不断地失望，就想在传统的完美观念里实现自我。但是她学过英语，又想拥有一种现代的爱情，这时候人就拧巴了。

所以，我们说在现代社会里要敢于展现自己真实的存在，不要怕被误解，误解是必然的，关键是自己不要误解自己。你要为真实的自己付出努力，敢于打破自己的局限性。在这个过程中可能显得有点丑陋，在别人看来不完美，但是你要知道那种所谓的完美可能会拖累你的一生，让你虚假地生活一辈子。也许那种完美就像《花样年华》中所展示的，最后你只能把内心的秘密向吴哥窟的树洞说一说，在现实生活里永远不能实现。我们面对误解的压力时，应该具有这样一种现代精神。

我见过一些优秀的人，他们根本不管别人怎么误解，该做什么就做什么，只要心里有能量，有自己的追求，知道自己在做什么，相信未来就行。

在塞林格写的《麦田里的守望者》中，我除了佩服很有少年心的霍尔顿之外，还佩服那些饱经挫折、历经坎坷还在麦田里的中年人，甚至是老年人。他们是"有知者无畏"。他们不追求众人的赞美，追求的是内心的一份阳光、一种真实。我们今天这个时代是非常需要原创的，尤其是探索道路的时候，特别需要不怕被误解的精神。因为你走的是新路，无人理解是正常的，这个时候如果连你自己都不能肯定自己，那么你就基本上放弃了有价值的人生。

觉醒时刻

　　我觉得在这个世界上，就是有一批先行者，他们的基本命运就是被误解，所以如果你被误解，你要感到光荣，你只要明白自己在做什么就可以。当年那些启蒙主义者，那些文艺复兴的先锋都被误解过。在莎士比亚写的《哈姆雷特》中，哈姆雷特就是一个被误解的形象。他对奥菲莉亚好像很绝情，整个人显得疯疯癫癫的，最后他妈妈也觉得他疯掉了，所有人都觉得他神志不清了，但其实他清醒得很，他知道自己在跟命运抗衡，跟黑暗抗衡。四下无人的时候，他站在城堡上感叹生存和死亡，感叹人是一个多么奇妙的存在，感叹在生死之间人的残酷选择。他比所有人都清醒，但是常人觉得他是疯子。所以，他到最后毅然拔出剑来跟恶毒的叔父对决。

　　你不要试图去消除误解，不要花那个力气，你就往前走，这个时候你反而不用徘徊，不用四处解释。有人就有这个习惯，整天想跟别人诉说心事，诉说自己是怎么想的，这真是无用功，真是没什么意思。我们面对误解的时候，需要有一种"自行其是"的态度。

　　不知道大家有没有被误解的经历，我自身有不少被误解的经历，我自己很明白，虽然知道对方误解了，但是我在逐渐地学会不去解释。我记得以前在市里开会,有一个学者问我:"你怎么整天到处游山玩水呀?"我心里笑笑,说:"我喜欢摄影。"我不会告诉他,我很喜欢去看看人间生活,看看不同的活法,去观察人间百态,获得书外的一些思考。我觉得没必要去说,不必去解释这些东西。

有时候人要轻装前进。什么叫轻装?就是摆脱误解的压力,不要把误解当回事,只要自己不误解自己,坦然地往前走就对了。

任何人都可以、
误解你，
但是你自己
不要误解自己。

【每个人都了不起】

○ 移情

○ 单身

○ 暗恋

如何过上真正向往的生活

○ 异地

○ 加班

○ 成功

单身

只想工作不想谈恋爱，
我有问题吗

  有的年轻人跟我说单身的苦恼，有的人工作很久以后一直单着，研究生毕业时二十四五岁，过了五六年还单着，但是单着单着也就习惯了。我有一个很好的朋友，她一直单身，她说最难熬的是 31 岁，因为自己的闺密、同学都结婚生孩子了，当时觉得自己好像跟正常的女性生活脱轨了，看到别人组成了家庭，慢慢地也有点羡慕。可是后来过了两年就习惯了，最后觉得单着也挺好的，如果自己再跟别人在一起，反而会有点不习惯。她觉得这样很好，但是别人看她不是这样的，别人会觉得这个女的很可怜，没人要，要不然就说这个人不正常。所以，一个人面对这种局面，就会感觉很无奈。

  现在很多年轻人只想工作不想谈恋爱，有时候也会怀疑自己是不是真的有问题。工作时忙得要死，朝九晚五，没有时间出去舒舒服服地社交。大家都在一种打拼的环境里各自匆匆忙忙，没有条件去认识一个人，所以单身就越来越有一种被迫性，越来越有一点必然性。这是现代社会的一个巨大变化，是我们必须面对的问题。

我们首先要有一个基本认识，单身不是一个问题，而是一种生活方式，是我们生命的一种样态。据统计，2005年美国适婚人群中单身的比例达到了52%，已经超过了结婚的比例。日本也有大量34～36岁没结婚的女性。日本曾调查18～38岁这一年龄段的男女青年的单身情况，其中女性居然有46%选择单身，男性有44%左右，这个比例是相当让人吃惊的。所以，在今天的社会，单身其实是一个很正常的现象，是一个需要我们认真去体会，而没必要大惊小怪的社会现实。

在职场中，尤其是白领、金领，很多人一直单着。他们工作能力很强，生活条件也不错。在上海，我看到不少毕业没几年的，或者毕业已经七八年的，他们有车有房，把生活打理得很精致，但就是一个人。中间也可能恋爱过，后来分手了，分手了以后就长久地保持单身状态。我发现一个现象，有些人分手以后很长时间都是一个人，前面那段恋情并没有给他带来一种再找一个的急迫感，也就是说跟二人世界比起来，他觉得一个人还蛮自在的。尽管有时候有点小孤单，但是从大的方面来看比较自由、比较舒心。自己又不是没有挣钱能力，自己去支配自己的生活就很好。

特别是女生，一旦结婚，在中国传统的角色意识里，作为一个妻子，作为一个妈妈，作为一个儿媳妇等，有一大堆责任和义务。如果夫妻感情很好，那还好。因为爱情很幸福，婚姻很幸福，所以那些辛苦都值了。但是很多人结婚以后发现日子过得很辛苦，感情也慢慢地淡了，自己就这样一天一天地去承担、去付出。甚至有的人结婚之后发现对方并不是自己所想的那样。所以，有时候有的人会说自己结婚以后压力非常大，跟自己单身的时候相比，生活质量下降了一大截。

传统生活方式没有培养人的独立精神，这是我们缺少单身文化的重要原因。我们没有一个人远航的能力，没有独自一个人去面对世界的能力。我们的传统中没有单身文化生长的土壤，但今天突然冒出来几千万单身族，现在的 90 后差不多有 1.9 亿，这么大一个群体里很大一部分都是单身。不过，单身的人并不是虚空的，他们会看书、看电影、听音乐、聚会，他们一起蹦蹦跳跳，一起去欣赏演唱会，去国外旅行等。

也就是说，单身群体形成了新的生活方式，这种生活方式在单身的基础上形成了一种独立性。在这种独立性里，他们对自己生命的体会更新了，个人和世界的关系也更新了，他们和社会的关系、父母的关系以及他人的关系都更新了。

所以，我们不要站在传统的惯性里看问题，觉得人一辈子必须要结婚，觉得单身就是缺少了什么，觉得单身好像是一件很奇怪的事情，是一个一定要解决的问题。这种意识会给你带来压力，带来很多痛苦。

如果你是一个单身的人，其实我觉得你更需要去想想自己到底适不适合结婚。就像我前面所说的，大家普遍以为结婚是天定的、必需的，是早晚的事情，但实际上对有的人来说不是这样的。

· 单 DANSHEN 身 ·

本性单身的人

有的人哪怕结婚了，其实也还是单身，因为他的本性就是单身。法国长篇小说《磨坊文札》里的女主角热爱学术，完全活在自己的世界里，但她还是要去结婚，结婚的对象跟她没有什么情感上、心灵上的深层联系。她后来发现自己可以跟他分离，也可以在一起，因为她这个人本质上是一个单身的存在。

在现代社会生活里，人的自由空间扩大了，生活天地也扩大了，而婚姻是有一个范围的，比如要生孩子、养孩子，承担各种各样的事情。所以，现代社会婚姻对自由的剥夺会更加突出。这一方面会让我们对婚姻产生畏惧，更想单身；另一方面也有助于我们发现自己的本性，想清楚自己是否适合婚姻。

·单 DANSHEN 身·

人类社会的三种基因

人类社会有三种基因。第一种是农业民族的基因。农业民族的基因就是耕耘，组建家庭，勤勤恳恳地生活，所以农业民族生活在一个地方便扎根于此，是定居民族，他们习惯于春种秋收，有一种不变的根性。这是一种基因。

第二种是游牧民族基因。游牧民族有广泛的流动性，他们逐水草而居，所以很多传统的游牧民族，他们的性伴侣关系往往是相对的，是有一定开放性的，尤其是在婚前。之前我去游牧地区，看到黑毛帐篷旁边还有一个小白帐篷，离黑帐篷 20～30 米。那个白帐篷是做什么用的呢？就是长大的女儿住在那里，附近她喜欢的小伙子，今天晚上可能是这个来，明天可能是那个来，这里就是幽会的地方。这是游牧民族留下的一种习惯。有些游牧民族是母系社会，不是一夫一妻制的农业民族的模式。游牧民族是有很强的流动性的，所以相互之间没有唯一性和固定性。

今天很多人表面上生活在城市里，其实身上充满了游牧民族的基因，他们渴望自由，不受拘束，渴望保留大量的可能性。很多人为什么单身？其实是不愿意放弃其他可能性，不愿意放弃自己生活里其他的选择，永远是一个不甘心的人，不可能死心塌地地跟一个人永远在一起，所以这是一种游牧性。

第二种是海洋文化基因。海洋文化创造了冒险性。航海充满了面向未知的一种探索精神，惊涛骇浪都不是自己能预计的，所以这时候人会非常决绝，能够承受孤独。20 世纪 70 年代美国有一本非常流行的小说叫《海鸥乔纳森》，一只不起眼的海鸥，与其他的海鸥好像有天然的疏离，它很孤独，但是它依旧顽强地飞翔着。一开始它的飞翔能力不强，后来不断练习，最后练成了超强的飞翔能力。它喜欢在万米高空上快速地翱翔，它享受这个过程。所以，那些单身的人，有的其实喜欢这种感觉，就像海鸥乔纳森，在广大世界里，去超越、去跨越，他觉得很幸福。

· 单　DANSHEN　身 ·

如何破解单身之苦？

遵循自己的天性

今天的人实际上是多样化的，有的人天性就适合单身。虽然现在单身的人可能觉得苦，觉得每天上班忙忙碌碌，找不到意义，但是你首先要想一想，自己是不是一个适合单身的人。如果适合的话，你就不要烦恼，这是你的幸福，这是你的天性，无拘无束，非常好。这里面包含着一种根本的自由价值。

那么，现在为什么很多人有单身之苦呢？

我们刚刚向现代性转化，生活的观念在变，当下我们觉得自己好像懂很多，实际上50年以后的人看今天的我们，会觉得太幼稚、太纠结、太不自由了，怎么会想那么多事情，会有那么多进退两难的选择。

在50年后的人看起来，现在的我们简直太可笑了，世界上的道理那么简单，你还在想来想去的。就像我们今天看文艺复兴之前的人一样，神权统治之下一个人觉得很煎熬，自己有原罪，脑子里有那么多邪恶的想法，然后在神父面前不停地忏悔，但同时又克制不住这种欲望，就觉得特别苦恼。过了100年，文艺复兴兴起，又觉得人的欲望很正当。比如薄伽丘《十日谈》里的那些男女，生活就是为了欢乐，没有压力，所以这是一个历史的过渡阶段。现在很多人就是在一个"文明三明治"里，在三种基因塑造的生活里来回穿梭，走不出去，不知道该怎么办，在任何一个地方都找不到依据。一个人一旦觉得结婚不好，单身也不好，就弄不清楚了。

一个人很难去清晰地判断自己，清晰地做一个选择，这时候单身就变成一种苦难了，要承受各种压力，在各种纠结、怀疑中痛苦。

本来三种基因文化是让你自由的，你可以有三种选择。以往没有选择的空间，你只能选择一种。但现在的三种选择却变成小麻绳把你捆起来了，前后左右都找不到根据。所以，一个人在现代社会里，对自己的单身状况要有一个清晰的认知，要坚定且有勇气。

单身并不悲惨

你要有一种坚定的战胜困难的信念，哪怕以后发生改变，首先也要坚持一下，要正面肯定自己的单身状态。

你首先要弄清楚自己到底需不需要恋爱，需不需要婚姻。也就是说，单身其实给了你一个机会，让你成长，你成长到一定的程度，可能就会有真正的看见对方的能力，会有真正的深度反思的能力。如果没有这些能力，你只会看到表面的好。我们很多人爱一个人，实际上是按照一个表面的、外界的标准，爱了一个所有人都会爱的人。这个人有能力、收入高、学历背景好、长得好看等，这样就可以了。但是那个人内心深处的另外一面，他的那些别人看起来比较奇怪的方面，你发现不了，理解不了。

就像小说《法国中尉的女人》里边的萨拉，别人看她会觉得她是一个疯女人，整天一个人站在海边眺望远处，一定是在等她的情夫。萨拉是一个陪人读书的下层女性，后来改换东家，要更换住处的时候，她问的第一句话就是"那个地方能看到海吗"。没有人能看到她内心的渴望，所以她也有意地把自己和大家隔绝开来，让自己显得有点不正常。通过这种差异，使大家觉得这个怪人做什么事都是不稀奇的，这样她就获得了自由，一种很特别的自由。如果在社会生活里不用去讨好别人，不被生活的各种细节所牵连，一定程度上就获得了自由。通过这本小说，我们可以感觉到，一个人如果单身，那其实非常有利于自己的精神养成。

如果你单身，但是又为此而思绪纷乱，那单身就是苦了。你内心会有一种飘落感，随着时光的变迁，觉得自己在一天天凋零，而不是在成长。这就是区别。

我们说强者能够单身，不依赖别人，尤其是不把别人当工具，不从别人身上获取资源，自己就像一棵树，能够成长起来。所以，他面对这个世界，不会像一根藤一样到处去攀爬、去依附。真正独立的人，他最后爱上的人会是什么样的呢？就是在一起有商有量的，互相之间能顺畅地沟通，了解彼此的心意，而且生活非常注意细节，细节里充满了乐趣和活力。这是一种理想的情感状态。

我们要过怎样的单身生活?

在现代社会里我们如果单身,就要想一想自己到底处在一个什么样的单身状态,不是"单身"这么一个简单的词就能概括的,而是要清楚自己的单身状态里有什么内容,比如说艺术成分、文学成分、不断扩大的社会见识等。你要清楚你是跟什么样的社会生活对接在一起,分析一下自己的生活空间,你就会知道生活的质量,你最喜欢去什么地方,比如说去书店的频率,每个月会不会去听一场音乐会或者看一场话剧,是否有一些聚会等。生活的空间结构是怎样的,这是你衡量自己单身生活质量的一个最简单的方法。还有一个衡量方法,就是你一个人静静地坐着,感受一下能不能坐得住,有没有耐得住寂寞的能力。

工作会锻炼人,给人价值。工作也可以让你体会到这个世界,每一种工作都是你跟世界的一种关系。所以,做一个单身的人,最好的办法就是把百分之百的能量投入到工作中去,通过工作打开更广大的社会空间,跟这个世界建立连接。在社会生活中,我接触的一些人就是这样的。比如,一个学生毕业之后赤手空拳想做摄影,他不是摄影科班出身,但他一个人坚持办了一个摄影工作室,最初不收费,赔本去给文化名人拍照。我看到他很辛苦,背着各种各样的器材,到办公室给人家布光、拍照等。他没有丝毫资本,也没有丝毫名气,但就是这么专心致志地坚持着,现在他的工作室干得很不错,他对生活也充满了信心。所以说,最值得爱的就是有信心的人、饱满的人。而工作可以使一个人变得心无杂念，可以让一个人变得更饱满、更美好。

在当下的社会生活里，单身不可怕，就怕你没事做，或者说单身不可怕，就怕你不喜欢自己的工作，只能无聊地打发时间。最值得钦佩的人，是在单身中看到了更加广阔的世界、更加独特的世界。

今天很多人既没有摆脱单身，又活得很迷茫，生活就是半截子，一会儿想东，一会儿想西，整天坐在那儿发愁；工作也半截子，不喜欢，不积极，做不出成绩；感情也是那个样子，什么事情都是半截子。这种人就没有发挥出单身优势，没有抓住单身状态给自己提供的新的可能性。

今天的社会给人提供了不同的选择，你可以选择和别人在一起，也可以选择跟自己在一起。什么叫跟自己在一起？就是内心有理想的爱情，但是一辈子没遇到，心里始终坚持着，这也很美好，因为你的品位没有降低。

我们以前认为没结婚的人孤苦伶仃，是很可怜的人，但今天不是这样的。我在日本神户教学的时候，有两个中国话说得特别好的女生，其中有一个就说她这辈子打算单身，因为她要全心全意地投入事业中，她想到中国考察，看看中国的传统生活在现代社会发生了怎样的变化。她觉得一个人没法同时顾及婚姻和事业，而且女性在婚姻中的投入比男性多，所以她决定自己一个人过一辈子，好好建设自己的生活。

我听了也很感动。年轻人需要思考一个问题，自己是不是一个天性单身的人。怎么衡量是不是天性单身呢？就是看你能不能委屈自己。二人世界必须相互调整，有时候你必须做加减法，要减掉一些跟对方不合适的东西，增加一些能够共通的东西。

有的人觉得两个人的生活中有些东西很难调整，但是又想得到别人的关心，又期待别人的呵护，这样就一下子把生活搞糟了。感情是相互的、对应的，如果你有这样的纠结，其实就不太适合进入婚姻，反而非常适合一个人发展。

觉醒时刻

你是否渴望一份感情？你渴望的是什么样的感情？是渴望别人关心你，还是既渴望得到别人的关心，也渴望给别人带来幸福？你爱一个人的时候，要思考，你为什么爱他，你有什么自信给他幸福，而不是说你喜欢他，你开心，就要跟他在一起，那就是害人了。

爱情里应该有一个前提，就是你能给对方带来什么。而现在很多人是从自己能得到什么的角度来考虑这个问题的，因为自己孤独，需要依靠，或者需要别的什么了，所以要去找个人。

还有一点就是你要考虑如果爱情要持久、幸福要持久，两个人有没有能力去创造一个新的未来。未来要增添很多新东西，两个人有没有能力去共同创造一些只属于两个人的生活内容。因为爱情不是靠存量，不是靠过去拥有什么，而是靠两个人未来能创造什么。

这个世界上每个人的单身情况都不一样，没有所谓的统一标准去衡量，我们要创造一种有意义的单身生活，一种有内涵、有价值的单身生活。

这种价值、意义会伴随你。你可能有孤独的时候，但是在这个过程中，你所发现的东西会温暖你。有时候你的孤独也会在这个过程中消解，你会在你的热爱里获得一份温暖。

我记得我在日本的时候，经常寒冬腊月去拍照，天气非常寒冷，但是每一次摸摸自己的相机，心里就觉得特别欣慰，因为它跟着我走了那么多路，有那么多记忆融合在里边。我无论如何也不会放弃手里的相机，尽管很重、很大，但是它一直伴随着我。

我们扩大一点来理解。这个世界的爱是很宽广的，有时候是体现在一个人身上，有时候是体现在一种创造性的劳动里，有时候是体现在一个工具里。所以，爱是非常深厚的东西，我们不仅仅要追求传统意义上的爱情，还要拥有一种更宽广的情怀。

如果你单身，没关系，你还有另外一个更宽广的生活空间，你一定要把它过好，过得有内涵，过得有质量。现代青年面对单身问题的时候，应该有这样一种非常坚实的内心。

本 节 寄 语

在单身中
扩大对世界的
理解，在劳动
中收获更宽广
的爱。

暗恋

公司禁止办公室恋情，喜欢上同事怎么办

为什么会有暗恋之苦呢？现在在我们的企业里，有的会规定内部人员不能谈恋爱，所以就会催逼出来一些暗恋，甚至是地下恋爱，甚至隐婚都有可能。那么在现在的职场上，在我们的工作中，到底怎样面对暗恋问题？公司不让谈恋爱，要不要挑明去表白？这都是一些现实的问题。

在我来看，只要有人群，只要有男女，就必然会有恋情。拿一个公司来说，如果不准谈恋爱，我觉得不太合理。在一个每天都去上班的地方，相互之间可能牵扯利益关系、权力关系，有直接利益关系、权力关系的人可以避嫌、回避，其他的我觉得应该问题不大。但是在今天的企业文化里，在我们的现实生存中，这还是一个有难度的问题。

我们为什么需要暗恋?

对待暗恋,我觉得首先是要看到它的价值。暗恋其实是一件很美好的事情。在现实生活里,物质滚滚奔涌,一个人的精神经常被淹没。整天处在工作中、购物中,以及各种各样的灯红酒绿中,一个人很容易渐渐物化。但是暗恋可以给人精神的内容、心灵的东西,它会给人一种美好的向往。

暗恋是一种美好的精神体验

其实很多人的暗恋是一种根本不可能实现的感情。在中世纪,很多骑士是不结婚的,但他们内心又有情感,而且有一个情感对象、爱恋对象。那么他们暗恋谁呢?暗恋那些贵族夫人,一方面她们是高贵的,自己高攀不上,另一方面人家已经结婚了,所以这样的暗恋实际上根本不可能变为现实,是纯精神性的。

柏拉图就认为爱情是精神性的,纯精神的恋爱是最优美的、最好的。所以,在生活里,有时候暗恋可以推动人去感受某种精神上的美好,使自己的生活有一个焦点。

在爱一个人的过程中,自己的言谈举止、生活内容,生活中那些抒情的、优雅的、精致的、真挚的部分就容易被激发出来。

暗恋让人有更丰富的情感体验

如果在公司里你暗恋一个人,每天你就会盼着上班,因为去了以后能看到他。尽管不是一个现实的恋爱对象,但是你心里会很激动,会感觉上班的日子不一样了，有了一种情感的色彩。

日本导演岩井俊二拍了一部电影叫《四月物语》，电影中那个女孩子卯月在北海道的一个中学上学，成绩中等，她暗恋一个比她高一级的学长，这个学长会弹吉他、会演唱，很潇洒。学长最后考上了东京的武藏野大学，所以卯月就下决心要努力学习，第二年也要考进武藏野大学，能够在同一个大学里继续追随这个学长。简直就像奇迹一样，她在一年里成绩提升很大，最后真的考到东京，进了武藏野大学。

很有趣的是，如果暗恋一个对象，看到那个暗恋的人，心里其实会紧张。为什么会紧张？正式的恋爱是确定的，而暗恋不一样，既不想被他知道，要有所隐藏，又挡不住。在这个过程中，人的内心会变得细腻而敏感。

卯月到东京之后，并没有直接去找这个学长。后来，她终于打听到这个学长在一家书店打工，她第一次去找他，没出声；第二次去找他，又退出去了。后来她终于鼓足勇气，又去了书店。那个镜头处理得非常好，因为一个人一旦有了暗恋对象，就想把自己最美的一面呈现给对方，行为举止就不那么随便了。

这时候卯月故意说，高高的书架上有一本她要买的书，那本书一般人站着是拿不到的，学长当时一点都不认识她，就搬了个梯子过来，爬上梯子到上面去拿。

女孩子在暗恋的时候心很细，其实她是有自己的打算的。学长爬上去拿书，低头问她是不是这一本，然后卯月把头一抬，仰望着他。

为什么这样呢？因为卯月知道自己仰起头的样子最漂亮、最好看、最可爱。而且她在北海道中学的时候，经常在台下看学长在台上表演，就这么抬着头看学长。所以，学长往下一看，仿佛以前有过这么一个情景，有过这样一个眼神，而且这么美，心里一下子就有了触动。

后来在买书算钱的时候，学长就试探性地问她，她说她是武藏野大学新来的学生，学长又问她原来是北海道哪个中学的，这样一下子就明白原来两个人是一个中学的。所以，暗恋可以促成这样一种心灵相通，那是非常美好的。

我觉得我们当代人缺乏暗恋的能力。暗恋会培育一种韧性、一种长情，在暗恋里人可以一点一点地体会自己。因此，应该培养暗恋的能力。

暗恋能够培养长情

有些暗恋一个礼拜就消失了，有些暗恋可能要持续一个季度，然后慢慢地消失。但是还有一些会一直在心里，逐渐变成生活里最重要的事情，然后一步一步地往前发展，带着温暖的心情前进，在不放弃中，给自己的青春留下一段美好的时光。

我看到有一些人，比如大学里的一些男生，看到某个女孩子，觉得喜欢，过去就跟人家表白，人家一拒绝，马上就离开，因为还有下一个目标。这样的人就只能有这种快速的、碎片化的、一次性的情感，这些人的心里不能长树，只能长杂草，只能有夜来香一样的花，花开一下就没了，不会有那种盛开的、持续的感情。而爱情本质上是一种长情，它不是瞬间的惊喜，不是一下子打开马上又关上了。我们今天的人在快速转变的社会里，有时候就很难深深地爱一个事物、深深地爱一个人。

那么你有没有过一段特别深沉的暗恋？

暗恋的两面性

　　暗恋本身有两面性，有时候因为有距离，隔着一定的距离看一个人，会一下子爱上他；有时候可能会有不好的结果，因为在暗恋中看到的是一个幻影、假象，一个不真实的存在。

暗恋中有幻灭

　　有时候我们会说不能轻易嫁给一个艺术家，一个艺术家可能在台上看着非常耀眼，如果你到后台去看他，会发现那里乱七八糟的，好感一下子就幻灭了，就像网恋奔现一样。我有一个学生就是这样的，人在上海，跟北京的一个大学生网恋，网恋了半年，每天晚上两个人都要打电话，终于半年之后决定去北京见个面。见面之后却极度失落、失望，第二天就回上海了。

　　暗恋到底是不是真实的、充满生长力的感情？暗恋有时候会变成单方面的投入，你完全不知道对方是怎么回事。

　　奥地利作家茨威格有一部著名作品叫《一个陌生女人的来信》，一个小姑娘爱上了一个作家，作家后来居然搬到了她隔壁住，但半点没有察觉这个小姑娘喜欢他。过了几年，小姑娘出于偶然的原因，居然跟他在一起待了三个夜晚，后来还有了孩子。但是对作家来说她就是一个满足自己欲望的功能性的存在，作家对她根本就没有什么感情，也根本没有记住她，因为他接触的女性太多了。而对这个女孩子来说，这个作家就是她的唯一。漫长的岁月过去后，她在自己夭折的孩子旁给作家写了一封信，表达了自己这么多年来内心的爱和焦灼。这其实并不是真正的爱情，爱情是双向的，而暗恋有时候就像丢到虚空中的一片羽毛，轻飘飘地就没了，所以这是暗恋里埋伏的一种危险。

暗恋可能非常好，也可能让你备受打击，但是无论如何，它会让你的人生有一次大的体悟。

美国电影中我特别喜欢《公寓》（*The Apartment*），电影里的男人就想往上爬，他在纽约中心特别好的地段租了一间公寓，结果这间公寓被公司的中层看上了。那些中层参加酒会、舞会以及跟情人约会都需要一个地方，跑到酒店去太招眼，于是纷纷来跟他借公寓。后来在他这儿排队借公寓的人太多了，他几乎每天晚上都在街上游荡，后半夜才能回去，很卑微。

在这么一个冷酷的工作环境里，他忽然注意到开电梯的那个姑娘，那个姑娘眼神特别单纯，所以他就暗恋上她了，甚至觉得每天最美好的时光就是在电梯里。

我们很多人非常不喜欢上班，但是如果公司里有一个自己暗恋的对象，那上班的积极性就高多了，每天来上班就是为了心里这份美好。

他对那个电梯姑娘很热情，她对他展露的一点点笑容都会让他觉得很高兴。有一次，他还买了两张电影票请她看电影，结果临到要去时，他一个人站在那里等了半天，姑娘也没来，而公司的最大高管突然来跟他借公寓钥匙。后半夜他回到自己的公寓，发现有个镜子落下了，这个镜子上有条裂纹。过了两天，他坐电梯的时候，发现那个电梯姑娘拿出一面镜子在照，他一下子就看出来这个镜子就是那天落在他公寓里的镜子。梦想一下子破碎了，原来这个姑娘看起来这么单纯，实际上是高管的情人，这下子生活变得糟糕了。

后来那个大高管把他提拔成了助理，他有了自己的办公室。高管后来又跟他借公寓的钥匙，但是这一次他坚决不借给大高管。也就是说，尽管他的梦想破碎了，但他的心里还是坚守着最基本的尊严。

暗恋本身有一种高贵的品质，可能一辈子没有跟那个人在一起，甚至一辈子就是自己一个人，但是心里装着一个人，这是一种纯美的情感，一种美好的向往，不容动摇。

如果说这个男人把钥匙又借给了高管，那意味着什么呢？这个人就永远堕落了，什么都可以不要了。所以，他坚决拒绝借给高管钥匙，然后马上辞职，要离开纽约。

美国著名的影评家伊伯特对这部电影的评论中有一句话说得非常好，"这个电影里面的人，就是这一对男女，他们最后终于明白在工作之上还有更美好的价值"。也就是说，暗恋本身在我们的职场上突破了利益的天花板，突破了情感里包含的功利性，它是一种特别好的心理和精神体验。

不表达也会失去幸福

暗恋本身有时候会推动我们变得美好，但是有些暗恋不应该是暗恋，而应该说出来的。人们在暗恋里经常会踏入一个误区，就是该表达时不表达，不表达可能就会失去幸福了。然而，这种表达的时空是非常有限的。男性的传统角色应该是表达的那一方，但是对有的男性来说，表达就特别艰难。为什么呢？他觉得现在还不合适，现在温度还不够，气氛还不够，就这么晃来晃去、晃来晃去，最后对方不耐烦了，就会很失望。特别是处理一些微小的细节时，比如说夜晚在微光下，两个人还是像朋友一样，没有什么可表达的。再比如说两个人一起喝完咖啡出来以后，下点小雨，石头台阶有点儿滑，这时候如果女孩子对你有点情意的话，会很期望你能伸出手来，牵着她的手一起走。路滑嘛，一起牵着手走会比较保险。但是很多男生觉得牵也不是，不牵也不是，这一步非常难。

一个经典的例子是美国作家亨利·詹姆斯写的长篇小说《一位女士的画像》。小说里，年轻的姑娘伊莎贝尔对爱情特别憧憬。她是一个开朗、外向，且敢于表达自己的美国姑娘。她对爱情的向往是什么？就是要找一个比美国人有文化的欧洲贵族的后裔。因为欧洲的历史比美国长多了，所以欧洲有一些很有修养的贵族世家。但是在工业化的现代社会里，他们没落了，没有钱了。而伊莎贝尔意外地获得了一笔5万美元的遗产，那在当时是很大一笔钱，她就想去欧洲找一个如意郎君，他有文化、艺术涵养，她有钱，结合在一起就是理想的婚姻。她这么设想自己的婚姻，并且还真的跑到欧洲去了。

她到欧洲以后，遇到各种人。有一个英国的大实业家，年轻、有朝气，并且喜欢她，但是她不喜欢人家，因为他太有钱了，不符合她的标准。后来她遇到了梅尔夫人，梅尔夫人是个老奸巨猾的家伙，她有一个情夫叫奥斯蒙德，她看中了伊莎贝尔的单纯、幼稚和她的财产，就想骗伊莎贝尔跟奥斯蒙德结婚，奥斯蒙德恰好就是那种内心冰冷但外表看起来很有修养的人。伊莎贝尔没看清楚，真的跟他结婚了，结婚以后才发现一切都是阴谋。

小说最后写道，朋友们都劝伊莎贝尔赶快离婚，重新开始生活。但伊莎贝尔身上有一种圣女气质，她认为自己即使选错了也要承担下来，不能逃避，所以最后她还是回到奥斯蒙德身边去了。

小说里还有一个人物是拉尔夫，他是伊莎贝尔的表哥，他非常爱伊莎贝尔，但他就是暗恋而不表达出来，后来看到伊莎贝尔跟奥斯蒙德走到一起，他心里特别焦急。他知道奥斯蒙德以往的劣迹，但是难以开口去阻止伊莎贝尔。因为他自己在暗恋她，他就不好说话了，好像他出手阻止是为了达到自己的目的。就因为这么一种至上的自我要求，他眼睁睁地看着伊莎贝尔跳到火坑里去了。拉尔夫心力交瘁，看到伊莎贝尔的遭遇心里非常难过，后来就去世了。

其实如果拉尔夫能够早点把话说出来，不被暗恋所压制，能够告诉伊莎贝尔这个奥斯蒙德是什么样的人，那么伊莎贝尔可能就会做进一步的观察，可能就会有所警惕了。

那么，如何面对暗恋？尤其是在工作里，怎么样把暗恋变成明恋？下面来讲讲。

·暗 ANLIAN 恋·

暗恋如何变成明恋？

这是一件相当有难度的事情。

也就是说，暗恋需要某些条件、某些推动，所以我们要像《四月物语》里的卯月一样，去努力实现它。我们不能像中世纪的骑士，只是把它当作水中花养护在心里，而是要有主动性。我比较提倡不因循守旧，一定要男性来表白，或者一定要女性来表白，有时候就是因为互相期待、互相等待，白白错过了表白的时机。处理暗恋最好的方式就是相向而行，彼此都把意思表达出来。

我们看现代文学史上，鲁迅和许广平这一对师生恋。鲁迅去女师大教书，在徐广平的记忆里，鲁迅是一个个子不高，名声很大，手里提着个装了讲义的布包袱的人。鲁迅上了一年多的课，快两年了，许广平心里按捺不住对他的倾慕，开始给他写信，写了一封长信。鲁迅其实也注意到她了，当天就回信，回得很长，这是很少见的。于是两个人就开始频繁地写信，称呼都不像师生。今天的社交软件使表达变得更容易，但其实有点轻量化。我觉得男女表达的时候如果是在纸上写信，一笔一画的，很能见到性情，而且很能见到心情。以前很多情书都是用特别好的纸写的，信封都充满着一种浪漫气氛。

鲁迅和许广平两人这样书信交往，到最后鲁迅心里也没底了，因为表白不是开玩笑的，弄不好连朋友也做不成，整个气氛都变了。所以，鲁迅给许广平写了一封信，含含糊糊的，说自己好像背着沉重的传统包袱，因为他有很多心理重压，不配享有那种很现代的幸福生活。许广平一看，你这是什么意思呢？就很生气，回了一封语气严肃的信，中心意思鲁迅读懂了，就是如果你愿意在旧的包袱里生活，那随你的便，你如果没有勇气那就算了。鲁迅一看这封信心里就明白了，他突然感觉自己也可以，然后就大胆地去表达。于是，两个人在一起度过了特别幸福的10年，一直到1936年鲁迅去世。

所以，暗恋变成明恋需要双方都有心意，需要双方都有勇气。爱情是一个战略性的事情，它需要大气，绝不是小算盘打出来的，而把暗恋变成明恋也需要这种大气。那种小心谨慎、如履薄冰，一分一毫的算计，或者思绪太多，就会把暗恋变得太沉重。

　　我想问大家，你有没有暗恋过一个人？这个暗恋对你的生活有什么影响？你有没有保持这种暗恋状态？有没有去参加过暗恋对象的婚礼？其实，暗恋是我们社会生活里特别有意思的一种情感状态，这些问题也值得我们在心里去仔细地琢磨和体悟。

该表达却
不表达的暗恋，
有时候也会
让我们失去
幸福。

移情

与男朋友相爱多年，但爱上了新同事，怎么办

什么是移情呢？很多人在学校时很单纯，学习好，彼此之间互相喜欢，就有幸福的爱情。但是进入职场之后，在工作中遇到了各种各样的人，比如说同事，或者是在与工作相关的各种社会关系中打开了新的空间，遇到了新的人，忽然觉得自己的感情越来越飘摇了，好像喜欢上别人了，这时候心里就会很纠结，自己到底应该怎么办。这就是移情。我觉得这不是一个个别现象，而是一个很普遍的情况。这种变化不是以往传统社会说的道德败坏，不是这样的。

·移 YIQING 情·

移情产生的社会背景

移情是从一个真实到另外一个真实。比如，你原来在一个乡村里，然后到了中等城市，或者因为求学，到了更远的、更大的地方，你对社

会的认识不一样了，你的整个生存空间不一样了，进而对生活的体会也不一样了，你的生命观、生活观、世界观都变化了。当时你觉得这个人很可爱，但是换了个环境，这种判断就变了，而对方的价值观也在变化。所以，你的这种变化，是一种很正常甚至可以说是必然的现象。

另外，在流动的社会里，环境对人的约束也大大地降低了。原来的环境，比如在一个村子里，人群基本是固定的，在那种环境里面，生活有一种确定性，会让你坚守原来的爱情关系或者婚姻关系。但是脱离了这种相对稳定的环境之后，在一个陌生的社会里，人与人之间的交互性、介入性都大大降低了，这意味着人更自由了，生活空间打开了，所以人的心理会发生变化。外界的限制少了，人的自由感和自我欲望放大了，所以这个时候移情发生的概率就比传统社会不知道大了多少。

脱离了传统社会稳固的社会环境，人在漂流中会对世界有新认识，对自己的情感有新体认，所以在我们今天这个社会，移情必然会发生。

· 移 YIQING 情 ·

移情为什么苦？

我们的文化传统是凡事应该考虑父母、考虑家庭、考虑他人的感受，中国这种信善论的文化，造成了我们今天面对移情时非常为难。

受道德的谴责
你可能不断地自我谴责，但是又不能扼制自己内心情感的改变。这样的顾虑和煎熬其实是受传统标准的影响，如果你把自己放在现在的标准里，不爱一个人了，你还要坚持跟他在一起，这是不是有一点残酷？所以，夹在传统与现代的标准之间，哪一种选择都有问题，我们的内心就会特别纠结、特别复杂。

我遇到过一个学生，她确实爱上别人了，但是又想要做个好人，因此有巨大的压力。而且她觉得跟原来这个男朋友已经相处好几年了，还是有一些不舍，也不想伤害他，心里特别痛苦，把那份爱藏在心里，最后还是跟原来的男朋友结婚了。结婚以后，她最大的愿望是什么呢？希望自己以后的孩子能够自由地决定自己的生活，而这一点她自己是做不到的。这是一个特别好的人，但是内心藏着巨大的遗憾，甚至可能是巨大的伤痛。那这种选择究竟是不是好的呢？我们每个人都可以想一想。

20 世纪 90 年代有一个特别著名的电影，是根据同名小说改编的，叫《廊桥遗梦》。电影中有一个中年摄影师，热爱自由，走遍天下，到处去拍摄，后来在一个小城市的郊区遇到一个主妇，这个主妇 30 多岁，是意大利裔。我们知道意大利属于拉丁文化，人们性格特别热情。摄影师遇到她之后，两个人一见倾心，产生了很深的感情，但是最后女主人公还是决定不跟他走。按照 20 世纪小说的写法，那个女人最后会和摄影师私奔，那是毫无疑问的，但这部电影不是，最后两个人很伤痛地道别了。

后来这个女主人公开着车出去，天下着雨，她忽然看到摄影师从超市走出来，看着他孤独的身影，她心里面特别悲痛，手已经按到车把手上，准备打开车门，奔出去找他，但最后还是克制住了，手慢慢地放下了。这就是一种选择。

在万般纠结和痛苦中，还是选择坚持原来的生活，这种人确实有一种强大的自我牺牲精神，而且在后半生里，除了牺牲之外，还有一种道德上的自我肯定，觉得自己做了一个善良的选择。当然这个善良是对他人来说的，对自己就有一点残忍了。就我们中国目前的社会来说，我相信有很多人也会做出这样一种选择。

对移情的理解过于狭隘

这就带来一个问题，就是我们怎么看待这种移情，我们是不是像传统社会那样，觉得一个人感情变了就是水性杨花，就是准备踏到陈世美那样的路上去了？

如果这样看的话，就太简单化了。我们今天处于一个多元的、不断变化的社会，传统的那种相守一生，在一起就一定要过一辈子的观念，在今天看来，其实缺乏对于自己真实情感的珍惜，缺乏对于心灵上的相知相守的珍视。我们现实生活中的相守，有时候可能会脱离爱情，可能在这样的日常生活中也可以过得风平浪静，但不一定幸福。你现在所处的这个世界，比你的祖祖辈辈所处的世界放大了不知道多少倍，复杂了不知道多少倍，所以你对这个世界的认识可能是相当幼稚、相当狭窄的。在传统社会里，大家基本上都是种地的，从家门口就可以看到全世界。但是现在，你站在此地，看到的就是这一点点的地方。在这个基础上去爱一个人，就容易产生一个问题，就是你一次就遇到对的人的概率是极低的。

· 移 YIQING 情 ·

我们很难一次就爱对一个人

在现有的参照系里面，打开这个世界，此刻和你相遇的那个人，你可能觉得特别好，但是把眼界稍微放大一点，这种感觉可能就不对了。

所以说，真正的爱情，是在现代社会这样一个广阔的背景下去相爱，是在一个多元化的世界、多样性的世界里面选择一个人，同时选择自己的生活。

缺乏对多元复杂社会的判断力

如果你连生活都还没审视清楚，那你去爱一个人的试错率是非常高的。当你有了充足的认知之后，再去爱一个人，这时候你的目光是比较清澈的，起码是在一个比较大的空间和时间范围里去认识一个人。这样的一种相爱，从现代意义上说，是更牢靠的。

但是，我们太年轻了。然而，这并不是说你年轻就不能谈恋爱了，必须等到 35 岁才能谈，必须等到把世界认识清楚了才能谈，那是不符合我们人的自然性的。

我们在一个极其不成熟的基础上去谈恋爱，就像一个儿童要去做成人的事情，怎么能有把握地去面对那么漫长的人生？怎么能保证一次就选对了，然后一生坚守？这怎么可能呢？

一个人内心深处埋藏的东西，是在社会中、生活中逐渐打开的。别人认识他的时候，也需要一个不断发现的过程。我们刚进入社会时，往往会很孤独、很焦虑，赤手空拳，不知道自己到底是谁，有什么价值，社会怎么评价自己。在这个脆弱的阶段，我们会特别渴望爱情，因为如果有一份爱情在这里，好像自己的价值也就明确了，自己的生命也有了内在的充实感。所以，这个时候我们可能会有这种强烈的需求。

带着问题走进一段关系

你遇到了一个人，可能在最初的时候，你会因为需求而喜欢他，但是后来再往前走的时候，你发现你可以自己面对这个世界，不见得那么软弱，于是慢慢地获得了自信，也就没有那么强烈的需求了。只不过刚开始不熟悉、没经验而已，走着走着觉得自己还行。

这时候就会有点水涨船高的感觉，对爱情的需求越来越少了，在自信的基础上，你的生活渐渐打开了。一个人越自信，生活打开的面就越广，你看到的东西就越多，好奇心和尝试的动力也就越来越强。而在打开的过程中，原来的情感中的问题，两人的差异，就会逐渐地显示出来。

等到这种差异显示出来的时候，就会发现两个人的语言断裂的地方越来越多。晚唐诗人李商隐写了很多无题诗，有一首是我中学的时候读到的，其中一句让我心里一直很有感触，就是形容一个深闺中的女孩子，在半夜等待她的情人，她听到远处传来的声音，内心非常期盼，每一次听到好像有车经过时，都以为是来她这里的，最后又走远了。里面有一句叫"车走雷声语未通"，就是说两个人内心深处的语言越来越远了，盼望能够相知、相通、相容，但是彼此的距离却越来越远了。

其实就是心与心之间越来越有隔阂了，这是一件经常会发生的事情。移情的前提就是前面那段感情的某些内在东西变化了，这个时候怎么办呢？原来的那段感情走着走着不对了，有的时候可能还能继续走下去，有的时候就走不下去了。这个时候出现了一个人，你发现他跟你非常适合，觉得他特别称心，那你的内心就会发生变化。这其实是我们生命里有时候会发生的情况，说明你遇到了一个真正令你动心的人。所谓的移情，可能是你成长了，跟这个世界的关系变了，对原来那段感情有了新的认识。你在更加有自信、内心更加丰盈的基础上，对生活有了一种新的认识，然后遇到了一个人，这种情况还是蛮多的。

我以前去一个出版社，编辑部里有一男一女两个人，女编辑年纪大一些，男编辑年纪小一些。男编辑大学刚毕业，23 岁，女编辑已经 31 岁了，还结了婚，有孩子。这两个人都特别敬业，特别热爱出版事业。那时候我经常往他们出版社跑，后来才知道，这个女编辑离了婚，然后跟这个比她小 8 岁的男编辑结了婚。我当时听到真的有点吃惊，这两个人为什么最终决定走到一起呢？这个问题，只有时间能回答。他们在一起之后那么多年，感情一直特别好。

这两个人在一起，心往一处想，有共同的方向，后来男编辑开创事业，做了很多好书，女编辑也兢兢业业，一直坚守着出版事业，两个人在一起十分合拍。有一次，我在街上碰到他们，隔了好几年再见，我看到他们两个的眼神都不一样了，我心里特别感动。像这种移情，有时候确实是真正生活的开始，如果是这样的话，我觉得不能放弃。

· 移 YIQING 情 ·

什么样的人才是对的人？

当然，这里有一个更重要的问题：到底什么样的人才算是对的人呢？如果因为移情，最后导致家庭支离破碎，生活乱七八糟，那就得不偿失。然而，遇到合适的人，真正对的人，你不放弃，这才是真正正确的选择。

让你心里一亮

一个人到底适不适合你，要看遇到他以后，你有没有感觉生活变得特别简单、特别单纯，心里好像一下子被点亮了。如果你跟他说话不用小心翼翼，不用担心哪个地方他不喜欢，那么两个人自然就很相合，在一起很轻松。

在这个世界上，真正找到适合自己的人的概率实在是太低太低了。比如，你是一个女孩子，在这个世界上所有的男人里，可能有一个特别适合你，但是你从来没见过他。你走在南京路上，旁边走过一个年轻的男人，可能他就是你一生中最应该在一起的人，但是你根本就不认识他。

我们总说唯一性，那么所谓的唯一性是一个什么概念呢？就是这个人跟你在精神上、情感上高度契合，你们俩是一类人，喜欢同一种生活，能看到同一个世界，这是非常重要的。我以前到古镇旅行，看到一个老奶奶在那儿编筐，一个女孩子说："真好啊，这是多么古老的手艺啊！真好。"女孩子在那儿看了半天舍不得走。这时候如果和她一起的男孩说："这有什么好看的，不就是编筐嘛。"那么这种情况就是无法看到同一个世界，彼此在精神上无法契合。也就是说，所谓的唯一性，就是在视觉之后，两个人还能看见一样的东西。然而，这个世界上很多人活得太表面了，只看到表面的东西。

人类有那么古老久远的历史，蕴藏着那么多甜酸苦辣、那么多甘苦沧桑，每一个看上去简单的东西，背后都有无限的延伸。

两个人到底是不是有很强的唯一性对应，就是要看两个人对生活、对世界的感受是否契合，有没有共同的感动。其实我赞美的那种爱情，就是喜欢你的喜欢，热爱你的热爱，这个非常重要。有时候我们忽然特别感动，和对方相视一笑，因为共同看到了某种东西，唤起了内心的共鸣，这种唯一性对应特别重要。

有唯一性

艾米莉·勃朗特写了《呼啸山庄》，我非常喜欢这部小说，因为其中写到了一个真实的、普遍的问题。

凯瑟琳在小说开始的时候是那么小的一个姑娘，她跟被她爸爸捡来的流浪儿希斯克利夫生活在一起。凯瑟琳很有野性，喜欢在呼啸山庄周边的草地上、山坡上奔跑，每天都生活得很幸福。而希斯克利夫是一个被带到呼啸山庄来的流浪儿，庄园主欧肖先生对他很是宠爱。这两个人是青梅竹马，特别相合。但是后来在面临婚姻选择的时候，凯瑟琳发生了变化。她被旁边画眉山庄的狗咬伤了，因此在画眉山庄住了五个星期。画眉山庄里庄园主的生活，庄园主对她的培育，使她发生了很大的变化。回到呼啸山庄的时候，她变成了一个贵族少女的样子，穿着箍腰的裙子，下车的时候小心翼翼的，怕把裙子弄坏。这个时候凯瑟琳要做结婚的选择，她就觉得画眉山庄的小主人埃德加特别合适。管家纳莉问她为什么要答应画眉山庄小主人的求婚，她说："他有钱、有地位，相貌英俊。"纳莉就问她："你以后如果遇到更英俊、更有钱、更有地位的人，那怎么办？"凯瑟琳就回答不出来了。后来凯瑟琳摸着额头，拍拍胸口，说："我知道我做错了。因为我不属于天堂，我在天堂不会找到幸福。"天堂就是那种优越的生活。

实际上她觉得希斯克利夫更像她自己，她和希斯克利夫就是一样的人。尽管她说自己做错了，但她还是要坚持这个错误，还是要嫁给埃德加。我们看她的选择，就是一个现实中很普遍的问题，虽然已经遇到了自己真正应该爱的人，但还是走了另外一条道路，那些外在的条件往往会干扰我们，甚至最后会决定我们的选择。现在很多年轻人在爱情里有一个很大的问题，就是在外在和内在之间达不到统一，身之所往不是心之所向。很多人会选择追求外在的东西，其实这是非常不正确的，跟自己内心的想法是完全背离的，这样的生活是否真正适合自己，这是一个非常重要的问题。

托尔斯泰的著名作品《安娜·卡列尼娜》中，最令我感动的就是列文和基蒂。列文很喜欢基蒂，但是基蒂迷恋渥伦斯基，所以一开始两个人没对上眼，列文很痛苦。他是怎么处理的呢？他想进行农奴制改革，跟大家一起劳动，把自己全部的力量和感情都释放到土地、劳动中去，他有这样伟大的理想。基蒂本来在跟渥伦斯基的感情中特别痛苦、伤心，但后来她再看到列文的时候，忽然从他脸上看到了一种劳动者的光辉，一下子被他的生命力带动了，这才感觉到自己原来没有看到列文心灵深处的高贵，于是一瞬间爱上了他，决定跟他在一起。

所以，当你移情的时候，你为什么要移，你理解了什么，看到了什么，你要想清楚。最关键的还是两个人有没有共同的热爱，共同的对生活的追求。

我们到底怎么处理移情，归根结底是要看有没有唯一性，两个人有没有共生性，彼此在新的感情里能否共同成长。如果说你遇到了这样的人，从我的理解上看，我觉得你是不能犹豫的。

· 移 YIQING 情 ·

如何处理移情？

为什么不能犹豫？因为在现代社会的基本理念中，生命的价值是非常值得珍惜的，我们不能像传统社会那样，比如巴金写的《家》里面的老大觉新，接受家族给他安排的婚姻和命运，放弃了跟自己真正爱的人的感情，一生痛苦。这不符合我们现代人对于人文主义的理解。中国妇联的《中国妇女》杂志曾经让我给他们写一篇小文章，后来我真的给他们写了一篇，题目是《相爱与分手，两手都要硬》。

你移情的时候，其实是在同时处理两件事情，一个是分手，另一个是相爱。所以，移情对人的要求非常高，能不能把这两方面都做得干净利落，这是对我们现代人的一个极高的要求。

实际上，有的人会放弃爱情，坚守原来的听上去很符合道德的选择。因为一方面那是传统道德所要求的；另一方面，这也是他软弱的表现，因为他没有能力去很好地处理之前的感情。这是我们面对移情的时候要去想的一个问题。

我之前在课上讲过美国小说家奥尔科特，她在19世纪80年代出版了《小妇人》。那节课的主题是"左边是善，右边是爱"，这就是我们面对移情的时候应该有的态度。

左边是善，右边是爱

什么叫"左边是善"呢？我们知道人的左半脑是理性的，我们考虑问题的时候，不光考虑自己，也考虑他人、考虑社会，实际上这是左半脑的功能，所以你一定要给对方最大的善。就是说，你要分手，但是你要给对方最大的善，要考虑对方的生存、生活和他的精神需求，要尽最大的努力去给对方温暖。

那么"右边是爱"是指什么呢？我们的右半脑是感性的，我们的爱情是燃烧的，是富有激情的。你要珍惜爱情，不能把它当作可以交换、可以开始，最后又随便放弃的东西。

传统社会里的人将一开始极力争取，最后又抛弃对方的行为叫作始乱终弃，这是古代对移情的一种评判，但我们现代社会其实不是这样的。如果真的爱情出现了，你的右半脑在燃烧，你的恋爱脑在发作，你确定了对方是你生命中的唯一，然后你又放弃了，这才是真正的乱、真正的弃，是对自己的不尊重。这是对自己生命的轻视，你表面上获得了一个道德好的虚名，实际上完完全全是一个弱者。

我们进入现代社会，法律上确立了结婚自由、离婚自由，它维护的就是这种移情和选择的自由。所以，我们面对移情的时候，一定要特别认真地去思考。

移情当然不能保证你每天都是幸福美满的，也可能有太多的未知。任何一个人移情可能都坚信彼此可以共度一生，可是哪会有这种确定性呢？人都是在变化的。

但是，你要有勇气，在确定的爱情面前，即使遭遇不幸，你也要有不后悔的勇气。

我有一个女性朋友，她原来有个非常好的男朋友，家境很好，人也不错，样子也帅。后来他们单位来了一个男生，那个男生身体有点弱，但是爱看书，显得有点孤独。这个女生跟他接触后，慢慢地觉得这个男生很特别，后来两个人一起聊天，经过相互交流，她发现这个男生的精神世界正是自己所向往的。于是，她跟原来的男朋友分了手，跟后面认识的这个男生结了婚。没想到过了六七年，那个男生得癌症去世了。去世以后，她的前男友跑来安慰她，但是安慰里好像还带有一点其他情绪，你当初为什么跟我分手，你看你现在面临的这种惨状。但是女生说她绝不后悔，她觉得自己活得很真实，这份感情是值得的。所以，在现代社会里，如果你拥有真正的、很深切的爱，我觉得哪怕只能拥有一年，那也值了，也是值得珍惜的。

在现代社会，移情真的需要你好好地去体会，不要根据一些简单的观念去轻易地做出判断。我很想问问大家，现在你是不是有一个爱情伴侣？你的伴侣对你来说是不是无可代替的？他有些什么特质、特点？如果你现在还是单身，你要想一想，今后在寻找自己的爱情对象的时候，你到底应该从外部条件去判断他，还从更加深入的、更加有精神内在的角度去判断他？你究竟应该如何做出选择？

总之，移情是一个很复杂的问题，我们现在的社会面临着各种道德变化、文化变化，移情这个问题也是一个在社会上意见纷纭的领域。我们作为年轻的一代，应该用一种新的角度去看待它，我们应该深入地体会和理解，而不是仅通过单一的价值观轻易做出判断和选择。

认识移情的
复杂性，
在交错中遇见
自己的唯一。

成功
——
为成功付出代价，
你准备好了吗

　　中国古代社会追求立功、立言、立德，能够立起来就是一种成功，但我们今天面临一个新的问题，就是整个社会在中产化、城市化。很多人原来的家庭条件是比较一般的，大家在一个低的起点上，不断努力学习，然后进入职场努力拼搏，想干出一番事业来，也就是追求一种成功，去创造更美好的个人前程。

　　但是在这个过程中，很多人发现失去了很多更珍贵的东西，比如说感情，以及生活里更丰富的各种体验。为了所谓的成功，我们可能把自己 100% 的能量都投入了事业，所以就忽略了生活的其他部分。就像我们攀高峰，沿着山路往上走，对路边各种各样的风景都视而不见，下山之后就会后悔。这是我们所谓的成功之苦，一种让人觉得有点伤感的体会。

　　其实成功可以是各个方面的成功，对于追求事业上的成功我们可能会有艰辛的感觉，而在其他方面，比如情感方面的成功，它所带来的那种影响可能就更复杂。所以，我们首先需要对成功有个认识，在这个基础之上，我们才能体会生命的价值，才能摆正态度。

重新看待成功

在著名的电影《巴顿将军》结尾里，巴顿很威风，他带着美军第三集团军一路打了 1000 多里，后来到意大利，在风雪之中强行进军，创造了战争奇迹。所以，巴顿将军后来将星闪烁，升到上将。当他凯旋之时，别人都来祝贺他，而这时候他想起了什么呢？

他想起了古老的罗马时期像恺撒那样著名的帝王，可以说是最成功的王者。1000 多年以前罗马征服者打了胜仗，率领军队浩浩荡荡地凯旋。这时候有个奴隶站在征服者的身后，手捧一顶金冠，在他的耳边低声说："所有的荣誉只是过眼云烟。"

成功的虚幻性

所谓的成功，其实放在人类的历史长河中就是那么一瞬间，人类的生活不断地向前发展，我们的星球在不停运转。一个人成功，当下可能感觉自己创造了惊世的伟绩，但是后人看时，实际上会怎么样呢？就像王羲之在《兰亭集序》里所讲的，"后之视今，亦犹今之视昔"，后面的人看我们今天的人，就像我们今天看历史上的那些人，都过去了。

黑格尔哲学有一句非常有分量的话："世界的万物皆是过程。"我们把自己凝固在当下，只看到眼前的狭小空间，总觉得自己所创造的、自己的业绩那么重要，在职场上要战胜所有人，要做职场上的王者，要做一个荣耀闪烁的、优于其他任何人的人。这种意识本身就很虚妄，其实你不会意识到你只是在被时代裹挟往前走，而且你也是在别人更大的程式里。

现实生活中有很多有这样追求的人。美国剧作家阿瑟·米勒写的《推销员之死》是一部非常著名的戏剧。一个作品为什么著名？一方面是因为写得好，另一方面往往是正中了大部分读者的心怀。美国社会当时的"美国梦"相信什么呢？挣大钱，努力就可以出人头地。机会是均等的，而不均等的是个人的努力。《推销员之死》里的服装推销员威利觉得自己很杰出，一定能成功，他要做美国最好的推销员。他在波士顿、美国中部一带到处奔走，推销公司的衣服。他的两个儿子长得帅，他很自豪，并且发誓要把他们培养成社会顶级人士。

结果怎么样呢？大儿子原来橄榄球打得很好，但被他爸爸逼着放弃自己最喜欢的事情，后来变得投机取巧，沉沦、堕落，最后一事无成。小儿子也是到处钻营，不择手段地寻求成功。

《推销员之死》里面，一家人活得那么紧张，到最后老威利60多岁了，公司看他体力不行了，干脆就把他解雇了。威利这才明白自己一生的追求是多么虚幻，原来自己只不过是替别人打工，只不过是想成为最杰出的打工者。最后，威利特别悲伤，自杀了。他为什么自杀呢？因为他自杀以后可以获得一笔很大的保险赔偿，这笔钱就算是他留给这个家庭的最后一份财富。

《推销员之死》其实是对现代社会里这种所谓的成功的批判，在我们的社会价值中，存在一个异化的观念，就是去追求社会体系里边所谓的"比别人好"。

成功的片面性

在这种追求过程中，我们可能不会意识到，我们对成功的追求本身就是一种失败，越成功可能就越失败。

根据小说改编的电影《印度之行》拍得很好，电影中的英国姑娘阿德拉去印度看她的未婚夫。未婚夫是英国殖民当局的官员，他在英国人眼里是个标准青年，忠于职守，各方面都很好，所以阿德拉觉得他特别好。但是去了以后，她发现那么善良、朴素、虔诚的印度当地人被英国殖民者歧视，甚至被诬告，英国殖民者在这里显示出莫名其妙的优越感。她发现她的未婚夫维护的这个体系特别残酷，越成功越残酷，因为他维护的是一个不平等的体系。

她还发现她的未婚夫是个很浅薄的人，根本就没想过普世的人类情感，没想过人与人之间应该有的平等。所以，阿德拉在爬山的时候回望城市，忽然有一种感觉，就是她已经不爱她的未婚夫了。

阿德拉的未婚夫是追求成功的，但是这样的他非常狭隘，他面对当地朴素的民众，内心深处有那种高高在上的优越感、殖民者的心态，非常浅薄、狭窄。所以，他越成功，他的人生其实就越差劲，人生的宽度会逐渐消失。

我觉得这个电影特别好的一点是对成功的定义的反思。在现实生活中有很多人追求成功，但他们所谓的目标说到底就是把别人扯下去，自己出人头地，以此来证明自己的价值。这样追求成功没有什么广大的、宽阔的胸怀，人反而变得很狭窄，表面上动力满满的，实际上内部价值空虚。

以前我有个好朋友到海南去经商，奋斗了大概6年，挣了六七千万元。他原本是想下海挣几百万元，然后赶快回来做自由作者。后来我到海南的时候他请我过去，我俩散步时我就问他："你来海南的时候说以后挣了钱就赶快做自由人，回去搞文学创作，现在挣了这么多，你是怎么想的？"

他说："确实很想回去写作，但是想了半天还是决定先不离开，因为我在商场上跟人竞争，现在自己跑掉了，就好像败给了他们，让他们得意了。不行，要继续干。"

哲学家罗素说，人类的基本欲望就是竞争。竞争就是为了证明自己比别人强，不甘落后。一个人陷入竞争之后，自己的本心、自己原来渴望的那些东西就不重要了，完全不能败给别人会变成首要原则。所以，这种成功有时候会把人带偏，使得生活变成一把尖锐的刀，朝竞争这一个方向刺去。很多人为了得到晋升、得到高收入，把别的东西都丢掉了。

· 成 CHENGGONG 功 ·

成功的人往往不能理解爱情

在爱情里也是同样的道理，我们常常希望对方不能把我们自己的生活拉低了，至少要门当户对，最好还能比自己多输出一点，输出更加让自己觉得满足的东西。这时候感情、真心就变成第二位了。自己追求的所谓成功居于统治性的地位，这就把人变得不像人了。如果人生的各种选择完全是背后的得失在起作用，那活着的其实不是自己，而是外头那些东西，那些标签。

毛姆的小说《面纱》里写道，凯蒂的妈妈在凯蒂20多岁的时候觉得她很漂亮，就急着要把女儿打造成一个交际花，让她钓到最好的金龟婿，以此提升社会地位。

凯蒂的妈妈年轻的时候为什么跟她的丈夫结婚呢？她觉得他作为法官特别有前途，以后一定能成功。而她的丈夫本来是个很随和的人，在妻子的负面影响下，生活不顺心，没什么真正的激情，最后也没有变成一个很优秀的法官。

凯蒂的妈妈特别失望，于是开始打造凯蒂。所以，人都变成什么了？人就像一个商品，尽量变得好看，尽量变成一个能让对方付出高价的存在。在这条路上的人永远不会明白，钱的作用只能局限在钱能到达的地方、能买到的东西，而这个世界上有太多的东西不在商品范围里，钱是买不到的。

哪怕你再真心地拿钱去买，能买到深情吗？能买到才华吗？人的创造性、善良等，我们可以列出很多东西，这些东西多少钱也买不到。所以，我们有时候片面追求世俗上的成功，会把人的丰富内涵都抽掉，只剩下一个空壳。

这是我们在职场里会遇到的一个明显的问题。美国有一部电影特别能够体现这个问题，就是《公民凯恩》。《公民凯恩》在电影史上具有重要地位，被很多人认为是美国历史上最好的电影。

电影中，凯恩在很小的时候被他爸妈送到纽约，让别人培养。后来凯恩变成了一个媒体大亨，掌管了很多家报纸、杂志、电台等，他和第一位夫人艾米丽结婚以后，并没有什么情感交流。凯恩在这个过程中只知道追求成功，内心没有真正的丰富的情感体认，非常冷漠，两个人之间只有简单的夫妻交流。

后来，凯恩又和苏珊在一起了。他觉得爱情就是让对方出名，让对方成功，所以他专门给苏珊建了歌剧院。苏珊的嗓音本来不怎么样，但他一定要把她打造成一个有名的歌手，投入了大量的资金，就像我们今天造星一样。

电影镜头里，苏珊在舞台上唱歌，好像竭尽了全力，但是音调和声音的宽度都很差，听众以及在舞台上做布景的工人听着都觉得很别扭，所以苏珊也很痛苦。但凯恩还是坚持要这样做，因为他想获得苏珊的真爱，但实际上一直没有实现。他梦中的那种玫瑰般的爱情，它的色泽、芬芳，他一直没获得过。这么一个所谓的成功男人，在爱情上是多么失败。所以，一个人如果只想追求那种所谓的成功，他内心深处肯定是很狭窄的，他的一生实际上是很可悲的。

就像爬梯子的人，只能顺着梯子使劲往高处爬，生活中宽阔的道路、丰富的内容他根本就看不见。世界上确实有个现象，就是很多成功的人往往不能理解爱情。

事业成功和爱情到底是什么关系？其实我觉得这里有很大的区别，就是事业成功是比较通用的，每个人都可以去获得的，都可以去追求的，但是爱情是属于你一个人的。

事业成功好过爱情美满？

爱情和事业成功不是对等的，不是互相贴合的。有的人会觉得自己把精力放在事业上比放在爱情上划算，因为爱情是飘忽不定的，说不定今天有，明天就不见了；事业不一样，事业是有回报的，事业的梯子是坚硬的，爬上去很结实。事业的收获很明确，有就是有；而爱情中的收获就比较虚，这是很多人都会有的感觉。尤其我们当下的情感比较多变，就更容易让人觉得还是事业更重要。

所谓的事业成功，首先要认定什么是事业。很多时候成功可能不是真实的。我常说人在这个世界上就两件事，一个是追求自己最喜欢的事情，而且这件事情还有很好的社会价值、时代价值；另一个就是要去找到自己最喜欢的那个人，两个人生活在一起，这就是圆满的人生了。

事业与爱情不冲突

事业与爱情其实并不冲突，关键是你要清楚什么是你的事业，什么是爱。如果一个人热爱这个世界，能看到这个世界的花开花落、高山大河，看到万物气息，爱广袤的自然，爱万千的生命，爱人类艰辛的开拓和劳动，同时珍惜自己的生命，珍惜自己来到这个世界的这么一段时间，并会认真走过这段时间，那他就是一个真正干事业的人，想为这个世界做点事。

做点事是为了什么呢？造福人类、造福社会，和万千生命共同生长。和同事们一起做事，和人们温暖地相处，获得一个美好的人生，这是一个人真正的人生事业。事的后面有业，这个业就是我们活过这一生，释放出来的温暖，释放出来的对于社会的感情。我觉得这样的人追求的事业，不是那种排他性的事业，不是把别人踩在下面的事业。那种不好的事业，归根结底，很难说是事业，其实就是一种很狭窄的追求，是丛林法则的体现，而不是我们现代社会的价值。

真正的有事业心的人，他会以温善的眼光去看待别人，这个时候他的爱是很宽广的、很深厚的，能够感受到对方对自己的深情，而不是对方的价值，对方有什么资源，家庭背景怎么样，收入高不高，不是这样的。

爱情是我们整个大爱里的一部分，而事业也一样。所以，我们首先要好好地想一想我们追求的所谓事业、所谓成功，它跟真正的人生事业是什么关系。如果它只跟你有关系，给你添财富，给你添房子，给你添豪车，那究竟是不是值得你用一生去追求？其实在这个问题上，很难说事业成功和爱情成功哪个更容易、哪个更重要，它们是统一的。

其实在人生选择上，事业和爱情之间应该怎么抉择，有时候是要在特定的社会阶段、历史阶段去思考的。你思考最好的生活是什么，不一定非要用所谓的现代标准去衡量。你不一定要那么富裕，但是你可能需要一份温暖的情感。如果放弃了对于这种情感的追求，你就把自己逼到绝路上去了，就只能一门心思去争取所谓的成功。而成功之后你想获得的所谓的爱情，也不一定是真正的爱情，其中的功利心可能很强。

比如，电影《天堂电影院》里，多多因为大富翁的女儿不要他了，就跑到罗马做电影导演，他导演的电影全是商业片，没有感情，因为他不相信爱情了。后来，他妈妈从西西里岛给他打电话，经常是他的妻子接。他妈妈说，每次打电话，从多多的妻子的声音里听不到爱的感觉。在电影结尾，多多拿到了西西里一个老放映员给他留下的电影复刻版，里面有很多被剪掉的宗教时期不让放的内容，他看了后才明白，这个世界上最珍贵的东西还是人，还是感情。

我向来有一个体会：这个世界上的成功，很多都是无机的，钱、物质都是无机的，而最温暖的东西还是人的真情、人的真诚。人在没有获得极大物质满足的时候，往往喜欢追求物质成功，但真正获得之后，才会发现它给自己的幸福感并不见得那么强。

这个时候你最难忘的还是你一生中遇到的那些非常温暖的、充满真情的、单纯的人，这个时候你才觉得有温度的人才是自己人生中最值得珍惜的。在我们追求成功的过程中，尤其在今天这个转型社会里，需要分辨什么才是真正重要的、值得追求的。

前面说到，追求爱情不一定能成功，分手也是常有的，那么怎么面对这个问题呢？有的人因为担心爱情有风险，就放弃爱情而去追求成功，追求看得见、摸得着的东西。

一个深情的人，他绝不是只在两个人的关系里，而是在整个社会中都会散发出一种善良的心意，一种让我们的社会变得更好的东西。

意大利导演费里尼的电影《大路》获得了奥斯卡最佳外语片奖，这部电影让我很感动。电影中的女主角，年轻的时候嫁给流浪艺人，遭遇家暴，后来她爱上一个杂技演员，但是为了自己的丈夫，她放弃了爱情。最后她在重病之中被丈夫抛弃了。电影到这里好像很残酷，但是患了重病的女主角后来被人救了，救治之后，她经常唱一首很深情的歌，最后收养她的那家人也学会了这首歌。几年之后，男主角路过这个地方演出，忽然听到有人唱他妻子以前经常唱的歌，过去一问，才知道妻子在这儿住过，后来生重病死掉了。他在这个时候才觉悟，这个世界上什么最珍贵，他永远地失去了什么。后来这个男主角晚上跑到海滩，喝了酒，趴在海滩上痛哭。

从表面上看，这部电影里的女主角好像很惨，但实际上她也让这个社会明白了很多东西，她自己问心无愧。如果遇到一个不理解爱情的人，那么可能你最后付出了太多，甚至付出了生命，也没有回报。但是我觉得坚守爱情，就问心无愧。而且像电影中的女主角，周边的人都很理解她，也被她感动了，最后她的丈夫也终于领悟到这个世界上最珍贵的是自己的妻子，领悟到了这种爱的唯一性。

我觉得这部电影诠释了爱情本身，它超越了功利得失。归根结底，我们说成功时讲的就是得失，最大的成功也可以归纳到得失里，但是爱情是跨越得失的，它讲的是真假。在爱情里，一个人付出了真心，那就是成功。我觉得，不管最后是什么结果，一个人这辈子能做到问心无愧，那就很好。

爱情让人更开阔

我们没办法控制世界，得失不是我们能控制的，但是如果把自己活成了一个非常有价值的人，我们的内心就很满足，这就足够了。

我曾经见到很多分了手的人怨气冲天，女生说对方是渣男，男生也说很痛苦，对方不讲道理，等等。但是过了五六年，这些人再说起往事的时候，当他们回忆这段还很幼稚的人生经历时，才终于感觉到了它是多么珍贵。很多人会说起前任的好，不是说想跟他复合，而是说虽然当初自己把对方骂得一无是处，但是对方对自己的真正的好是不会消失的，在内心深处会给对方一份祝福。这样的话，这个人就真的成长起来了，他理解了生活的定义，理解了爱情和人生不能仅仅用得失来定义。

我们在世界上要有百分之百的真诚，不要过于考虑得失，对于得失的顾虑可能会干扰你的一切选择，让你过得非常拧巴。另外，在职场上不要用成功去扼杀其他东西，最关键的是内在的价值，不要用得失把你的人生变得那么单薄。

觉醒时刻

爱情需要一个很大的空间，所以，在所谓的事业成功和爱情美满之间，我们一定要放弃对所谓成功的执迷，放下执念。在那样一个狭窄的通道上，人生会失去其他任何可能性，也包括爱情。

我们都要想一想，我们如何在大爱里装下事业、装下爱情，让两者共同作用，让我们的生命丰满起来，让我们活得自然、活得宽广。

好的爱情，可能没有别人羡慕的地位、财富，但是你和爱人在一起，一片白云也能让你们感到一种生活的喜悦。

　　法国有个电影叫《刺猬的优雅》，电影中那个看门的女人在别人看来太普通了，但她的内心其实很丰富，她会自己关起门来看《安娜·卡列尼娜》等文学作品。后来，一个日本人住到这个公寓里来，一下子就被她吸引住了。为什么这个日本男人会喜欢她？其实就是因为她内在的光辉，这个人内在的美好，内心发出的光，让真正能够理解生活的人看到了。

　　这个电影最后的结局特别让人叹息，女人出门的时候，在门口被车撞死了。这当然也显示出了生活的某种偶然性和残酷性，但是电影中的这对男女的感情让我特别感动。

　　我们要好好考虑一下这个问题：一个人到底应该追求什么生活？在面对成功这个让人容易迷幻的目标时，我们最好保持清醒。

人间温情是
成功者
缺失的
一块拼图。

异地

因为工作变动要异地恋，该不该分手

我们经常说异地恋，所谓异地之苦，就是因为工作的变动，两个人要异地生活，承受相思之苦。这是我们如今在职场上经常会遇到的问题，特别是在大公司工作，有时候需要调来调去，就会面临这个问题，那么要不要分手？

从某种理想状态来看，异地本身不是一个太大的问题。因为异地恋也是爱情的一部分。异地恋谈得好，还可以产生一种不是异地恋就很难达到的浪漫。比如，我的一个研究生，她的男朋友在别的省，很想念她，也不告诉她，就自己偷偷跑了 1000 多公里到复旦大学来看她，这让她特别高兴。这是不在异地体会不到的。有一次，我到一个学校上课，给我当助教的是个女同学，她的男朋友在辽宁，她很想他，就自己一个人过去了，没通知对方，那个小伙子见到她非常开心。

在这个世界上，如果两个人经过了思念之苦，冲破了距离的阻隔，然后有一次意外的见面，那真的是特别的感受。在那个高兴的瞬间，也能体会到对方对自己的珍惜。20 世纪 80 年代有一本诗集叫《给你》，就是异地恋的情侣写出来的。男生在东北，女生在福建，他们长期异地，通过写诗倾诉思念之情，后来出了这本诗集。如果两个人一直在一起，就用不着写诗歌了。这也是一种艺术的境界，一种很有意思的浪漫。

异地恋是考验

但是，异地恋对我们当代人来说确实也是一个很大的考验。为什么？异地的时候，很多人有这样的体会：一开始异地时，可能非常想念对方，很不习惯。刚开始的第一个星期特别难过，第一个月也特别难过，但过了三个月以后，这种难过逐渐减弱了。为什么？因为慢慢发现一个人也可以去吃饭，一个人也可以去上课，一个人可以做很多事，逐渐地适应了。适应之后好像也逐渐地理顺了，如果之后对方依旧不在，一个人也可以如常地过下去。

长期异地会让依赖感，或者说彼此的需求渐渐减弱。我印象很深的是，有一次一个女博士和在北京的男朋友打电话，因为接下来有个小长假，这个女博士就问对方长假准备干什么，结果对方说看书。她接着问："有这七天假期，为什么不到上海来看看我？"男生说，来了也没什么意思，反正就是看书，还不如在北京看，自己还有很多要看、要写的东西。最后，两个人就分手了。我觉得很震惊。爱情里确实有身体的参与，有肌肤之感，两个人会培育出一种亲情或者温暖，但是异地之后，有些东西可能就失去了。这就需要两个人在情感上、精神上不断地去做加法。

我觉得异地恋最大的问题就是生活的内容不一样了，进而导致共同语言变少了。两个人的共同性在哪里？如果对方讲的生活对你来说是陌生的，你没有这种共情，那两个人就很难继续沟通下去。谈过去的生活，也说不了多少，因为很熟悉，没什么可说的。我们常说，谈恋爱没有共同语言，那在谈的环节上就出大问题了。

台湾电影《一页台北》里，一对普通男女谈恋爱，女生要去法国留学，男生在巷子口送她，两个人的眼神都捉摸不定，不知道这一去两个人的将来如何。后来，男生就每天跑到书店学法语，因为他跟女朋友说以后要去巴黎看她。他为了学法语很努力，但是也很焦虑，他和女生打电话时越来越没话说，每次打电话的时候好像很温情，但是放下电话就躺倒在床上，表情很绝望。因为距离越来越远了，女生好像也没多少话要跟他说了。

这个男生因为整天去书店，跟书店的女店员逐渐走近了。后来，这个小伙子还是实现了他的诺言，真的去巴黎看了女朋友。实际上两个人心里也知道他们已经走不到一起了，但是这个诺言还是要兑现。之后他又回到台北，跟那个书店的女店员在一起了。

距离可能会把你原来的那份感情消耗殆尽。很多感情是经不起空间衡量的，可能放在一个更远的距离里，它立刻就稀薄化了，然后逐渐解构掉。这是异地恋要面临的问题。

所以，如果说一个人想选择异地恋，那就要好好地考虑一下，自己的情感是否能经受起距离的考验，自己有没有这个信心。

· 异 YIDI 地 ·

维持异地恋要满足哪些条件？

维持一场异地恋要付出很多心力，不能顺其自然。顺其自然就必然会有流失。所以，异地恋从某种意义上来说，是需要高度的建设性的。我们生活在一个小天地里，可以更多关注个人情感，但是异地恋需要两个人有可以交流的东西。两个人离得那么远，为什么还要谈下去？为什么还要努力在一起？很重要的原因就是在异地恋的过程中，两个人能清晰地意识到某些共同性只有在一起才能获得，才能延续，而且这种共同性对各自的生命来说是特别珍贵的。

从这个意义上说，异地恋其实也很好，它会把一些假爱情给过滤掉，让那些经不起风吹雨打的东西随风飘散。所以，如果一段爱情不能经受住异地恋的考验，那结束了也好。我觉得这也没什么太值得叹息的，这是我们现在年轻人要建立起来的观念。

在异地恋中，其实你可以体会到一个替代性的问题，就是什么人可以替代对方。这个问题在原来两个人整天在一起的时候不一定能体会到，但是一旦异地之后，可能就会体会很深。比如，原来在公司里，你觉得他很能干，人特别好，是一个很不错的恋爱对象。但是异地之后，你可能发现有的人比他还好，如果对方逐渐地对你表达一点温情、呵护，可能你就会觉得他也不错。

异地恋需要有唯一性

人性是很脆弱的，可能你的爱情就是在一个相对性里面，他就是相对比较好，一旦他离开了，那种所谓的好可能就降级了。两个人不在一起，然后另外一个刚好出现的人可能就变得相对更好了。如果你原来的恋人在你身边，可能那个人还并不显得更好，但是如果那个恋人走了，那这个人的一些好就会被放大，甚至逐渐冲淡你对原来的恋人的感情，最后把他替代掉。

为什么异地恋是一种境界，是一种被考验的情感？因为在这个过程中你能够体会到自己在对方心中到底有多少分量，到底有什么别人不能替代的东西。

有一次，有个韩国留学生到学校办公室来找我，神色忧伤，都哭起来了。我问她怎么了，她说她要来中国留学，她在韩国的男朋友坚决不同意。他们原来在韩国一起生活，她给他做饭，帮他打理各种各样的事情，所以那个男生觉得特别幸福。结果她一来中国留学，那个男生就舍不得，觉得剩自己一个人了，很孤独。后来女同学就跟她男朋友说："要自强，要自立，要学会在生活里自己去处理各种各样的事情，这样对你将来有好处。"

那女同学为什么到我办公室来哭呢？她说昨天晚上收到男朋友的电子邮件了，他说："你到中国留学，就让我自强。你走了以后我真不习惯，后来我只好自己慢慢适应，现在我终于会做饭，也能整理房间了，能自己洗衣服，也能每天自己去上课了，自理能力好像比以前强多了。"最后这个男生说，"我现在忽然发现我需要自强，我为了让自己更加自强，决定跟你分手。"这个女同学看到邮件后太难过了，完全没想到会有这个结果。

但我听下来，发现她说的都是些洗衣服、做饭这种小事，这些小事中当然是富有感情的，但是这里面还缺一点别的东西，一旦对方学会了做饭，学会了洗衣服，学会了其他方面的事情，那他就会觉得这段感情可以放弃了。所以，我们说在恋爱的时候，异地恋可以检测出你们原来的感情依靠的是什么。

我们以前歌颂一个好女人，都是说她多么勤劳、体贴，但这些东西也可以被替换，如果对方遇到了一个更体贴的好女人，那你怎么办？所以说，异地恋是衡量两个人情感的重要方式。在某种意义上，现代爱情可能经得起异地恋，但是生活里与油盐柴米、一针一线有关的温暖，在变化这么大的一个环境背景下，可能难以持久，你很容易被他人所替代。

异地恋要有精神性

异地恋对精神的要求很高。在《查令十字街84号》这部小说里，一个女作家和一个书店老板29年的情感，就是靠书连接起来的，这就是精神性。这种精神语言有独特性，不同人的精神输出的话语是不同的，如果你爱上一个人的精神语言，你会觉得这个人对你来说很特别。

这就形成了爱情里的一个核心问题，也是夏洛蒂·勃朗特的《简·爱》里最核心的一句话，"灵魂和灵魂的对话"。灵魂对话跨越时空的能力很强，尤其是跨越空间。古诗云"家书抵万金"，那是在战争年代报个平安，但是如果一封情书，通过一种精神的话语，从遥远的地方寄过来，那同样是抵万金，非常珍贵，非常入心。所以，用现代的眼光来看，这更加能体现彼此的感情。这种精神语言传通是两个生命共同的内在向往。两个真正相爱的人，精神层面一致的人，常常会觉得这个世界很简单，我只需要你，我们两个人在精神上相互依赖，哪怕不在一个空间里，也能感觉到幸福。

古希腊哲学家柏拉图强调的精神恋爱，其实我觉得更适应异地恋。因为两个人异地，就把精神凸显出来了。现在我们有的人异地恋，是通过每天一大早问"吃饭了没有"和晚上问"宝贝，睡了没有"这样重复的对话来体现的，这当然也很可爱。但是其中终究还是有一个边际效应，在这种循环里，感情会逐渐磨损。所以，异地恋真正能检测出一段感情有没有生长性，有没有精神上的不断延伸，就像一棵树，会不会不断地长出新的叶子来。

在异地恋中寻找意义

最近我看了一本加拿大作者写的书，叫《活出意义来》，他把生活基本分成两种。一种是追求快乐，这种快乐可能来自一些获得，比如吃了个好东西，买了件好衣服，或者看了一场好电影，等等。两个人在一起很开心，但是这种快乐的生活需要不断地更新，需要不断地获得新的快乐，因为旧的快乐很快就消失了，是很短暂的。另外一种是追求意义，想想自己为什么这样生活，两个人为什么这么相爱，两个人的爱情背后是什么，你会想到很多。另外，现在的工作怎么样，自己追求的价值是什么。这样一想，就会发现自己跟别人有差异，就会遇到一些别人遇不到的困难，内心就会有些疑问、纠结，会自我怀疑，那么生活里需要研究的内容也就无形中增加了。但是，只要你努力把这些想通，摸索到自己的价值观，那么这种幸福感对你精神上的支持就会很持久。在这种持久性里，人就会获得一种比较恒定的东西，因为在这个过程中我们会为生活、情感找到意义。这实际上就是我们对生命、对生活、对生存的理解。

两个人应该在共同的理解中，真正做到知自己、懂对方。两个人都知道生活的意义在哪里，在一起可以互相温暖、互相推动，这就是活出意义来了。两个人在一起，不是异地恋状态的时候，可能很多情况下感受到的是快乐，当然也可能生活很有意义，但这种意义不一定那么清晰。而异地恋以后，那些快乐的成分，那些一般恋爱带来的快乐，很大一部分就没有了。这个时候两个人交流的更多的是一些精神性的，可能就是意义层面的东西。

在精神交流中获得认同，两个人的精神越来越相通，就会强化你对生活意义的判断和追求。异地恋有时候可以让人有非常大的价值提升，有一种自我认识和相互认识，尤其是相互认识，在大的时空距离里，相互之间在意义层面上有不一样的体验。因为生活本身的精神内核有时候远远超过其他的方面，超过生活中的细节。

我们分析散文的时候，会说一句大家耳熟能详的话，就是"散文要做到形散神不散"。一篇散文，比如回忆录或者游记，里面写了很多事情，但是文章的神不散。你所写的事情好像很分散，但实际上某一种思想、价值、观念或者道理，会把所有东西都集中到一个地方来。尽管事情是散的，但是它们就像一个个侧面，集中折射了一个核心问题，所以神就不散。但是现在很多人的生活是什么状态呢？就是倒过来的状态，是"神散形不散"。

现代社会讲品牌、讲穿着、讲品位，一个人把自己打扮得很好，看上去很精致，但实际上内在的"神"是散的。不知道自己为什么活，不知道自己为什么工作，不知道自己活着的价值在哪里，所以虽然外在的"形"不散，但内在的"神"却散掉了。谈恋爱好像只是因为需要，靠那些物质条件，比如房子、车子、社会地位、功名利禄来互相判断。看起来好像蛮有追求的，实际上"神"散了，有的只是一个"形"，只是在追求有形的东西。

这种"神散形不散"的情况，其实是人的空心化。表面上在一起互相付出，你给我买什么，我给你买什么，互相之间觉得很好，一旦异地恋了，原来那种表面的"形不散"也就维持不下去，于是内在的"神散"就暴露出来了。现在很多人的生活没有焦点，这种人是经不起异地恋的。异地恋对他们来说，就是爱情的尽头了。只有活出意义来，异地恋的两个人才能在精神的互动中、在互相给予中，实现内在的精神价值。

所以，这也是年轻人的成长。经过一段异地恋，你可能对两个人爱情里的内核价值更加确信了。

然而，现在好多人活得就像泥石流一样，流到哪儿算哪儿。这些人肯定是经不起异地恋的衡量的。

我记得我上小学的时候,在西安部队院校里看过一部黑白电影,叫《昆仑山上一棵草》。电影展现的是高原上有了兵站,有部队在那里驻守。一个小兵站人不多,其中一个战士在山上工作,给兵站来往的兵车提供后勤支援。后来他的未婚妻从远方来看他,其实她对这段关系有些动摇,因为一年只能见这么一次,而且这一次他还不能放假,她觉得他们的爱情有点艰难。但她发现她未婚夫和那些军人在这里更难,在暴风雪中的生活更加艰难。所以,最后这个姑娘离开的时候,深深地明白了,她和他两个人在共同完成什么,在支撑什么,他们艰难的爱情中有一个更大的意义。

异地恋其实也像这部电影一样,要推动人进行精神的升华,不然很难坚持下去。你一定是觉得这段感情是值得的,才坚持异地恋。你在追求某种东西,尽管没办法与对方朝朝暮暮相处,但是我们彼此理解,能够共同承担,这种感情是天天在一起的时候所感觉不到的。

· 异 YIDI 地 ·

异地恋收获特别的爱

英国著名作家福尔斯有一部特别经典的作品叫《法国中尉的女人》,里面的男主人公查尔斯和女主人公莎拉相爱了,他们约好私奔,先在一个小旅馆见面,第二天就跑掉。查尔斯如约去了小旅馆,结果莎拉却不告而别,连个字条都没留下。查尔斯大吃一惊,不知道怎么回事,然后满世界地找她,到伦敦、美国去找,到处找都没找到。3年之后,他忽然收到一封信,告诉他这个女人在哪里,查尔斯就去找她。

我们读者就很期待,到底他们会怎么样?见面后查尔斯责怪莎拉不告而别，说她不爱他。但莎拉说她十分爱他。查尔斯就问，那为什么会3年都不想见他。其实这本书到最后才道出，原来莎拉觉得自己很卑微，如果她3年前就跟查尔斯在一起，可能就会被带入一个惯性的妻子角色中，自己到底能做什么？自己的价值在哪里？她的生活就完全被禁锢住了。

所以，她故意离开3年，她也知道查尔斯在到处找她，但她一直坚持自己。她喜欢画画，想看看自己能不能独立于这个世界。后来她在一个画室里当了助手，而且自己画得也不错。3年以后，她让人写信告诉查尔斯她在哪里，故意让他去找她。这时候她确信了两点：一方面自己能自立；另一方面自己还爱着查尔斯，所以就让他来了。于是，两个人就这样走到了一起。

他们原来的爱情可能有点反叛性，他们不一定能意识到对方的独特性。但是分开这3年，查尔斯没有放弃，莎拉也在成长，在不断地沉淀。两个人终究还是一路人，所以最后走到了一起。这里面包含着什么意思？就是异地恋一定是不同寻常的爱情。

异地恋是另外一种爱，不是更高级或者怎么样的，但是它肯定是很特别的。你能不能做到这样特别呢？做不到就不要坚持。这部小说还写了另外一个结局，另外一种可能。查尔斯3年之后找到了莎拉，忽然觉得莎拉有点陌生了，她很自由，很有创造性，但是自己无法理解。也就是说，异地恋也会出现一个问题，就是在两个人的成长过程中，可能各自的成长速度不一样，各自出现了新的变化，两个人的同频感渐渐淡了。这个时候可能个人的精神被放大了，而两个人的感情变得稀薄了，所以最后可能会分开。当然，这种分手也很有价值，因为两个人都获得了自我认识，对两个人的感情也有了新的理解。尽管最后没有在一起，但是各自的思想成熟了，与社会的关系比原来更深了。

异地恋一方面可能是一种特别的爱情，能够创造很美好的东西、更富有精神价值的东西；但是另一方面，最后两个人也有可能真的就分开了。但是这种分开也是我们在现实生活中常见的现象，不要觉得天塌地陷了。只要两个人都很真诚，只要两个人都在成长，都像向日葵一样转动，尽管最后两个人转不到同一个方向上，那也不是什么悲剧，不是什么灾难性的结果。在我们的生命发展过程中，有获得就可能会有失去，这是一个需要我们去承担的东西。

觉醒时刻

如果决定要异地恋的话，就要做好两手准备，要能够接受两种后果。在现在的生活中，这种异地的状况真是不少，而且异地恋也不是只有一种结局。所以，这时候你就需要用一种现代精神去面对它，当然了，我觉得最重要的还是要对自己有信心。

在异地恋的情况下，也要把自己建设好，而且在这个过程中要真诚地去建设感情。至于建设的结局怎么样，这不是由自己单方面来决定的。只要你有这个决心，就会体验一段非常不一样的人生经历，你的个人精神会在这个阶段里获得拓展、升华，你会有一种意想不到的、多方面的新精神积累。

或许你最后失去了爱情，但是获得了一个新的自我。我觉得异地恋中，如果你有这个力量，那就可以，那就很好。但如果你没有信心——这种没信心，我觉得主要是对自己没信心，那么这个时候与其犹犹豫豫，心里七上八下，还不如干脆分手。这不是说什么长痛不如短痛，而是避免让自己进入一个混乱的阶段。因为这样不光影响工作，可能你的人生就会在这个过程中衰败，你会失去特别美好的时光。其实一个人选择了异地恋，就意味着要开始修炼了，要拿出更大的力量了，这其实是不容易的。

你如果有以下这种情况，可能会有一些很不一样的体会。比如，你远在波士顿，女朋友在国内，波士顿龙虾那么好吃，但是你舍不得吃，不是没钱，而是觉得女朋友没吃到，自己也不愿意吃。这个时候你就体会到了真情。

在异地恋的过程中，在方方面面都能体会到思念之情，这个时候你才会觉得自己真是一个恋爱中的人。你看到任何一个好东西，都会想如果她在就好了，你看到什么好东西都想留下来，等以后她来了一起来分享，你还特别渴望见到她，这都是异地才会有的体会。当然，并不是说异地恋到最后，两个人不想再见面了，只想在精神上互通。真正深厚的感情，当然是盼望着见面，历经千辛万苦去见对方。

以前我在纽约大学，看到有一个男生有时候中午都不吃饭，因为家境不是很好，想攒钱假期飞回去看女朋友。这些都是异地恋能够让我们看到的、感受到的好的爱情，这也是在我们面对异地恋这个问题时应该有的一个态度。

你们支不支持异地恋？有没有经历过异地恋？如果经历过的话，在这个过程中是悲是喜？有什么感悟？这些都是很珍贵的人生体会。

———

在异地恋中
磨炼彼此的
精神与
唯一性。

加班

工作太忙，女朋友觉得我对恋爱不上心怎么办

对于加班之苦，大家可能都有深切的体会。加班让我们没法娱乐，没法看电影，没法去旅行，没法做我们热爱的事情，更重要的是影响爱情。爱情特别需要时间，需要相伴，需要一起去经历生活中的快乐时光，一旦加班，这些就都实现不了。加班对年轻人来说最残酷的就是这一点。很多人为什么单身？因为总是在工作，没机会去认识异性。还有另外一个问题，就是有时候我们觉得工作比什么都重要，爱情要给工作让步。很多人认为如果工作好，家庭收入就高，这样婚姻或者爱情就会幸福。

· 加 JIABAN 班 ·

为什么加班？

首先一点，为什么我们今天这个时代有那么多人要加班？这背后有

294

一个最基本的国情，就是我们国家的大规模工业生产已经走到顶峰，我国的GDP（国内生产总值）已达到世界第二。比如钢铁产量，全球其他国家加起来也没有我们多，我们就是处在这样一个工业化阶段。但我们自身工业基础差，我们从农业社会逐渐发展起来，没有多少工业基础和技术积累。比如苹果手机，如果售价是1万元一部的话，我们作为生产方每部只能拿到1600元，苹果作为研发方会拿五六千元，日本人做配件又拿到两三千元。我们为什么会加班？因为我们的工作附加值比较低，钱被人家赚去了，我们只好靠量来取胜。

我们曾经用1亿条牛仔裤去换一架飞机，你说1亿条牛仔裤需要多少人加班加点才能做成？我们只能这样。虽然今天的中国工业化水平已经大幅提升，在众多领域有很多新技术，特别是5G、物流、人工智能等方面都是走在前面的，但是普遍来看，我们还是处在一个大而不强的状态。所以，这个时候我们就需要更多的劳动投入，通过量来获得利润。

还有一个问题在哪里？现在的企业或者单位领导者是在原来那个社会成长起来的，他们的知识储备、专业背景不足，他们的观念和现代社会要求的创新观念有很大的差距。所以，他们在管理企业或者单位的时候，很多都是靠简单劳动，靠加班来实现和放大经济效益。这样的经济模式还是有很多问题的，但是暂时改变不了。所以，这是我们的一个客观现实。有一些加班不可避免，但是我们首先要努力加强企业的文化意识，加大我们工作的科技含量。

努力赚钱才是爱的表现?

很多人，特别是男人，觉得自己只要努力工作就行了。他们觉得自己努力工作挣钱养家，然后买不比别人差的东西，那就很好了。如果干得起劲，比别人早一点升职加薪，那就更好了，妻子可能就更爱自己了。事实真是这样的吗?

20 世纪 80 年代有一部美国电影《克莱默夫妇》，里面的男主角工作很卖命，后来受到嘉奖，提薪升职，特别高兴。他回家急着报告妻子，结果一进公寓发现妻子拉着个拉杆箱要往外走。男主角就觉得特别奇怪："你到哪儿去?"妻子就说："我以后给你解释，我要离开。"最后妻子要跟他离婚，这个男主角觉得特别冤枉，想不通到底为什么。

后来上了法庭，他妻子的一番话讲出了在现代生存环境中，她对工作和感情的深深体会。她说这个男人，她的丈夫，工作确实勤奋，回家后对家里也很好。他自己忙忙碌碌，将全部精力投入工作，给家里增加了不少收入，但是为什么还要离开他?因为他们结婚已经 7 年了，7 年里面她很少感受到丈夫对她的爱，她好像是一个被忽略的人。她内心深处的孤独感丈夫从来察觉不到，因为丈夫的心思全在工作上。她感觉很孤独，自己原来也是受过高等教育的，对生活有自己的想法，现在的生活和她理想中的差得太远了，丈夫好像始终是工作狂的样子。她觉得一定要找回自己，所以她要离婚。在这个片子里，男主角拼命工作，他认为工作就是一切，是善，是爱情，是美好生活，但其实这样的生活里有一种巨大的虚空，就是妻子的情感虚空。

在现代社会生活里面，有些男生觉得，我这么好，我工作都是为了你，我实实在在地干活儿挣钱就是为了爱情，其他东西是你想多了，你不理解我。但事实上是不是这样？难道增加的收入会变成爱情吗？难道自己的勤奋工作就会变成爱情吗？这些和爱情当然是有关系的，但是工作和情感生活之间还是有很大的区别的，爱情需要我们去表达、理解，相互之间要有那种发自心灵深处的共鸣，要相互体谅、相互温暖，这才是重要的。

当然，这需要拿出时间去实现，你不能整天加班，你要知道什么最重要。如果有这种理解，生活就大不一样了。有一次我到北京开会，会开到下午5点钟还没结束，这时候北京大学一位著名的文学教授站起来说："请大家原谅，我要回家了，回去尽一个妻子的职责，我要去做饭了。"大家听着都笑起来了，我们并不觉得她传统，因为她是个非常优秀的学者，是中国第一个在法国获得文学博士学位的女教授。其实她说这句话的时候，我们是很感动的，因为她把工作和情感、家庭生活处理得很好，哪怕正开着会，但是到了5点，她就要回去了，我们都理解，并且觉得很美好。这就是我们在生活里要平衡的东西。

日本为什么很多家庭的人感情淡漠？很重要的原因就是加班，男人大多下了班已经9点多，还要一起去居酒屋喝一杯，到10点以后才回去。去居酒屋喝那一杯太重要了，主管、上司都聚在一起，交流很多工作中交流不到的东西，不参加的话，你就脱群了，就落后了。最后喝完了，10点多回家，已经疲惫不堪，妻子给你端来一杯醒酒茶，你喝一口就睡觉了。第二天早上6点多，你爬起来，开着车去上班了。夫妻在一起的时间只有一点点。

2000年以后，日本实行了新的退休制度，有些大公司是男人退休有两份退休金，男人一份，妻子一份。为什么那么多妻子在男人一退休后就提出离婚？是因为以前在经济上依靠你，现在你有 4000 多万日元的退休金，我也拿到了退休金，我不依靠你了，所以我们可以立马散伙。这就是日本风行的所谓的"熟女离婚"。男人退休了以后天天待在家里，两人也没什么感情，妻子看到就烦，所以把这些男人叫作黏在女人高跟鞋上的最后一批甩不掉的落叶。

我在日本的时候发现，2011 年、2012 年，日本男人成立了三个爱老婆协会，平时会给老婆送花，买个小礼物，回家对老婆很好。为什么？就是让她以后不好意思提离婚。所以，我觉得在这个世界上，工作和情感的关系一定要处理好，不要让工作扼杀了爱情。

劳伦斯的小说《恋爱中的女人》里，葛珍喜欢上了谁？杰拉尔德。葛珍喜欢他的那钢铁一样的意志。葛珍以为一个人有这种力量就够了，以为那就是爱情。她崇拜强者，男人的强大往往体现在工作中，体现在他的事业中，她觉得这就是爱情。然而，杰拉尔德没有心灵的深度，所以最后葛珍和杰拉尔德走不下去了，杰拉尔德很失望、很绝望，一个人走到山上，在冰天雪地里冻死了。

现代人的生活跟传统社会不一样。传统社会对待生活是什么态度？只要这个男人勤奋、忠诚、能吃苦，就是好男人，女人能纳鞋底、带孩子、生娃，那就是好女人。而我们现在生活中的爱情是有独特性的，就是你对我来说是唯一的，我对你来说也是唯一的，两个人共享一个世界，在一起的时候分享一个东西、一部电影、一段音乐，或者看到一朵花，或者在家里一起做家务，是只有两个人能共感的。传统的那些条件都是通用的，但现代爱情的唯一性是不一样的，需要时间来培养。

爱情也需要时间

爱情是需要时间的，所以加班就是一个很大的问题。马克思的《1844年经济学哲学手稿》，我在大学的时候读了好几遍，里面最让我感慨的是，马克思认为现代社会人类最大的自由就是时间自由，你如果不能自己支配时间，都被别人支配了，那你就是个奴隶。所以，现代人最大的不自由就是时间不自由。

你要知道你的自由时间就这点，如果你把自己封闭在加班的状态里，甚至还赋予它一种高贵的价值，那么你人生的意义会越来越淡化，情感会越来越稀薄，你就被工作扭曲了。

西方19世纪新教改革之后，诞生了一种工作崇拜，认为人就是要勤奋，因为这是上帝赋予人的本能。这是某些人的天命，上帝给予你的命运就是你有工作才能，你要发挥上帝给予你的这个才能。你把它发挥好了，就是热爱上帝。所以就会出现一种工作崇拜，把工作神圣化了。现代社会一个很大的问题就是工作崇拜，工作压倒一切，这也符合资本的逻辑。

人有时候就会迷恋工作，觉得劳动最光荣。劳动当然光荣，但整天加班的劳动是光荣的吗？如果不是紧急情况，不是国家需要，那这种光荣就有问题了。有时候工作变成了牢笼，把人封闭在里边，你以为它可以换取一切东西，但实际上你在里边越来越孤独、越来越单薄。

沉迷工作让人情感单薄

美国电影《音乐之声》获得了 1965 年的奥斯卡最佳影片奖，电影男主人公特拉普上校的妻子去世了，他用军事化的方法训练孩子，走路"一二一"地喊口令，吃饭的时候整整齐齐，平时也不带他们玩，就让他们参加严格的训练，锻炼身体。他觉得把他在军队里的工作方法带入家庭教育，这样就是最好的。

我看这个电影的时候有点想笑，因为以前我们家也是在军队院校，有的人在学院里是部长，回到家里也像个部长，做事情、说话都带有工作的腔调。以前有一个局长退休了，退休之后不习惯，怎么办？就把家里的几个房间设置成了不同的办公室，挂不同的牌子，这个是秘书室，那个是传达室，搞得很可笑，给人一种还在工作的感觉。其实这就是人被异化、被扭曲了。

《音乐之声》这部电影里，这个家庭有七个孩子，特拉普上校实在照顾不过来，就请了修女玛丽亚，让她来教这些孩子。玛丽亚来了以后教他们唱歌，带他们到草坪上奔跑，生活里面充满了新鲜的气息。一开始上校有点恼怒，觉得她把孩子们带坏了。到后来才发现这是人的自然天性，孩子们很快乐，和在他面前愁眉苦脸的样子大不一样。最后上校才明白，生活不是只有工作。

后来上校爱上了玛丽亚，玛丽亚跟他在一起了。电影背景是奥地利，当时法西斯主义盛行，他们全家人在舞台上唱歌，歌颂人类平等、温柔的情感，结果被法西斯迫害，后来他们一起逃走了。这种爱情是从哪里来的？不是从工作里。如果玛丽亚来到这里很欣赏这个上校，觉得他训练孩子训练得好，他们都是用工作的思想来培养孩子，那就完了。玛丽亚看到了这个家庭的问题，看到了他们缺失的东西，于是给这个家带来了改变，爱情就出现了，人就活了。

在美国著名电影《窈窕淑女》中，语言学教授希金斯在车站看见一个卖花女，特别有激情，说话声音特别大，但是她的话属于粗俗的下层语言。希金斯教授是研究语言学的，他知道贵族语言是什么样子，上流社会的语言是怎么回事。后来他的好朋友就跟他开玩笑，问他有没有本事让这个卖花女改变她的说话方式，经过一段时间的训练，让她能说那种很优雅的语言，就是上流社会的标准语言。希金斯教授很自信地答应了。他就把计划告诉了卖花女，卖花女同意了，然后就开始训练。

希金斯是把训练她作为一个工作来进行的，卖花女一开始声音很怪，他拼命地给她修正。一天又一天、一个月又一个月过去了，最后卖花女的发音、语法、句式越来越得体，也越来越标准。后来，希金斯让她穿上上流社会的礼服，去参加上流社会的聚会。聚会上卖花女应对自如，说话非常优雅，大家根本没有发现她是卖花女，而是觉得她是个贵妇或者贵族小姐。

希金斯大获成功，觉得自己赢了，自己胜利了。他只知道工作，完全不知道卖花女爱上了他。卖花女向他暗示，他毫不理会，卖花女很失望。后来，卖花女告诉了这个教授的妈妈，教授的妈妈倒是知道她的心思，作为女人很理解她。教授的妈妈就故意告诉希金斯，有个男人喜欢卖花女，她好像要到他那儿去了。希金斯并不在乎这些，回到家发现她离开了。在那一瞬间，他忽然觉得浑身都不对劲。他听不到她的声音了，看不见她的容貌了，这才发现自己在不知不觉中爱上她了。希金斯很沮丧，他孤独地坐在椅子上，很伤心，默默地听着留声机里的录音——卖花女的声音。忽然，他听到微微的响动，转头一看，衣着优雅的卖花女进来了，原来她并没有走，希金斯看着她，两人相视一笑，电影结束了，特别美好。

任何两个人打交道，他们的语言背后其实有非常丰富的情感。我们如果只看到工作，就会忽略最宝贵的东西。所以，在工作中你不要光看表面，因为这背后人和人之间是有温度的，是有无限可能的。

我们有时候对人生的理解有问题，我们只会按非常简单的模式去理解生活，觉得自己没时间去看女朋友，太忙了。特别是在异地恋中，觉得自己这么忙都是为了两个人的未来，就不用去看她了，也不用去表达。我们有时候忽略了这些，把工作和感情对立起来，觉得爱情和工作好像是不能兼顾的，工作的时候就不能顾及爱情，这样损害特别大。

有时候你要知道时间是多么宝贵。我每年秋天都会去中国科学技术大学上课，后来我的助教告诉我，她的一个好朋友也是这个课上的学生，到了星期五晚上，女孩心里突然有一种特别孤独的感觉，特别盼望见到她男朋友，就那么一瞬间，她决定买一张票，冲到南京去见她的男朋友。男朋友见到她当然很吃惊，也觉得特别温暖。所以，我们不能把这个世界变成一个很刚性的存在，感性其实有时候比理性还重要。

如果你整天加班，觉得工作最重要，其实你可能是捡了芝麻丢了西瓜，丧失了自己真正应该追求的东西。爱尔兰作家托宾写的小说《布鲁克林》，里面讲述的是一个意大利人在纽约打工，一个爱尔兰姑娘也在纽约打工，他们都很忙。爱尔兰姑娘艾丽斯为了自己的专业发展，用业余时间学会计课程。即使如此，她还是会找时间跟这个男人一起看剧、参加活动等。没有这些东西，哪有相互之间的心灵感应？

劳动美和爱情美是一定要融合在一起的，没有劳动美的爱情是空虚的、轻飘飘的，而没有爱情美的劳动又是冰凉的、坚硬的。

在当下普遍加班的环境里，我们一定要善于拒绝，不该加班就不要加班。你不要为了照顾老板的心情、群体的感受，宁可摸鱼也要待在办公室里，待在写字楼里，夺走本该属于爱情的时间，让爱情变得苍白。

觉醒时刻

在工作与爱情之间要做好选择。如果搞不好，爱情可能在无形之中消失。就像《傲慢与偏见》里讲的，当你爱上一个人，当你意识到你爱上一个人的时候，其实不是开始，而是已经走了一半路了。同理，当你失去一个人的时候，当你意识到你失去他的时候，其实你早就失去了。在这个过程中，你可能还无知无觉。

我很想问问大家，你现在勤奋地工作，经常加班，有没有好好想一想，因为加班，因为这些满满当当的工作，你失去了哪些东西？在爱情方面，为什么找不到可以爱的人？为什么爱上的人离开了？为什么感情越来越淡？这跟我们的工作，特别是应接不暇的加班有什么关系？我们是不是没有尽最大的努力去给爱情更多的时间？在我们今天这个时代，加班有时候是不可避免的，但是你有没有把爱情放在第一位，好好地去珍惜这份爱情？我觉得这是最主要的问题。也许你有这个想法，但是你努力过了吗？如果你有这种愿望，对方会感觉到，对方会知道。就怕你一加班就觉得自己有了理由，然后漠视对方，忽略了爱情本身的珍贵性，这样对方也能感觉到。虽然在这个时代里好好恋爱、好好生活有点艰难，但是我们一定要努力地珍惜生活，努力地把爱情维护好。

莫让爱情
淹没在
冰冷的
时间河流中。

每个人都了不起

○ 反叛

○ 无我

○ 幻灭

面对抉择，
如何坚定
内心想法

○ 两难

○ 自恋

○ 消费

无我
——
工作几年后越来越不能做自己，怎么办

什么叫无我之苦？很多在职场上的朋友跟我说，工作了几年之后感觉越来越不像自己了，变成了自己不喜欢的样子，逐渐丧失了生活的自由感、自主感、自在感，这是现在的年轻人普遍感受到的一种内心的苦涩。

其实不光中国青年会有这个感觉，西方的青年也是如此。我们看巴尔扎克的长篇小说《人间喜剧》，这套四十几本的长篇小说里面有那么多人物，但实际上就像美国后现代主义思想家杰姆逊所评论的，这套小说里没人，没有主人公，唯一的主人公就是钱。其实法国思想家福柯早就注意到，我们今天丧失的自由背后是我们失去了自由时间，我们得严格按照资本的需求来编码。控制大家生活的是什么？是时钟。制度规定你8点上班，你就要8点上班，领导让你加班到晚上10点，你就要加班到晚上10点，这一切你都无法自己决定。你失去了时间，在这个时间的分切、重组之中，在时间的巨大旋涡里，你是完全没有自我的。

308

虚幻的自我

其实关于自我这个问题，第一大危险就是虚幻，有的人觉得自己很有自我，实际上内部是空心化的。

我竟然会听到一些人说："我当年还是一个文艺青年。"听着就有点可笑。文艺青年的核心精神是什么？就是面对世界的自由感，去追求自由，坚持自我。在美国电影《醉乡民谣》里，主人公坚持做自己，坚持唱自己的风格。因为他的民谣非常个性化，所以不像别的音乐有那么大的市场，他的生活贫困，几乎可以说是深陷绝境，女朋友也不要他了。后来一位音乐制片人来跟他见面，让他妥协，改一点音调，让音乐更有接受度。在那个关键的时刻，他还是拒绝了，这是真正的文艺青年。

很多人只不过是喜欢一点艺术，就觉得自己文艺，一旦面临现实的压力，就什么都丢掉了，奔向了千人一面的复制化的生活。

在这个方面，我觉得美国小说家耶茨所写的《革命之路》表现得特别清晰。小说中的男主角弗兰克1944年去欧洲打仗，参加第二次世界大战，其实他也没打什么仗，但是获得了士兵的荣耀。第二年回到美国，政府出钱资助他上大学，弗兰克就去了哥伦比亚大学。因为当过兵，而美国当时对退伍军人特别优待，他一下子获得了一种虚幻感，觉得自己很了不起，是一个英雄，是世界上很独特的一个存在。

从哥伦比亚大学毕业以后，他不愿意做普通的工作，所以到码头去扛活，这样显得自己很特别，后来他又到便利店去当收银员，觉得自己是个很自由、很反叛的人。其实不是这样的，一个人拒绝什么很容易，但是建设什么很难，你自己内部有什么建设性，对于世界有怎样的独特思考，这太重要了。在社会中，其实我最渴望见到那种人，他和现实的生活有一些距离，他知道什么是好，知道自己应该做什么事情。

很多人感性，觉得自己特别，活得自我，说话的腔调很有特色，穿的衣服与众不同，就觉得自己很厉害了。实际上这些东西是虚幻的，重要的是你的建设性在哪里。

弗兰克本来拒绝到他老爸原来工作的诺克斯公司去工作，因为他不愿意重走父辈的路。但后来恋爱、结婚，有孩子了，家里需要收入，而诺克斯公司的收入不错，他干脆就去了，在无形中还是走了父辈的老路。

社会有一种强大的同化力和消化能力，作为一个青年，进入职场，其实就像孙悟空进入了太上老君的炼丹炉一样，要被驯服，这个过程是无形的。达到标准就给你很多奖赏，业绩好就给你更多的收入，从更深层的意义上说，这实际上就是对你的驯化过程，就是让你在不知不觉中放弃自己原来有的那种年轻劲儿，因为这个系统不能接纳这样的东西。

很多人过不了这一关，所以虚幻的自我很快就破灭了。在我们年轻的时候，虚幻的自我是特别有欺骗性的。你的那个自我可能来自艺术，来自哲学，来自时代风尚，来自全球化中新思潮、各种亚文化，你可能会有一点多样性的文化接触，就觉得自己非常不一样。

为什么会无我？

你的自我的形成，是在岁月里日积月累的，是从幼儿园开始，一点一点被建设的，在这个过程中遇到一点新东西，你就觉得自己属于新青年。其实很多人是真正的旧青年。

竞争教育

培养你的那个模子，尤其是对独生子女的培养，具有强烈的竞争性、排他性，告诉你不要输在起跑线上，让你在现实里面获得所谓的优越感。

在这种培养模式下，可能你觉得自己很特别，但其实并不特别，就像美丽的泡沫一样虚幻，让你对自己产生误解。

历史遗传

还有一个大的历史背景，其实我们是工业化的后来者。1949 年以后，我们大力发展工业，进行大规模生产，所以国家的需求是很明确的，搞钢铁，搞化工，这些不需要你自己思考。我上大学的时候还是这样，毕业的时候根本不需要自己找工作，早给你安排好了，拿出一张纸，名单一宣布，这个人去新华社，那个人去《人民日报》，这个人去《光明日报》，那个人去中国作协……直接跟着走就好了，不用自己选。你不能自己设计自己，你是计划的一部分，所以在这个背景之下，我们是缺乏自我的，没有自己的思考的。社会的需求是刚性的，也不需要你自己思考，哪里需要你，你到哪里去就行了。

无我的弊端

"无我"里其实也藏着一个问题。"无我"看起来是勇往直前,为国家、民族牺牲,但是如果我们没有对世界的认识、对社会的认识、对善恶的认识,就会出现问题。什么问题?一旦环境复杂起来,我们就不知道该做什么了。

没有外在的、历史的视野,没有知识含量,那也是件很可怕的事情。我们今天的社会发展得越来越复杂,用简单的无我状态去面对社会,怎么走得远?

我们今天的世界是个多元化的世界,科技更新,文化更新,整个世界文明在不断变迁。这个时候我们尤其需要思想,需要找出我们在这个世界上的发展之道、共生之道。我们以前在一个惯性里,就喜欢那种没有自己想法的人,管理起来方便,其实社会往前发展,这种思维就落后了。

什么是有我?

什么叫有我?有我在某种意义上说就是批判精神,就是对什么事情都要想一想是不是这样,而不是接受现成的结论。

要有批判精神

这时候需要一种批判精神,就是去怀疑、去思索。我们人类为什么要付出那么大的代价，用天文望远镜对着星星到处搜寻？天上的星星密密麻麻，我们最后要找什么？归根结底是找例外。如果说这个宇宙中没有例外的话，我们用不着找了，用一个定律就可以推出来。

就是因为有例外，才需要我们有思想。因为它跟你原来的认知不一样，所以需要开动脑筋思考。我们现在的社会是不断地诞生例外的社会，没有思想、没有自我是肯定不行的。什么叫自我？要回答我是谁，我从哪里来，我现在在干什么，我要往哪里去。

这些问题主要产生在文艺复兴时期之前。在基督教里不需要想这些问题，人是上帝创造的，不管你是谁，都是上帝创造的。上帝创造了男人，后来拆下两根肋骨又创造了女人。人因为偷吃了禁果，后来被扔到凡尘里。女人要经受什么痛苦，男人要经受什么痛苦？然后往哪里去呢？行善行好，你就可能上天堂，作恶的话就会进地狱。这样问题就都解决了，几千年来人们都活在这种思想里，也不多想。所以，社会就没有科技的大发展，也没有其他方面的新发展，但是显得很稳定，这种稳定适合于弱者生活。

后来文艺复兴出现，日心说打破了上帝造人的创世纪神话。人开始从科学打破的这个缝隙里思考自我，感觉到原来的逻辑说不过去了，所以就有了新思想。

文艺复兴刚开始的时候，有人提出了一些著名的悖论，就是为了打破上帝造人的创世纪神话。比如，上帝能不能造出一块自己也背不动的石头？这放在宗教里就很难回答了。按理说上帝无所不能，那当然应该可以造出来，但是造出来的又是自己背不动的，那说明还是有所不能。所以，其中的荒诞性就体现出来了。

现代化的过程肯定伴随着人类生活的多元化、丰富化。近代社会的发展，比如工商业、航海以及其他科技的发展，需要人的力量和智慧，这时候人变得重要了。

这个时代不需要没有自我的人，没有自我的人怎么去面对这个时代呢？这个时代的需求是什么？需要思想解放的人，有创意的人，有奇思妙想的人。

现在各种网络平台最需要的是什么？内容生产。我们现在的内容生产很薄弱，比如文创，全国各地的旅行文创产品，很多都是类似的，实在愧对我们的文化资源。中国历史悠久，积累了太多不一样的东西，当然有些东西还在沉睡，有些东西需要激活，因此我们今天的时代有一个新的选择。但一个人如果人云亦云地活着，就想不到自己还拥有这样一种可能性，拥有这么多的资源，那他就不会去做这些事情。时代发展的钥匙都在脑袋里，脑子启动了，这个时代就发展了。这是我们今天面临的一个不同的时代背景。

其中就有一个问题，到底如何建设自我？当代哲学家对人有一种描述，就是人类一开始是一个感性的自我，就像动物一样依靠本能，弱肉强食，处于非常感性化的生存阶段，这是最低的一层。我从这个理论中转化出来一个新的意识，就是一个人要有空间识别、环境识别能力，能够识别我们这个时代到底是一个什么样的时代，建立起一种感性思维，不是那种弱肉强食的感性思维，这个很重要。

做到空间识别

一旦开始重视自我问题，你的积极性就会得到极大的调动，非常想了解自己在做的事情、所处的行业、所在的城市处于什么发展阶段、有什么特点。

为什么我对城市很感兴趣？我们生活在城市里，这个城市在全世界的城市中处于什么位置？它在人类发展历程中处于什么位置？有什么特点？它的要素是什么？它经历过哪些现代城市的发展阶段？了解这些有助于我们对自己的生存环境做出判断。罗马史、威尼斯史、巴黎史、纽约史，这些历史书都很厚，写的就是城市的发展历程。通过这种学习，我们可以了解世界的发展趋势，了解自己所处的环境。

这时候你就要有学习的渴望，建立起自己的空间识别能力、社会识别能力。动物都知道识别自己所处的环境，我们作为人，更要识别我们的社会，识别我们的时代。

我们现在读书太少，为什么读书少？因为时间很少掌握在我们自己的手中。996式的工作模式，加班加点，我们只有一点碎片化时间，好不容易能喘口气，也不一定能用来读书。读书需要一定的状态。尽管现在书那么多，我们的收入也提高了，可以买更多的书，但是书买回来能读的时间却很少。这对每个人来说都是太大的损失。生活在职场中，你直接拥有的空间非常狭隘，要了解这个世界，必须通过阅读。只有通过阅读，你才能真正识别自己活在什么样的时代，活在什么样的社会，活在有什么特性的城市里，这时候你才能知道自己是谁。

但是今天很多人在这方面表现得比较薄弱。美国作家杰克·伦敦为什么能成为伟大的作家？是因为他有一个突出的特点，就是爱读书。他当海盗时也读书，后来到西太平洋去捕鲸的时候，还带着一本《安娜·卡列尼娜》。他后来把自己丰富的经历都变成了作品，比如写到北极去淘金的《野性的呼唤》，别人是写不出来的，只有经历了那么多生生死死，最后才能把它们变成文学。

人建设自我的时候，肯定会把自己投入某一种创造性活动里，在这种活动里，你肯定要有一种特别的经历，同时，你内心要有一份情感，有一份想象，有一份渴望，有一种对世界的体认，而不是宅在家里整天幻想，肯定不是那样。

所以，建设自我，首先要识别这个世界，要努力阅读，这是一个最基本的要求。另外要记住，要建设一个理性自我。

· 无　WUWO　我 ·

更理性地生活

什么是理性自我？现在很多人感性化地看待生活，感叹生活，感慨自己是"社畜"等。这都是一种感性的说法，事实上关于我们自身是谁、应该追求什么，很多人脑子里很混沌，很多话都是跟着大溜说，跟着别人说。尽管其中确实有共同的感受、共同的感叹，但是为什么不能有自己的概括？我们要更理性地生活，就是对生活背后本质的东西要有思索，或者说反思。

为什么会经历这些曲折？为什么会有这些甘苦？什么事情让自己发自内心感到幸福和有价值？什么事情尽管可以获得外在的利益，但是过后还是觉得一片空茫？这就需要我们进行自我辨别，有一种价值辨别。

托尔斯泰出身于贵族家庭，家里条件很好，但是他30多岁以后就怀疑自己的生活了。因为他看到很多人生活得那么贫苦，当时俄罗斯的农民穿着粗布衣服，每天劳作十几个小时，却吃不饱饭。

他就想，为什么世界上会有这种差别？为什么会有这种痛苦的生存？自己的生活条件为什么会这么优越？于是，他发现这个世界有太多不公正，人一出生就被划分等级，有的人生下来就注定享福，有些人生下来就注定受苦。那么怎么去打破这种等级？托尔斯泰特别同情底层，他觉得自己要走出贵族圈层，要吃最粗糙的食物，穿最粗糙的衣服，要和农民一样生活，这样心里才能获得安宁。

他的夫人也非常理解他，觉得他这个想法很对，但是没有办法完全赞同，因为这样孩子会失去优渥的环境，整个家庭也将要过很难承受的生活。托尔斯泰很失望、很绝望。晚年的时候，他离家出走，最后死在路上。

我们在全世界任何地方所做的任何活动，其实往往都来自理性的思考。为什么要做这些事情？你做任何一件事情都是因为社会性的驱动。你该怎么做？理性生活的关键就是要考虑做这个事情的价值到底是什么，是不是只为挣钱。只为挣钱听上去是个不错的小目标，但实际上它很难给你提供持久的幸福感。

很多人为什么这么纠结？其实是不清楚自己为什么纠结，人最大的纠结就是不清楚自己为什么纠结。美国调查发现，40% 的人不知道生命的价值在哪里，这种情况下人活得很累，一切都感觉很累，这是一种实实在在的累。

你没有理解的累，就是硬邦邦的累。为什么有的人干一件事情兴高采烈，明明那么苦、那么累，他却干得那么起劲？他为什么不觉得累？因为他理解了这种累，觉得这个事情很有意思。就像梅特林克的著名戏剧《青鸟》里，一群青鸟去寻找幸福，最后为什么忽然觉得幸福就在眼前？早上一开窗看到草上的露珠，一下子就觉得幸福不在远方，就在这种生命的成长过程中。

一个人对这个世界有多少了解，有多少理解，就有多么向往，他看到的前面的路有多长，路就会有多长。如果他脑子里根本没这些东西，他就只能像一个风车一样随风转，根本就看不到远处的东西，这样的人生就非常狭窄，他说的话也会没有逻辑。没有自我的人，其实是活得很累的，他需要不断地获得来安慰自己。

人一旦虚空就会特别焦虑。所以，我们要趁着年轻把自己转入一个建设自我的轨道。你也会遇到一些困惑，遇到一些艰难，但是在这个过程里，你会逐渐形成一个良好的生命状态，然后在感性的自我、理性的自我里，不断地丰富自己、打开自己。你会逐渐有一定的积累，这时候你才觉得这条路很好。

在上班的时候，自己坐在一个安静的空间里，你可能渴望打开一本书，因为里面的知识跟你的疑问对得上，跟你的渴望对得上，这个时候你真的觉得特别快乐、特别幸福。有时候你会看一个电影，忽然很有感触，你不是在看一个故事，而是在跟里边的人言语交流、心灵沟通，你觉得特别开心。就这样，你的世界广阔起来了。

今天的世界，一个没有丰富自我的人，就只有那么一丁点的生存空间。我在云南的时候，夜里行走时看到一条河流旁边有很多萤火虫，它们屁股上面的一点点小萤火在空中一闪一闪的，看上去很美，但是仔细想想，如果我们只是一个小小的自我，活得就像一只不可语冰的夏虫，只依靠那么一点点小光亮，是飞不出黑暗的。

一个没有自我的人，他的四下都是黑的。在今天这个时代，国家在发展，社会也在发展，如果人不发展，那是最大的悲哀。

我们今天的当务之急是要认识我们的时代，认识我们的社会。今天这个时代对年轻人来说其实有非常好的认识条件，比我们以前要好太多了。为什么？1840年之后，我们不能按照自己的逻辑生活，洋人打过来了，讨要殖民地，我们不得不应对，拼命抵抗，进行洋务运动等，这不是我们原来的逻辑，是被他们带动的。

一个人一生中会做很多错误的选择，其实都是因为看不见，都是因为没有一个清晰的、智慧的自我。有几个人敢说自己现在的路走得特别对？恐怕没有几个。所以，我们才会有很多痛苦、茫然、焦虑。如果给你更多的钱，你可能就不焦虑了，但那只是暂时的满足，你没有解决自我的问题，之后还会有更大的焦虑。

觉醒时刻

这就是无我之苦，所以每个青年都要想一想，你目前在做什么？你做的事情和你的内在价值观符不符合？你现在身处的社会是什么社会？你身处的行业是什么行业？这个行业在全世界的人类活动里，不光是经济领域，到底有什么价值？你在这份工作中有什么前景、愿景？你有什么价值追寻？你自己的不足之处在哪里？你最缺什么？这些问题都要想，要好好地思考、深深地反思。归根结底，我们需要有一个强大的、清晰的自我。

莫让青春
沉浸在
无我的
黑暗之中。

幻灭

发现自己的工作
只是在实现老板的价值，怎么办

什么是幻灭之苦？就是感觉自己拼搏到最后实现的是别人的价值，比如说老板的追求。职场上充满黑幕，还有很多暗箱操作，自己拼命努力，付出那么多，到最后原来的期待却都破灭了，所以很苦恼。这是年轻人刚进入职场经常会遇到的。比如说当编剧，辛辛苦苦写出了剧本，上面一句话就给你否掉了。你参与了计划，辛辛苦苦工作了半天，最后结果等于零。这时候就觉得特别地不公正，很沮丧。不光是工作的成果没有了，对这个世界、对工作的环境，都产生了幻灭感。这是让人非常苦恼的。

很多人一辈子辛辛苦苦，到底获得了什么？生命的价值在哪里？就像余华的小说《活着》里写的，福贵历经磨难，最后只剩下一头老牛陪着他。

人生的意义到底在哪里？结果会如何？好像无影无踪，我们常常感觉人生就像幻影，这是我们在有限性的人生里感觉到的一种苦涩。

物质的幻灭

　　有一种幻灭叫物质的幻灭。任何人活在这个世界上都有一定的物质需求，有人多，有人少。物质期待也是一个恒定的因素，每个人都不可能摆脱物质期待。

　　老舍写的《骆驼祥子》里，祥子是一个壮实的小伙，村里亲人都死光了，他来到了北平。他想得很简单，靠着自己的一身腱子肉，那么大的力气，先去租个车做人力车夫，每天风里来雨里去，挣点钱，把钱攒着，攒够钱了给自己买一辆黄包车。然后自己当家，不用再去租车，而是用自己的车来拉人，可以在北平城里安身。他的想法是很简单的，没想到，好不容易攒够了钱，结果军阀混战，北平城一团乱，有个人着急出城，找不到黄包车，因为危险，大家都不愿意去拉他。他出价很高，祥子就冒险拉着这个人往城外跑，结果遇上乱兵，把他的车抢了，最后两手空空回来。路上他看到几匹走散的骆驼，把它们牵走了，卖了换了点钱，然后回到城里，从头开始。

　　祥子从头开始已经很艰难了，结果又遇到车行老板的女儿虎妞，她引诱他，骗他结了婚。婚后他的生活里充满了艰难，后来虎妞也死掉了。好不容易遇上一个风尘女子小福子，祥子对她有一点真情，结果命运悲惨的小福子也死了，最后他就什么都没了。祥子一开始有当黄包车车夫的小小梦想，最后梦想破灭，对世界失去了希望。他变得得过且过，一会儿在送葬的队伍里装哭，一会儿随便去哪里讨点食，穿着鞋子拖拖拉拉地走着，跟进城时候的精神小伙儿完全不一样了。

　　祥子就是一个典型的由物质需求驱动的人，但最后因为各方面的因素，物质期待破灭，落得一个很悲惨的下场。

精神的幻灭

还有一种幻灭是一个人社会性、精神性的幻灭，就像巴尔扎克的长篇小说《幻灭》里所描述的那样。

一个外省青年来到巴黎，想往上流社会爬。他发现自己适合媒体工作，他有点写作才能，在工作中呼风唤雨。于是，他很得意，就想往更高处爬，结交很多贵族、高官，拼命地钻营。因为他做媒体工作有很多资源，所以一开始一路顺风，旗开得胜，还跟人合股投资开印刷厂。但那些贵族分政党派系，结果他投靠的政党被对方攻击，对方设计陷阱让他进入，他的印刷厂最后负债累累。原来追求的东西都没有了，最后他没办法了，只好离开巴黎。

社会是很残酷的，人在年轻的时候很容易被社会和生活毒打，最后觉得万事皆空。《幻灭》中的主人公后来离开了巴黎，回原来的地方去了。小说结尾的时候，他站在巴黎外围的山坡上，看着这个大城市，不甘心，说以后还要回来。

人往往有两次幻灭，第一次幻灭是对现实的幻灭，第二次幻灭是对自我的幻灭。后者是更彻底的幻灭。你在职场上，可能你的逻辑是人都是善良的，你只要努力就行了，别人会理解你，老板会欣赏你，你所有的艰苦别人都能看到。后来却发现在工作中处处受到打击，于是就觉得这个世界太冰凉了，并不是每个人都是善良的，人和人之间缺乏基本的信任。原本的期待像泡沫一样都消失了，你好像看到了世界的本质，一下子觉得什么都没希望了。

然后，你开始对别人虚情假意，每天笑得就像个假人。在这种情况下，人的幻灭感会让人变得"流离失所"，每天去上班就像去一个陌生的地方，跟去北极差不多，飘着去寒冷的地方工作，然后又飘回去。这样的生活，我觉得很凄凉。

日本作家安部公房有部小说叫《墙》，写一个人每天去写字楼上班，已经形成了一种惯性。有一天去了之后，忽然发现自己的办公桌前面坐着个人，是谁呢？他仔细一看，原来是他的名片。他的名片变成一个人坐在那里，活灵活现的，让他大吃一惊。

小说家为什么这么写？他是想说我们上班的时候已经变成一个符号了，你不是作为一个人去的，人家只是把你当作一个工具，什么人都可以替代你，所以你在那儿不过就是一张名片一样的存在。小说中那个名片就代替男主人公坐在那里，他进去以后很愤怒，觉得名片怎么能占领他的位置呢？名片也很愤怒，说："你这个假人，你还想来驱逐我？"他们发生了激烈的冲突，而别人只相信名片，不相信他，都来斥责他。他没办法，只能逃跑。一路艰险，警察也来追他，所有人都来赶他，结果他跑到沙漠里去了。沙漠里忽然出现一堵高高的墙，这堵墙代表什么？代表一个人和世界隔绝，和其他人隔绝。这个世界就像这堵墙一样让他绝望。

如何走出幻灭?

小说《墙》把现代生活的荒诞感写得真是太深刻了。但是不是失望了，我们就要抱着这种失望去生活呢？我觉得大家可以看一看法国作家加缪写的《鼠疫》。《鼠疫》讲述了法国海外殖民地的一个小城，这个城里的人太庸俗了，活得很表面，只想着挣钱，夫妻之间也互相欺骗，人和人之间的关系冰冷又虚伪。小说的主人公里厄医生看不惯这些人，觉得生活里面没有真实，他非常失望，对这个世界有很深的距离感，平时看上去表情也很冷漠。后来鼠疫来了，他本来觉得这件事情跟自己没有多大的关系。但是后来死的人越来越多，终于唤起了他内心的使命感。因为他的妈妈很早就开始影响他、教育他：一个人在这个世界上，一定要给别人带来希望。后来他开始四处救人。虽然他知道，鼠疫过去之后，大家还是会一样庸俗，但是他依旧要救。

所以，有些看似绝望的处境，其实还是可以走出来的。那么，我们的幻灭感到底怎么消除呢？

守住自尊与底线

我们要有一种内在的尊严，让生活有内在的价值感。不管生活充满了希望还是绝望，我们都不能放弃。我们内心的热爱、内心的良知不能消失。我们在这个世界上活过一次，就不能陷入虚空。不能愧对自己，我们内心深处应该有一种绝对的命令，要在关键的时刻释放自己的热度，释放自己的善意。所以，守住内心的善良，这特别重要。我们在幻灭之中可能会沉沦，这种沉沦让我们不断地寻求刺激，寻求表面的欢乐。一旦这样沉沦，我们就会拼命地下坠。

坚守内心的善

你不能对自己失望，不能让自己内心深处的所有东西都幻灭。自我的幻灭是最可怕的，那就什么都没有了。作家康拉德有一部很著名的小说叫《吉姆爷》，里面写到，年轻人吉姆当了水手，他决心做一个最英勇的水手。他想象着，如果这艘船发生了火灾或者海难，他肯定会冲进底舱去救人。没想到，他上船刚开始工作不久就发生火灾，眼看着火熊熊地蔓延，吉姆一下子慌了，他脑子里觉得自己应该奋不顾身地去救人，但是身体却不由自主地跳下船，游泳逃跑了。海难结束，死了不少人。吉姆被审判，因为他违背了水手的职责。后来吉姆虽然没被抓进监狱，但是也受到了极大的心灵震撼，产生了深切的自责。他决心给自己留下一点希望，他觉得自己要坚守一个东西，要为那些下层人民，那些被殖民的人，特别是当地那些部族的人做点事。所以，他到原始部族的村落里，帮他们做水利建设等。但是没过多久，一批白人海盗来了，他们到处抢掠，引起了当地人的愤怒。好多人把这些海盗围起来，海盗们跑到一个山头上去了。吉姆一看，底下人往上攻，最后肯定要死一大批人。取胜之后，肯定要把那些白人杀掉，这就是个悲剧。所以，他就跟部族酋长提议，让他上山去跟海盗谈判，让海盗平安地撤走，而他们不能开枪，大家都避免损失。

因为他已经要做部族酋长的女婿了，跟部族酋长关系很近，所以酋长同意了。吉姆就上了山，去跟海盗谈判。海盗正陷入绝境，立刻就同意下山离开。当地原始部落的人让开道让他们下去，结果没想到这些海盗下山到了海边，眼看上船要走，忽然掉转枪口，打死了很多当地人，并且劫持了当地的姑娘。部族的人们非常生气，而海盗已经逃掉了。于是吉姆就变成大家仇恨的对象。吉姆这时候也意识到他确实做了件蠢事，他知道自己将面临什么。部族按照他们的传统习俗，要把吉姆打死，以此来表示对海盗的惩罚。但是吉姆不害怕，他觉得在这件事情上，以自己的牺牲替海盗赎罪是很有价值的。他不恨这些部族的人，他觉得他们很好，所以，吉姆最后面对枪口时特别坦然。

吉姆曾经是个弱者，面临海难时，作为水手的他逃跑了，后来他又做了蠢事，但是最终承担了自己的责任，知道自己内心深处还是一个勇敢的人，他愿意用自己的生命去证明他也是善良的，也有自己的价值。从这本书中我们可以知道，在这个世界上，最可怕的幻灭是我们内心对自己的放弃，放弃对自己的信任。人一旦放弃了对自我的信任，所有的东西就再也不可收拾了，人生就再也没有向好的方向发展的可能性了，所以这是很可怕的。

很多人觉得这个世界不合理，把一切原因都归到外部，然后将这种不合理的外部逻辑变成自己的内部逻辑。世界上有的坏人过得很好、很开心，有的不择手段的人好像过得很欢乐，有钱有势的也是一样。但实际上你要明白，难道他们真的快乐吗？他们真的幸福吗？这些不择手段富起来的人就是一个掠夺性的存在，他们的世界是无情的，他们每个人都是这样，他们互相之间也是无情的。他们的生活中有什么真正的温度吗？没有。我们看到很多贵族的故事，里面那些不择手段的人，其实都很悲凉。

所以，我们不能放弃的是什么东西呢？就是我们对自己的尊重，我们要有自己的尊严。

积极地生活

我见过一些饱受打击的人，有的让我印象特别深。1978年我到复旦大学读书，跟留学生住在一起，留学生都来自欧美国家和日本。1979年年初，他们邀请我们中文系的著名教授朱东润先生来跟他们座谈，我也参加了。

座谈的时候，留学生问了一个问题："您饱经灾难，自己被批斗，您的妻子也被批斗，被说成是反动派的妻子，她不能忍受这样的屈辱，回家自杀了。然后您一个人默默地承受这种苦难的生活，为什么现在您的目光里还充满了力量和希望？您的精神依靠是什么？"朱先生回答："这个世界确实充满了灾难，人是难以预料的，就像地震吧，一下子那么多人就失去了生命。难道这样我们就认为这个世界破灭了，就不去积极地生活了吗？不能因为有这些灾难，就完全失去了自己内心的那种温度、那种美好，我们要相信这个世界上还是有非常非常多让人感觉温馨的东西。"

我听了以后很感动。朱先生脸上有光，这个光来自心里。人心里的光一旦熄灭，整个生命就萎缩了。

有的人有足够的理由绝望，有足够的理由幻灭，但是他心里没有放弃，继续努力奋斗，努力地创造，给社会提供温暖。

对于幻灭，我们不能简单化，把自己的幻灭推及世界，觉得任何事情都不行了。

过自己应该过的生活

有一些幻灭需要我们特别注意，它跟前面讲的这些幻灭不一样，这些幻灭来自什么呢？来自自我的错位。就是我们没有按照自己应该有的生活方式去度过每一天。这时候，你觉得处处不合理，处处都很别扭，什么都做不好。对于这种情况，我们要知道其实人生是需要调整、需要转动的。

比如说美国著名的电影导演伍迪·艾伦，他拍过一部片子叫《怎样都行》，里面的男主角叫鲍里斯，是一个 60 多岁的物理学家。他经历过婚姻的幻灭，还为此跳楼自杀，结果没死，只摔断了腿。他有一天回家，突然看见家门口有个少女，叫麦乐迪。因为妈妈爸爸关系恶劣，她在家里活得很痛苦，没有人关心她，最后离家出走，跑到纽约。看到鲍里斯以后，麦乐迪就请求他收留自己，给她一个暂居之地。鲍里斯原来不愿意，但是小姑娘很可怜，也很会说话，后来就把她留下来了。没想到麦乐迪居然感觉自己爱上了鲍里斯，两个人的关系就变了，后来这两个人成了一对情侣。

再过了段时间，忽然有人敲门，原来是麦乐迪的妈妈来了。她妈妈和她爸爸两个人在家里激烈地吵架、打架，她妈妈觉得没意思，于是到纽约来了，不知道怎么找到这个地方的。她发现女儿跟鲍里斯在一起，很吃惊。鲍里斯有几个艺术家朋友，搞摄影的、搞绘画的，他们来鲍里斯家里玩的时候，看到了麦乐迪的妈妈。她向大家说起了自己的伤心事，她唯一的爱好就是拍照，随便拍拍，但从来没人看过这些照片。结果那个搞摄影的人看了她拍的照片大吃一惊，那些照片拍摄角度非常独特，很有个人特点。他发现麦乐迪的妈妈是一个特别有价值的摄影师，有摄影天赋。麦乐迪的妈妈为什么原来脾气不好，就是不知道自己在这个世界上有什么价值。现在她忽然被纽约摄影界发现了，他们还给她办了摄影展。麦乐迪的妈妈后来跟那个摄影师谈起了恋爱，两个人成了知己。后来麦乐迪的爸爸也找来了，看到自己的妻子跟别人跑了，他一肚子怒火。他很失意，后来他到酒吧里喝酒，看到另外一个男人也很愁闷，两个人越谈越契合，越来越投入，越来越觉得是知心朋友，于是两个人关系越来越好。最后，麦乐迪的爸爸才发现，怪不得以前跟妻子关系不好，原来是不喜欢她。

麦乐迪也很有意思，她在街上走，在海边看到游艇。游艇里的一个小伙子很喜欢麦乐迪，一眼就看上了她，两个人对上了眼，热恋起来。麦乐迪这才发现自己原来是爱他这样的人。鲍里斯特别伤心，又跳楼了。楼下有个女人走过，结果他跳到人家身上了。这下糟糕了，他就把这个女人送到医院，每天去照顾她。他发现两个人非常有共同性，非常情投意合，最后这两个人好了。整部电影，一开始人人都很绝望，对生活充满幻灭感。到了结局的时候，每个人都找到了自己应该有的生活，找到了对的人。

这个片子当然很戏剧化、很幽默，也有点荒诞，但说明了一个问题，就是我们的生存充满幻灭感，可能是没有过上自己应该过的生活，没有找到适合自己的人。如果你什么也不相信，天天趴在沙发上刷手机，那你的生活就会永远败坏下去。因此，我们不能在原地打转，要改变，要走到更大的世界里，要在社会的广阔空间里寻找，不要丧失希望。

年轻人如果没有做好面对困难的准备，往前走的时候，就可能会遇到更多的幻灭。为什么呢？因为我们未来的人生可能会起起落落，变化剧烈。在人和人相遇的时候，在一个生活的空间里，你想紧紧地把握住一个东西，但有时候你把握不住。看着现在这么好的一种创业前景，你去做了，但可能迅速被市场抛弃，或者社会很快就不需要你了。

很多人现在活得没有安全感，觉得生活处处充满了不确定性。这种感觉本质上显示出他们对自己是不相信的。其实生活是多种多样的，不是千篇一律的，只是我们把它过成了千篇一律的样子。

觉醒时刻

这个世界不是让你幻灭的，而是让你满怀欣喜地去看、去走，去扩大，去生活的。如果我们用自己目光狭小的生存意识去否定这个世界，那就太可惜了。

美国作家索尔·贝娄写的《雨王汉德森》里，主人公在城市里面看到千篇一律的生活，不甘心这样下去。于是，他去了非洲原始部落，帮他们改善自然环境，第一步是建水坝。没想到因为自己不具备专业知识，下大雨的时候，暴雨一冲，水坝垮了，结果把部落冲得七零八落的，损失很大。大家都嘲笑他，但他没有放弃，继续去寻找他想要的生活。最后他回到了美国。他内心始终坚信一点：一定要对这个世界充满热爱。尽管很多愿望不能实现，甚至常常会陷入悲剧，但是我们还是要用非常坚实的、坚韧的内心去面对世界。这样未来的可能性都会保留，都会存在。

日本小说里也有很多讲幻灭的。像《挪威的森林》，六个主人公死掉了三个，渡边先是得知和自己关系亲密的直子死了，后来善良的初美也死了，接着和他亲近的人又死了。到结尾的时候，他经历了这么多幻灭之后，忽然感觉世界还是需要希望的，所以最后那两夜他打电话给绿子，电话里传来绿子的声音，他觉得特别地明亮，终于穿破了生活中的乌云，决定要去寻找阳光灿烂的生活。

渡边在最后并没有幻灭，这个小说的结局不是给人带来徒劳感、空白感。《挪威的森林》的结尾，渡边的这种感觉，让我读的时候很感动。这个结局跟《挪威的森林》悲怆的基调是非常不一样的，让我在阅读的时候唤起了一种新的意识，就是我们在这个世界上最后的希望，最明亮的未来，其实都在我们内心，而最悲哀的事情就是我们内心的幻灭。

　　新的社会生活是艰难的，它在方方面面都超出了我们的预想。所以，在这么一个时代里，我们都要好好地想一下，自己的内心深处有没有幻灭感？怎么打破这个幻灭感？面向未来，我们心里有什么样的力量？从根本上说，我们心里有没有保留最后一份信任去面对自己今后的人生？

人心里的光
一旦熄灭，
整个生命
就萎缩了。

反叛

为什么
我总想挑战职场规则

什么是反叛之苦？就是拒绝习惯的生活，想要反叛社会或者职场的一些习惯和规则，做一点离经叛道的事情，但是又觉得有点幼稚，而且怕受到社会的排斥，不知道该怎么办，处在这么一种左右为难的痛苦里。

为什么会反叛呢？这个问题来自第二次世界大战之后青年运动里的那种反叛性，那真是世界性的。那种革命精神、抗议浪潮，尤其是20世纪60年代，比如说美国爆发的嬉皮士运动、反战运动、女权运动、民权运动，形形色色的反叛运动彻底打破了传统的中产阶级生活方式。

在这种反叛中，精致也不要了，优雅也不要了。20世纪30年代，美国青年谈恋爱，男生跟女朋友约会都要先去女朋友家里，向他们的父母非常郑重地说明今天去哪儿、去做什么，父母同意后再走。一般在晚上10点半之前都要回来，回来的时候父母往往就在二楼上开着灯，女生让男朋友进客厅里喝一杯咖啡，他喝的时候女生上楼向父母报告他们回来了，然后下来，男朋友喝完了就送他走。在中产阶级的生活方式里面，谈恋爱也是非常有序的。

然而，20世纪60年代就打破了这些规矩。谈恋爱在哪儿谈？垃圾站。男女坐在垃圾桶上谈恋爱，觉得这样才是彻底的革命。而且很多富家女故意去找穿得破破烂烂的流浪汉，追求一种完全另类的恋爱。

在各种制度之下，我们的人心、人性里埋藏了很多东西。我们都是勉强活在那种规范里，活在表面合理之下，压抑着我们深层的内在生命需求、内在情感。而年轻人是有一种控诉欲的，他们会觉得被安排的命运太不合理了。

西方思想家韦伯把现代社会形容成一个铁笼，就是个人其实是不自由的，个人实在是被框得太死了。人们想从这个铁笼里面挣脱出来，做一点自己内心想做的事，这就出现了这么庞大的青年群体的反叛。

假如不反叛会怎样？我们有的人害怕这种反叛，觉得会造成大乱，但是不反叛可能就会堕落。法国启蒙运动思想家、文学家狄德罗带领编写了《百科全书》，他同时还写小说，他所作的《拉摩的侄儿》就写出了年轻人看待这个世界的心境：他们觉得世界太不合理了，自己绝对不认同。但是又出现一个困境，就是我们面对这个世界时无可奈何，好事干不了，坏事干不来。那怎么办？犬儒主义出来了。就是什么都看清楚了，但是无所作为，不反叛不是脑子不清楚，而是脑子清楚，但是没有行动力。这个时候人就只能怎么办呢？麻木。而精神如果变成一潭死水，它就会不断地败坏。在狄德罗看来，这个时代优秀的青年，从智力水平和聪明程度上来说非常优秀的青年，最后会陷入这种自我瓦解中。

我觉得年轻人有青春朝气，但是也容易无所谓，因为在生活里并没有太多的承重。比如说一个年轻小伙子，没有家庭，又没有太多其他的责任和压力，生活就有点轻飘飘的。很多东西都可以用一种游戏化的态度去面对，在找不到方向的状态下，一点一点地消磨掉了时光。

青春是人生的压舱石，青春时期形成的东西决定你的一生，至少是决定你大部分的人生。很多人现在为什么状态不理想，主要是他在青春时期没有深厚的积淀，没有特别好地成长。所以，到后面就缺乏力量，哪怕意识到需要改变，但失去的时间已经太多了。所以，一个人想反叛的时候一定要抓住自己的这种反叛念头，要知道自己为什么想反叛，什么东西不适应，让自己想有所改变、有所寻找。

·反 FANPAN 叛·

三种反叛之苦

价值迷失之苦

反叛有三种苦：第一种是每个人都有价值追求的压力，你选择反叛是因为你想做有价值的事情，你觉得眼下社会中人普遍过得没价值。

那么，什么才叫有价值？怎么去做有价值的事情？你知道怎样实现价值之后才能投入行动。很多人对没有价值的现状有强烈的不适感，但是不知道价值在哪里。

比如，著名小说家卡夫卡的小说《在流放地》里，一个犯人被判了死刑，在这个沙漠流放地里死刑怎么执行？有一个很大的架子，这个架子就像传统的织布机一样，很长，非常精巧，是用金属做成的，架子上有一个像床一样的东西，人脱光了躺上去固定好，上面有一个铁做的厚盖子，一按电钮，盖子就会往下降落，它的长度、宽度正好把一个人覆盖。

被绑在平台上的人就慢慢地看着这个盖子下来。盖子到了他的身体上方就会伸出很多钢针，很细很细的密密麻麻的钢针。这些钢针是活动的，它落在人身上后就把人体的轮廓都笼罩了。然后每一根钢针会慢慢地移动，把皮肤戳得痒痒的，一点一点地戳。这不是那种刀砍的痛苦，而是像蚂蚁在叮咬。一点一点，逐渐加深，然后到肌肉，再到骨头，一点一点地戳进去。它象征什么呢？象征着社会逐渐地把一个人消化掉。到最后人还没死，但已经被折磨得很痛苦了，然后上面有一把尖刀突然落下来，戳中心脏，人就死掉了。

有一次，士兵把犯人放上去之后，负责控制的军官按了电钮，没想到带着钢针的金属盖子一动不动，军官就恼火起来，再按还是不动。检测了半天，没有问题，再一按却还是不动。

这个军官特别恼火，觉得自己被这个机器愚弄了。后来他就把犯人叫出来，自己脱光躺上去，让人把他绑好，然后让人按电钮。结果没想到那个士兵一按，盖子"嘣"的一下就往下冲。那把尖刀本来是最后出来的，这次却突然"咚"的一下落下去了，军官一下子就被戳死了。

我后来深深地体会到，他恼火就是因为平常麻木地执行这些程序，他的日常工作让他变得漠视生命，人已经变成了一个麻木的执行者。这次执行过程出现问题，他很恼火，就想搞一点反叛行为，干脆自己躺进去，这是完全反逻辑的，完全打破了原来的正常程序。结果没想到他躺进去，电钮一按，那个机器狠狠地报复了他。

这种反叛是无目的的、不理智的。人有时候觉得自己过着没价值的生活，然后去反叛，但是用毫无价值的行为去反叛，反叛的结果是依然没有发现自己的价值，没有建设性。最后就被生活戳死了，就像这个军官一样。

自我放弃之苦

第二种苦是什么呢？就是随着时间的推移，在麻木的生活里逐渐想通，觉得这个世界就这样了，后来连反叛的念头也没有了，于是干脆按照原来的路子，马马虎虎地活下去。

这听起来好像是轻松了，解除了自己思想理念中的不适感、巨大的挫折感。但实际上不是这样的，因为不进则退，人一旦跟自己不喜欢的东西合流，就必然会变成自己不喜欢的样子。

孤独的苦

第三种就是想反叛，但是觉得特别孤独，跟别人活得不一样，不被别人理解，觉得自己被排斥，但自己也不愿意跟那些人混在一起。这个时候人活在这个世界上就等于被放逐，最后自己也乐于被放逐。

法国作家加缪写的《局外人》里，默尔索觉得这个世界太庸俗了，到处都是模式化的，他不愿意加入其中，所以他对世界没什么热情。

后来他的妈妈去世，他去守灵，满脸麻木的表情，在别人的印象里他丝毫不顾及亲情。过了一天，他跑到海滩，那里阳光刺眼，他跟几个阿拉伯人发生了冲突，暴怒之下开了枪。本来以为是打太阳，结果把人给打死了，最后被判处死刑。

被判处死刑他也无所谓，觉得活着和死去都一样，因为跟这些人一起活在这个世界上没什么意思。所以，一个人一旦有了这种反叛心以后，就觉得自己处在一个四下无人的世界。这样的人本来就有一种反叛之苦，而在这之外还有深深的孤独感、无力感，所以他就会变成一个连自己也不明白的人。

反叛才正常

反叛为什么会带来这么大的苦？我觉得一个很大的原因是人不理解反叛其实是正常的。

我们人类的生活是奔腾向前的，不断地推陈出新。推陈就是从旧的里面走出来，出新就是向新的方向发展，所以这本身就是反叛。历史的推陈出新有继承的一面，也有反叛的一面。

我们从艺术史里可以看到，莫奈的画风是从日本人的浮世绘里得到启发的。日本人也没想到浮世绘有这么大的作用。他们19世纪出口到欧洲的瓷器用印有浮世绘的纸来包装。欧洲人拿到瓷器后，很多人就把印有浮世绘的纸扔掉了，但是一些艺术家看到之后大吃一惊，浮世绘的美学效果，那些线条及平面化的处理，跟欧洲当时内光画法、透视原理是大不一样的，他们像是看到了一个艺术新天地。

于是，欧洲发生了一场艺术变革。变革一开始大家不熟悉新的艺术风格，就有一种本能的抗拒。什么叫不熟悉？人类接受一个新东西时会有个规律：如果这个东西30%是新的、70%是旧的，那么就很容易被接受；如果100%是旧的，人们会觉得重复，没兴趣；如果70%是新的、30%是旧的，大家接受起来就非常难了；如果100%是新的，那就不得了了，就会抗拒，也就是反叛。这个反叛里面包含着继承，是一种创造性的继承。

反叛有时候会让我们变成少数人，在常人眼里可能就是个傻子，让人觉得不可理喻。但是我们自己要自信，要知道自己可能是在某个时代里面最正常的人。我们要对自己的反叛有信心，认识到所谓的反叛可能是一种真正的生活，是我们真正应该坚持的东西。

如何反叛?

破坏性反叛

除了这一点，还有一个问题，就是我们要理解，反叛也不是那么简单的事情。有一种反叛叫破坏性反叛，就是破坏旧秩序，破坏旧价值，破坏旧的生活方式。

比较典型的，比如美国作家凯鲁亚克20世纪60年代初期出版的《在路上》，就是根据他自己在美国从东到西来回跑的一些经历写出来的。

迪安一开始在一个停车场做停车员。美国有很多大的停车场，不是你自己开进停车场停车，而是你开到门口，专门有停车员上车，把你的车开进去，迪安做的就是这样的工作。

迪安作为停车员开车的时候，非常暴烈，"嗖"地开进去，猛地一倒，让人看着悬乎乎的。但他就是想通过这种超常性来体现自己。后来，迪安和朋友萨尔（一个喜欢写作的人）、玛丽卢（一个女孩子）一起上路了，从美国东部到西部去流浪。

有时候一个人身上的能量只适合破坏。他没有足够的社会积累、文化积累和思考能力，所以不可能去搞建设，提出一个新的活法。迪安就属于破坏性的反叛，他专门干这个事情。

但是萨尔就不一样，萨尔一路上看到了各种各样的社会现状、各种各样的人际关系。迪安带着他去做所谓的反叛性尝试，但是萨尔与那种反叛保持着一定距离，他不停地在思索，不停地在看。

玛丽卢作为一个女孩子也很向往自由，所以跟着这两个男人到处跑。

到最后她觉得这样看上去每天都很反叛，但后来慢慢有点循环了。这种破坏性反叛有一个特点，就是到后面会变成循环。天天做那些破坏性的事情，很少有创造性的新鲜事，所以慢慢也会形成惯性。

反叛性会在这种惯性里面逐渐消融，所以玛丽卢很疲惫，最后就回家去了。后来萨尔和迪安跑到南美，又跑到墨西哥。萨尔生病了，迪安觉得他是个负担，他想周游各国，就留下生病的萨尔自己走掉了。又过了若干年，迪安还是过得那么不堪，也不知道自己的出路在哪里。他到纽约去找萨尔，萨尔已经变成了一个作家。他对生活有了新的认识，然后将其融入他的写作里。

迪安找到萨尔的时候，看到他觉得有点陌生，觉得自己已经被时代抛弃了。所以，单纯的破坏性反叛的历史功劳就是破坏旧的，但是建立不起来新的。而建立不起来新的，就不可能真正动摇旧的，所以最后会陷入无力感中。

如果我们青春的结局就像迪安这样，那也是很可悲的。

建设性反叛

另外一种是建设性反叛，就是不断思考、不断反思。一开始可能找不到真正的方向，所以就在路上。但是不脱离最基本的追求，去探索，不断地去打开、去衡量，到最后才发现历史给我们提供的探索之路、建设之路在哪里。建设之路不可能是全新的，也不是百分之百推翻旧的，而是在旧的里面找到一个可能性、可行性，然后去进行新的建设。

现在很多年轻人在职场上都有反叛之心，因为生活太固定了，天天奔忙在来回的路上，在一种被分配的有限的任务里面，天天做着一些自己觉得特别难甚至特别苦的事情。但是他们又很难脱离，另外开辟崭新的生活。我觉得有人想象的反叛是从这一面跳到另外一面，跟原来的没关系。但我们从建设性反叛的角度看，其实只能在现有的生活里进行改变，在既有的基础上做建设性反叛。

也就是说，在现在的工作里你在积累、认识，在给自己赋能。到一定的时候产生一个比较大的改变，逐渐体会到自己可以做一些不一样的事情。

我觉得人在这个世界上很大的一个幸福就来自做新事，就是原来没有做过的事。但不是说完全是新的，而是在旧的基础上开辟的。时代需要新生力量，需要新的活泼的文化因子。

有一些人本来在电视台、影音公司干得很好，都干到高层了，做到副总裁之类的职位了，最后毅然退出来，自己创办影音公司。为什么？他在原来的工作里聚积了大量的经验，聚积了大量的人脉，然后出来做自己喜欢的事情，拍自己喜欢的电影、电视剧。当然，这也是不容易的。

我觉得这就是一种非常有建设性的反叛。但那种决然的反叛也还是很值得珍惜的。那是选择去走一条新路，跟原来的工作没什么关系，只不过是心里藏着的另外一个愿望。

我们很多人做着这件事情，但是心里喜欢另外一件事情。比如，我认识的人里面，有人喜欢拍电视，有人喜欢摄影，有人喜欢绘画等，有的人可能一下子从不喜欢的生活中脱离出来，然后行走四方，去搞摄影了。

这种反叛也很不容易。那么，它的基础在哪里？其实它的建设性是在心里，不是在工作中形成的。工作也磨炼了他的意志，但是更重要的是他心里放不下那种热爱。他平时肯定也在不停地看相关的历史、人文、摄影的书，所以最后一步走出去，就有了一个新的生活。

我觉得我们今天的年轻人需要这种反叛精神，尤其是需要这种建设性的反叛精神。但是反叛也需要一些条件，据我观察下来，真正具有反叛力的人，都有点天赋。我非常喜欢很有灵气的人，但是这个东西在很大程度上是靠天赋的。

比如，喜欢绘画的人对色彩、线条很敏感，对那些画面之外的东西以及画面背后的人类生命的脉动会很敏感。我以前看到拍西藏的摄影作品，把在青稞地里收割的藏民拍得特别好。色彩强烈，高原阳光明亮，人脸上的美好表情反映了内心，古老生活在鲜活的色彩里面展现出来了。对色彩、画面的敏锐度，真的是需要一些天赋的。

如果一个有天赋的人不去反叛，那就太可惜了。原本的天赋在模式化的生活中会变得普普通通。很多人都在走平稳的路，最让人遗憾的就是其中有很多人抛弃了自己，有多少人把自己最宝贵的与众不同的东西埋没了，实际也把自己埋葬了。

社会需要你的这一份天赋，好多人求之不得。一个小孩可能原来很普通，后来被发现，经过培养后就不得了了，不管是唱歌唱得好，还是跳舞跳得好的，都是非常值得珍惜的。

天赋不可替代。有的人不反叛不行，这是天赋在起作用。比如，街头摄影师布列松，他原本一事无成，人显得很柔情、很软弱，什么事情都退让。后来亲戚送了他一部徕卡相机，他一拿上相机就不得了了，第一幅照片是雨中打伞的男人，一个男人在下雨之后出门，遇到一片水，他举着伞跳过去，布列松敏锐地把这个画面拍了下来。这是经典作品，他出手就是经典。

反叛也要想想自己有什么天赋，你不要抛开自己的天赋做事情。我们各归其位，每个人找到自己应该在的位置。这听起来很容易，实际上是很难的。因为你一路考试，一路找工作，跟着大溜走，你内藏的天质，其实自己可能也不太清楚。做无法发挥自己天赋的事情，那就太可惜了。所以，反叛是给自己一个机会，一个自我发现的通道。

觉醒时刻

每个青年都要摸着自己胸口想想：我到底有什么天赋？我现在做的事跟我的天赋有多远？我是不是浪费了自己的天赋？我的生活是不是完全在跟着潮流走，漠视了自己的真正价值？我的生活是不是有这样一个盲区？想要有一种建设性的反叛，首先要明白这一点。

此外，我觉得一个人的基础很重要。有一个词叫"人文养成"，一个人从小到大是一步一步、一天一天养成的。你的养成就是你的资源，你生命中的某一种基本的素质。你能不能在自己原有的资源基础上去寻找一条新路，这是需要考虑的。

如果你完全从头开始，会非常无力。很多人的建设性的反叛，其实都是以往的日子里一点一点积累下来的力量推动着他，让他能够跨出跟别人不同的一步。他有支撑自己的力量，很多人没有这种力量，所以就整天抱怨，用一些"小确幸"来安慰自己，用一些小娱乐来舒缓自己的情绪。时间逐渐过去了，自己越来越弱，也就越来越没法进行创造性的自我建设了，也不可能去进行创造性的反叛了。

反叛不是凭空而起的，不是瞬间的一个念头就可以实现，这样往往会一事无成，往往会缺少真正的脉络。所以，反叛需要一个养成的过程，需要人活得很真诚。反叛是需要力量的。反叛对你个人来说其实是一个连续性的成长过程，所以创造性反叛需要有强大的基础。

我们在反叛的时候还要知道一个问题，就是自己活在一个什么样的历史窗口里。为什么呢？今天那么多年轻人，90后有1.9亿，大家都开动脑筋走新路，但是你不要抱着农业社会"种瓜得瓜、种豆得豆"的思想，觉得自己只要出力气，敢去走，就必然有收获。在市场经济时代，不是这个逻辑，很多东西瞬息万变。有反叛精神固然很好，但是在你所活着的这个时间段里，你的想法可能暂时得不到实现，也可能永远得不到实现。

这就是我们今天走建设性反叛之路必须具有的一个心理素质，你要珍惜自己，珍惜自己打开新生命的过程。而这些与众不同的东西会不会得到社会的承认，会不会得到市场的承认，这不是你能决定的。

如果你以功利主义来看问题，以成败来论英雄的话，你就不敢走了。但如果不是这样，可能你就会有一个坦然的心态。我认识一个在上海做音乐的人，已经本科毕业多年，一个人坚持做音乐。他始终没有所谓的成名，但他还是在坚持，因为喜欢，他觉得作曲、作词给自己带来了一种新生活。有的学生喜欢画画，就坚持画，后来去了出版社，设计封面、做插图。

法国摄影师阿杰，一辈子都在巴黎，早上天蒙蒙亮就出去了，扛着照相机拍清晨的巴黎，拍了1万多张照片，只卖出去一张，卖了 30 多法郎。他去世之后，隔了好多年，他那 1 万多张照片才被美国女摄影家阿伦特发现。她在阿杰生前就认识他，她仔细整理这些照片，然后带去展览，这些照片才被世人认可。

我们要看到这个世界的偶然性，甚至是荒诞性。你的建设性反叛可能会变成历史，很快流失掉。所以，如果你用强烈的成败观去看待自己的生命，那你就走不开，就迈不出去步子了。

你反叛之后，也许会被社会接受，也许不被接受。但你如果不走，那就什么都没有。不是说你个人什么都没有，而是社会什么都没有。就是你的独特性对推动社会进步可能就起不了作用了。

所以，在反叛之路上，一个人首先要在基本的价值观及价值体系上反叛，放弃世俗的目标，对于自我的认识，对于生存的基本理解，都要有一些新的观点。

反叛对年轻人来说真不是一个简单的事情。它不是一天两天的事情，而是一个漫长的过程，也是一种很艰难的探索。大家可以反思一下自己做过哪些反叛的事，你自己到底是个什么样的人，你想要的是建设性的、有自己内心来龙去脉的反叛，还是只是一种无奈、一种宣泄的欲望、一种让自己挣脱压抑的欲望。

在反叛中
建立新的
生活。

消费

月光族何时能
实现财务自由

　　什么是消费之苦？现在的年轻人中有很多月光族，就是收入支撑不了每个月的花销，心里很苦闷，这就是消费之苦。

　　其实这个现象并不是当下的年轻人才会遇到的，社会的经济发展水平总是有限的，所以需求总是在前面，你的购买力，你真正能够享受到的，总是滞后的。从历史上看，有很多所谓的昂贵消费品后来都变成了必需品。比如茶叶，英国人刚开始从中国进口茶叶，价格比黄金还贵。后来大家都觉得很好，于是茶叶广泛地在社会生活里蔓延，最后变成必需品。后来逐渐地扩大了生产，扩大了贸易，茶叶也变成了一般中产阶级都能消费的东西。需求本身不是有罪的，这本来不是什么坏事情。现在人的需求总是被上流社会、富裕阶层抢先占有了，所以人们就有一种向往，这个向往不但是物质性的，同时也是心理性的、文化性的、阶级性的。特别是在大工业的支持下，在庞大的工商业环境下，在资本的渲染之下，人的欲望就开始飞速地增长。

　　庞大的大工业生产调动出了人们空前的消费欲望。这种欲望，我们应该怎么去对待它？怎么去认识它？德国哲学家叔本华有一本书叫《作为意志与表象的世界》，书里提到，世界万物都有繁衍的本能，都有欲望，那这种欲望有什么特点呢？你有一个小的欲望，被满足后，就会诞生出一个中等的欲望，这个中等的欲望被满足了，又会诞生出一个大欲望。所以，人生总是在欲望里挣扎，总是在追求实现不了的东西。在现代社会里，欲望就变成了一个特别强劲的、能够操控人的非常难以摆脱的东西。

警惕消费陷阱

法国思想家福柯说："我们现代人生活的世界都被资本殖民化了。"中世纪的时候封建领主、城邦邦主拥有土地，拥有政治资源，甚至可以掌握人的生死。他们通过这些来控制大家，让大家不得不屈从他们。而资本主义是让人好好地活着，产生生活的愿望、生活的需求，然后资本在其中操控，让大家随时更新自己内心的渴求。资本在其中可以获得广大的市场，获得增值。

2002年我在日本生活的时候，看到社会上流行一种观念：一个女人一辈子如果没买一个很好的包，那就白活了。此外还创造出很多幻象，比如说豪车，将它们符号化、品牌化，让人非常向往。还有很多广告，里面那些奢华的生活，让人产生期待，通过这些方式，让人获得一种追求感。

法国思想家福柯认为，我们现在活在一个全景监狱里。什么叫全景监狱呢？传统的监狱是你被关在牢房里，被小小的空间束缚，而现在你是被人群束缚，被整个社会束缚。整个社会笼罩在消费主义的观念之中，你穿得得不得体，属于什么阶层，有没有品位，都是通过你的消费来表达的。你穿什么鞋子，穿什么裤子，用什么包，社会就通过这些方式来评价你。

以前有个老板跟我聊天，说起他为什么换车。原来他开的是辆普通桑塔纳，才十几万元，后来他做生意了，就要换一辆四五十万元的车，他说这样人家才看得起他，去跟人家谈生意的时候，人家才觉得他可靠。

在人际交往中，我们有时候特别容易失去自己的朴素性和自然性。为什么说我们现在活在全景监狱里？就是因为周围都是监狱，大家互相攀比。现在的社会处在消费主义浪潮里，我们内在的东西越来越空了。人人都在应付外部对自己的注视，都在无形中满足资本的欲望。我们沉溺其中，一辈子被套进去还不觉得有问题，好像消费真的可以决定一切。20 世纪 20 年代美国进入爵士时代，在这个时代兴起一种风潮，就是判断一个人的价值，不看有什么修养，有什么知识，有什么精神，而是看消费能力。你的个人价值是用你的消费来衡量的，特别是在女性文化里，豪华的时装、装饰，脖子上挂的、手上戴的等，就用这些东西来衡量你生活得好不好，有没有价值。于是，人的内部就越来越空了，而且这是个恶性循环，内部越空虚，就越需要买更贵的东西来标识自己，越去买，就越陷入巨大的消费黑洞里。其实，《了不起的盖茨比》描写的就是这种幻境。

在现代社会里，我们有时候就是被资本推动的消费带偏了。社会还有其他的东西，有些东西甚至是不花钱的，但是它们会给我们带来快乐。但是你要看到这些东西，你的内心要有文化，要有知识，要有一种精神的诗意，或者是自由感。

集体消费更能提高幸福感

思想家卡斯特尔写过一本书叫《城市问题》，他提出一个概念叫集体消费。也就是说，消费是公共性的，而城市提供了公共产品给大家消费。比如，城市里的电影院、美术馆、图书馆、画廊等这些空间里实际上不但有物质，还有人。人以群分，人的精神在这里交汇。

美国著名城市研究家芒福德的《城市发展史》也非常值得一读。他在书里讲，自有人类历史以来，各种各样的文明在城市里交汇。人类的精神融入生活的丰富性里，能体会到一种人和人之间的获得感。而高消费在某种程度上就像一个监狱一样，把自己的资源、欲望，尤其是自己的精神套在一个用昂贵的价钱买来的牢笼里。

20世纪80年代的时候，刚刚改革开放，有的人原来没有上过什么学，但是第一批发了财，他们脖子上挂的金项链，恨不得有半斤重，身上披金戴银，就像一个首饰店一样，他们觉得那样才能炫耀自己。这就是很荒诞的，这样的人就太狭窄了，只能靠外在的东西来凸显自己。

所以，卡斯特尔讲的集体消费，实际上是让你的精神更加宽广、更加丰富。一个城市里，不管是历史记忆，还是现在能够提供的东西，你都可以从中感受到温暖，比如说浦东图书馆。我以前跟浦东新区区委宣传部长一起聊天的时候，他就说起来，本来建造浦东图书馆，有些人是反对的，觉得数码时代大家都看电子书，用不着建那么大体量的图书馆。

但是他说，城市难道不需要人与人之间的交会吗？不需要互相之间的文化交流吗？人们彼此之间看不见，光是拿着电子书在那里孤独地看着，难道能真正发挥一个图书馆的作用吗？所以，他们坚持花了大价钱，建了图书馆。不管是儿童、年轻人还是老人，不管是在职的还是退休的，各种各样的人都在这里交会，人们进去就觉得多么好啊，比穿着奢侈的衣服、喝奢侈的饮品还让人觉得幸福。

有的人吃一顿饭花5万元，5万元可以买很好的相机和镜头，可以供你去各种地方。比如说去新疆，走一走塔克拉玛干大沙漠，看看美好的自然，看看雪山、沙漠、胡杨，还有形形色色的古老遗迹，多么好啊。如果你把资源都投入物质里，其他的精神享受就没有了。

我们说消费之苦，归根结底是资本对人的一种控制，是一种自我的沦陷、自我的禁锢。年轻人在成长，刚刚进入社会，需要去拓展，需要去发展，需要去不断地自我建设的时候，一旦陷入消费主义的陷阱，就会丧失一生最宝贵的年华。

我们并不是说不要消费，只是觉得应该多看一看集体消费。我们可以多看看社会提供的这些公共产品，到公共空间里，在精神上养育自己，打破个人的局限，看到更广大的世界，让我们的精神更充实。这个道理并不复杂。

我们要提倡一种积极消费，就是我们真正需要的，是让我们的生命更鲜活。每个人要好好地划个边界，想一想自己在生活中需要什么，画出一个结构来，这时候生活就变得比较合理。比如，我星期天去不去美术馆、图书馆或者博物馆。就是说，我们的生活里要有这种精神消费，这表面上是一种文化消费，实际上是一种精神建设，是促进人成长的一个非常重要的因素。

这种积极消费包含两个方面：第一个是物质性消费，你要买什么，对你的成长有什么帮助；第二个就是集体消费，不需要花太多的钱，在集体消费里，跟大家能互相看见，获得精神文化生活。

避免消极消费

另外一种消费就是所谓的攀比性的消极消费，这种消极消费就麻烦了，用外在的东西去标识自己，努力地去买更贵的东西，通过这种方式显得自己比别人更突出。以前我在复旦大学教留学生，有的留学生来了以后，立马就跑到上海淮海路的襄阳市场。这个市场现在已经拆掉了，盖了一栋很漂亮的写字楼。他们为什么立马到那里去呢？去买A货，就是仿冒的名牌，仿得很像，比如说仿冒的名牌包什么的。

在这个过程中，人的内心就变得脆弱了，价值感就容易流失。有些人生活崩溃，就是因为追求这些高消费，远远超出了自己的购买能力。有一个本科生，她跟我说了一句话，我印象特别深。她说她以前站在外滩，看着黄浦江对面的陆家嘴，看着那些灯火璀璨的豪宅，那边是上海第一批豪宅，十几年前1平方米17万元，一套房子1亿多元，她当时就想这些东西都是她的就好了。10多年过去了，她博士毕业，当了大学老师。后来她走在外滩，再看到陆家嘴，同样的灯光，心里还是觉得挺好看、挺美的，但是一点拥有它的欲望也没有了。为什么呢？她知道自己的生命需要什么了，她热爱研究人类学，研究艺术，研究人文传播，她在里面感受到了价值。所以，一个人的需求是随着知识和眼界的拓宽而变化的，世界上美的东西多的是。

为什么我会极力推荐学生买一个相机？因为一幅照片里只有一个焦点，叫兴趣点，其他所有的东西都是为这个兴趣点服务的。一个人如果没有自己的焦点，就会觉得生活里样样都好，什么都想照进去。而真正有焦点的人，那些世界著名的摄影师，他们拍的东西是非常明确的，旁边有再好的东西也不拍，那不是他们的，不是他们自己喜欢的，不是他们自己需要的。比如，战地摄影师卡帕，街头摄影师布列松，都是这样的。

有些出去摄影的人，买一个 24-200 毫米的镜头，为什么呢？因为小全景能拍，特写也能拍，什么都照得进去。我看到一个人拿着这样的镜头，就知道他很混乱了。真正的摄影师拿的是定焦镜头，比如 35 毫米的，或者 50 毫米的，虽然有局限性，但是他们就用这个。云南摄影师吴家林拍出了 20 世纪 70 年代中国最好的乡村，拍出了那些人的生活，现在我们回看那个时代，只能看他的摄影作品。他当时就是拿着 50 毫米的镜头，专心地拍。摄影给人最大的推动就是让我们知道了生命需要什么，自己就做什么，只拍自己需要的，旁边的东西再好，我也不要，那不是我的，不是我需要的。

消极消费最大的问题是没选择，不知道生命需要什么，不知道自己的人生焦点在哪里，所以人活得一点精神都没有。现在有些人活得太松散、太模糊了，看着好像非常年轻、非常活泼，实际上是松散的，内心根本就没有自己的方向。所以，看什么东西，别人说好就是好，这就是消极消费，是年轻人特别需要警惕的。

觉醒时刻

今天我们生活在一个消费时代，年轻人一定要有清醒的认识。总的来说，我们国家现在还没有进入消费社会，因为我们刚刚完成全面小康。另外，我们还没有完全摆脱传统的一元化的生活理念，油盐柴米、衣食住行、婚丧嫁娶依旧是我们最关注的。多元化没有展开，我们的文化需求、精神需求，一个人除了衣食住行之外的其他需求，确实还没有得到特别好的满足。

我们的精神需求和消费理念是密切相关的。年轻人其实都要想一想这个问题，自己的可支配收入里文化消费占了多少比例，物质消费占了多少比例？我们要仔细地想一想，我们的每一分钱都是用自己的劳动挣来的，要珍惜它，把它放在对自己生命最有建设性的地方，放在对自己的成长有最大推动力的消费里。而且我们要把更多的目光放在集体消费上，你要算一算，你在城市的集体消费中消费了多少？城市里的美术馆、博物馆、电影院等公共空间，你有没有好好地利用它们。

每个年轻人在这个问题上都要反思。我们要向积极消费发展，向集体消费发展，减少消极消费。我们反思自己的消费结构之后，把自己各类消费的百分比列出来，就可以好好地衡量一下自己。

———

认清自己的
消费结构，
让生命
更有价值。

———

自恋

消极厌世，
怎么重新找到工作的意义

很多年轻朋友都有这样的感受：工作几年之后，越来越迷茫，感觉这个世界和自己格格不入，感觉自己忙忙碌碌，但没有什么意义，对工作和生活都有抗拒感，就想宅在家里打打游戏、刷刷手机等。很多事情提不起兴趣去做，甚至觉得天下没什么值得自己去兴奋、去投入的事情，内心很飘又很沉重，不太想跟这个社会有深度的连接。从文化心理学上说，这背后其实有一个控制你的东西，那就是自恋。

· 自 ZILIAN 恋 ·

自恋带来自我封闭

这种自恋的状态从社会原因来看，其实有一个非常重要的历史性的外部环境，就是大规模的生产分工把人原子化了，人被分散在流水线的不同岗位上，只能很孤立地、默默地随着机器的节奏走，在工作中失去了与广大世界的情感和价值连接。我们被封闭了，长期处在隔绝状态中，内心深处只能感受自己，很难把自己放到一个更大的生存空间中，去社会化地或者历史化地理解自己。然后我们就会产生不安定感，以及那种我们经常说的"社畜"感，只是替别人打工，根本不知道自己的价值在哪里。于是，我们就喜欢在网上、到游戏里去进行自我抒发，到虚拟世界里去表达自我。这种表达在很大程度上和我们的现实有很大的距离，所以我们对世界的概括、对世界的感受都被主观化了。看不到真实的外部世界，将自己的主观感受复制到外部世界，觉得这个世界就是这样的，这就叫客观世界主观化，这样就会产生一种自恋，将自己封闭在主观感觉里面不断循环。

　　从人的生命来说，个体值得珍惜，那么就只珍惜自己，珍惜自己内心那些横七竖八的东西，也珍惜自己的焦虑，珍惜自己的纠结，脑子里所想所说都是围着自己转。围着自己转倒没什么错，但实际上又没怎么转。而且人是处在社会中的，个人的特性只有在社会中才能解释，你自己没法解释，所以这种围绕自我的转常常是空转。有些年轻人去年的抱怨跟今年的抱怨是同一种抱怨，一直在里面转，打不开。这种打不开的状态，这种自恋，表面上是自我珍惜，实际上在某种程度上又是自我毁灭。

· 自　ZILIAN　恋 ·

从自恋到自怜

　　年轻人在封闭性领域会产生自我怜悯，自恋会带动出自我怜悯，觉得自己生不逢时，觉得自己如果再过100年出生可能会更好，或者如果出生在唐代可能会更好。人在对自己的处境无能为力的时候，就会产生自怜，有种悲叹，也有点自嘲。所以，种种自我讽刺的语言就会出现，仿佛很潇洒，实际上还是对自己的悲叹。这是我们在自恋以后会产生的自怜问题。

在自怜之中人也会感觉飘零，觉得自己不着地，变成了飘飘忽忽的东西，人生就会变得有点虚无了。徐志摩从剑桥回来之后，看到人民贫穷、乡村破败、军阀混战，心里产生了深重的悲哀，他觉得自己没有处在一个好时代，所以他的很多诗歌里都写雪花，在空中飘啊飘。他有首诗就叫《雪花的快乐》，"假如我是一朵雪花，翩翩地在半空中潇洒，我一定认清我的方向，飞扬，飞扬，飞扬……"雪花没有落地感，只有在空中飘着的时候，才觉得自己存在，一旦落到地上来，就感觉到贫寒、凄苦，所以他写了很多空中飘着的雪花的意象。自怜有时候就是这样，有一种雪花般的飘零感。

一个自恋的人如果封闭在自己小小的不得舒展的处境之中，他不喜欢这个处境，但是没有出路，那他就会有一种像雪花般永远在空中飘浮的感觉。这就是自我怜悯。但是这个自怜还不会停止，自怜到最后，生活就会倒向什么呢？倒向自灭。

英国作家王尔德的著名作品《道林·格雷的画像》中，道林·格雷是一个英俊的青年，他看世界看得还蛮清楚的，他觉得这个世界上的人都在盲目追求物质，世界没什么意思。他自己明明知道这一点，但还是沉溺于那种浮华和表面的快乐。画家给他画的画像一开始是很英俊的，但是随着他不断地沉沦，画像也一天天丑恶起来，到最后绝望了，他看不下去了，就一刀扎下去，结果是扎向自己，自己和画像一起毁灭了。

现代生活中的自虐

自虐是把自己的价值虚无化，有时候我们会沉溺在这种自虐里。现在很多人说上班没意义，然后在那儿摸鱼，摸来摸去，最后消失的是自己的生命时光。看似用一种轻松的方式获得快乐，其实在某种意义上说，这也是一种自虐。

很多人在感觉生命无价值的时候，一些替代性的满足就出来了，就会寻找各种表面上的快乐，比如很适合自己的游戏。在后现代主义文化里，这个叫"新世纪里的欣快"，就是制造一些狂欢的东西，好像还有一种毁灭感，通过这些东西释放自己。

今天很多人在自我封闭的自恋状态下，自虐方式有一个很明显的问题，就是时间失控。时间是你的生命啊，拿着手机一看两三个小时，睡觉以前说只看一会儿，结果一看就停不下来。你完全失去了对自己生活的自主性，需要外部的东西来不停地填补，比如说手机，或者很多其他东西，让你一一地打开，好像后面藏着神奇的奥秘，每次打开就有新东西。这种悬念不断吸引着你，你就在这个过程中失控了，你的生命在不停地流逝。所以，这是一个表面上看起来很愉快的过程，其实背后是很可怕的，人看似在自我珍惜，实际上是在将自我一点一点地解构掉。那么，怎么走出自恋、自怜、自虐？

如何走出过度的自恋?

首先要防止客观世界主观化、情绪化，我们要像大地一样能承载，因为大地上有沙漠、有悬崖、有荆棘，也有鲜花、有湖泊，有那么多的美好，包蕴万物。这就是我们的人生，这就是我们的生命。自恋的人对这个世界的理解往往是一厢情愿的，觉得这个世界是为自己设计的，为实现自己的愿望设计的。

如果你这样起步就坏了，因为世界就在那儿，它就是那样。最近我看过一本书讲如何活在坏世界上，有的事就是这样，就像狄更斯讲的"这是最好的时代，也是最坏的时代"，这不是你来决定的，这个世界就是丰富多样的，差异很大。你自恋、情绪化，是因为你看得不够宽，走得不够远。

学会看到真实的世界

卡帕是一个战地摄影师，他说拍不好照片，主要是走得不够近。今天很多人自恋，主要是因为距离没拉开，看不到真实的世界。所以，你的抱怨也是虚空的，你抱怨这个世界怎么不好，其实那是虚的，那只是你自己的情绪，不是世界的本原。

我很喜欢美国女作家薇拉·凯瑟，喜欢她写的《我的安东妮亚》，安东妮亚这个姑娘从小娇弱，看到小小的篱笆上有条绿色的蛇就吓得惊慌失措，一阵惨叫。安东妮亚经历了那么多事情，后来谈恋爱也受伤，家里人又去世了。按照我们的看法，在她眼中这个世界太悲惨了，她应该抗拒，缩在家里不出去，但是不是这样的，她后来在土地上获得了温暖，劳动、耕种，然后维护、收获。所以，生活不是等来的，它是创造出来的。

走出自恋，归根结底要面对土地，面对现实，在不好中寻找好，所以我们首先要端正对世界的认知态度，面对世界我们要有年轻人应有的姿态。这时候你就不会抱怨自己的生活方式了，你生在什么时代都一样。为什么看完《午夜巴黎》这部电影，有的人说如果自己活在"一战"之后，跟海明威他们一起就好了，有的人觉得自己要是活在19世纪就好了？每个时代都有它的伤痛，也都有它自身的动力，所以不在于你活在什么时代，而是在于你怎么活。

这才是我们真正应该去认识、去反思的东西，这样我们才能走出自恋。

把自恋转化成自爱

走出自恋其实是很艰难的，在这个过程中，你真正要做的是把自恋转换为自爱，让自己在新的生活中进行创造。自爱是有温度的，这个爱不仅是热爱自己，也爱这片土地，爱这个世界。

这时候你怎么表达你的力量呢？肯定是跟土地在一起，勤奋地劳动，勤奋地追寻，不断地磨炼自己。大家都很喜欢画家梵高，梵高画了《向日葵》，画了《农鞋》，他画了那么多张跟土地、生命有关的作品。为什么？海德格尔在分析的时候就看到了人和土地的关系，《农鞋》里面积满了辛苦，一双牛皮做的靴子，已经破破烂烂，灌满了泥土，这幅画把所有的辛苦都画进去了。但是它又那么顽强，农民穿着它去劳动，去表达生命里面不息的东西。所以，《农鞋》表达的是一种人和世界的关系。

发挥自恋的积极作用

我们不是要排斥自恋，如果你能把你的自恋、你的抗拒转化成一种创造，那就好了。我很佩服日本女画家草间弥生，她其实精神有问题，她看到的世界都是主观的世界，但是她把它们变成艺术了。她画的圆点、光彩，一般人是画不出来的，她把自己内心深处的独特性变成了一种特别的世界呈现出来，变成了世界文化里从来没有出现过的一种艺术。

她就活在自己的世界里。从这样的角度看，她真的自恋，但是她又把它转化出来了，不是自己在原地打转，而是把它释放出来，通过艺术的形式，通过色彩、线条，通过巧妙的创造性构图释放出来了。

对于年轻人来说，青春难免都有点自恋性，这个不可怕，也很正常。我们要在这个过程里学会如何珍惜自己，把自恋变成自我珍惜，珍重自己的生命。你来到这个世界上，你的自恋一开始也是给自己一个分量，也是对自己的一种很深的爱，但是如何把它变成自我价值，这就不同了。我们一定要体会一下积极的自恋，积极的自恋会向自爱转化，而消极的自恋只能向自怜、自虐发展。

觉醒时刻

我见过一些学生真的有点自恋，整天自我欣赏，出去旅行，拿着手机整天拍自己，然后发出来。也不知道为什么发，就是克制不住，发出来心里就乐得要命，就喜欢那个滋味。我曾经跟一个女学生说："你们以后出去拍照，千万要买个单反。"因为我不大见到拿着单反对自己狂拍的。我们要学会爱世界，学会观察这个世界。成都有一个女孩子是开照相馆的，我觉得她就很好，她也喜欢自己，长得又漂亮，到全世界去旅行，都是把自己放在一个小角落里，表示我在这儿，背景是大城市、大自然的风景，摆正了自己的位置。

有时候我也跟那个学生说："我看你的照片，真希望你让开，让我看看你背后的风景。你把它挡得严严实实的，一挡住，你连世界也看不着了。"

真正分析起来，这个世界上很多人都在自恋，但是如果在自恋中找到一种动力，去维护生命的价值，然后寻找到一种意义，把自己原来的局限不断地打开，那就特别好。这就是我们今天走出自恋之苦需要的一种心怀，其实也是年轻人以后在人格发展、心理发展、情感发展、思想发展中必然要去追寻的一条路。

走出自恋的
陷阱，
拥抱更广阔的
世界。

两难

高收入和自由，
怎么选

什么叫两难之苦呢？说得比较简单一点，就是现在很多年轻人一方面很想过有诗和远方的生活，另一方面又不想放弃目前还算稳定的日子，所以很纠结。自己的现状很不理想，但是心里真正想要的生活好像又非常不平稳，或者说未知性太大，所以就陷入两难之苦了。归根结底，是我们自己内心所向往的东西，就是心中所向，和目前的生活，就是身之所在，是互相对立的。

· 两 LIANGNAN 难 ·

什么是两难之苦？

其实人们在文学作品里早就注意到这一点了。从戏剧角度看，古希腊时期的悲剧作品中，主人公往往有雄心壮志，要去实现什么，但是他不知道神给他安排了另外一种命运，所以他要逆着神的安排走，最后受到神的惩罚，成了一个悲壮的结局。著名的悲剧《俄狄浦斯王》就是这样。还有《普罗米修斯》，把火偷给人类的普罗米修斯最后被宙斯钉在悬崖上，任老鹰来叼啄，这是古希腊的悲剧。

世界戏剧的第二个高峰是莎士比亚时代。比如哈姆雷特看到父亲被谋杀后，他在想到底要不要复仇，最后确定了要复仇之后又想自己的生命有什么价值，应该怎么去做，等等，这种就跟古希腊戏剧不一样。古希腊戏剧是天定的，照着神的命令做就行了。而在莎士比亚戏剧里面，人有理性了，所以他开始纠结，开始想把握自己的命运。

到了20世纪，美国著名的剧作家奥尼尔发现了一个问题。就是现代人类主要的悲剧来源不在外部，而是我们内心深处的混乱，我们内心深处的自我分裂，我们难以去把握这种矛盾性，没有办法整合自己的生活。世界上的诱惑太多，自己又有两面性。我们现代人普遍是在现实中过着一种生活，心里向往另外一种生活，处在这么一个内心永远无法安定的状态中，这就是两难。

英国著名女作家伍尔芙在《达洛维夫人》中写道，达洛维夫人在还是姑娘的时候爱上了彼得，但是这个姑娘不知道自己是爱彼得还是爱自由、爱朴素。彼得每天清晨都会从野地里采来还带着露珠的野花，唱着歌到姑娘的窗前献给她，所以姑娘特别高兴。但是一旦考虑婚姻就不一样了，因为彼得是个穷人，而这个时候处在上流社会的达洛维也在追求这个姑娘，他们三个一起坐着吃晚餐的时候，彼得心里就很伤感。他看到姑娘和达洛维两个人特别亲热的样子，很生气。后来彼得和姑娘吵架，彼得赌气要离开她，最后姑娘就嫁给了达洛维，变成了达洛维夫人。

30多年过去了，达洛维夫人过的是什么日子呢？她天天要应对上流社会的社交，要搞宴会、沙龙等。她是什么感觉呢？她内心深处还是渴望自由，渴望那种丰富和广阔。她所处的上流社会的生活很精致，但是她每天感觉好像有无数只虫子在吞噬自己的脑颅，生活就像一把刀扎在自己心里。这就是在现实性里，追求世俗社会的所谓的好，但是心里面还有另外一种自己真正渴望的好。

达洛维夫人内心深处非常伤感。30多年后的一天，她举行了一个沙龙，上流社会的很多人要来，所以她早上就出去买花。上午回到家里，忽然听到有人吵吵嚷嚷的，有一个男人说他要进来，还说她一定会让他进去的。达洛维夫人一看，原来是30多年没见的彼得，她让彼得坐在客厅。彼得一副风尘仆仆的样子，手头还拿着一把折刀，打开、关上、打开、关上。达洛维夫人一看，这就是一个在社会中不安定的人，心里感叹幸好自己没有嫁给他。小说在这里将两个人的对话写得非常经典，表面上是一种对话，心里却互相探寻彼此过得怎么样。达洛维夫人邀请他参加晚宴，彼得也答应了。到了晚上，达洛维夫人周旋在上流社会的各种人中，彼得在那里就显得很特别。

就在那一瞬间，达洛维夫人忽然觉得，自己的生活天天这样重复，假如当年嫁给彼得，那可能是另外一种生活，也许更快乐。她心里一下子像灯光熄灭了一样，暗淡了。后来大家散了，彼得也告别了，她把一盏盏灯关上，就像生命之光在熄灭。

这里面就写出了一种矛盾性，人的两难。如果达洛维夫人当时真的嫁给了彼得，可能又会羡慕上流社会的生活，想想当初如果嫁给达洛维多好。现在嫁给了达洛维，在上流社会里团团转，又会渴望彼得那样的生活方式。彼得后来去了海外，到世界各地去畅游，也经历了一些艰苦、坎坷，但是他的生活很丰富。

从这部小说中可以看到，我们很多人的关键问题在哪里呢？两难不可怕，关键是在两难之中背弃了自己内心最需要的生活，而选择了一种在别人看来很光鲜的生活。我们的生活就变成了满足别人需要的存在，我们自己变得空空如也，在世俗的社会里面，变得越来越狭窄，最后在内心把自己放弃了。这是两难之苦里最可怕的，最让人心理上感到难过的方面。

为什么我们难以做出自己的选择？

为什么会出现这样的选择呢？这背后的原因是什么？我们从小就培养的不是一种真假感，而是一种得失感，所以我们不是按照自己真实的想法来选择生活，而是按照得失来选择的。你想想在幼儿园，你越规矩、越符合标准、越听话，老师就越会给你小红花，夸奖你。等你上了小学，言行也很规范，符合各种外部的标准，然后你戴上红领巾，人人都说你是个好孩子。

在这个过程之中，你也有自己的愿望啊，比如说你很喜欢折纸、画画，做自己喜欢的事，但是可能在学校的标准化教育里，在老师眼里，成绩第一，不让你花那么多时间去搞那些东西，所以你内心深处其实是有很多挫伤感的。这些挫败感用什么来补偿呢？就是用外部的夸奖，父母的满意，老师的满意。别人都说你是好孩子，用这种替代性的满足来掩盖你的主要需求。

按照弗洛伊德的精神分析，我们内部充满了挫败，只是自己不知道、不觉得。在你的潜意识里面，你用那些所谓的收获、所谓的获得掩盖了挫败。所以，你的得失感伴随你长大。你成绩好，变成了一个优秀的人，然后上了一个很好的中学。学校里面的学生最后百分之百能考上本科，绝大部分去了好的大学。去了好大学以后，毕业找一个好工作。这一路这么过来，在得失感中长大，就变成了一种本能。但是你内心深处的渴望在某个瞬间也会出现。

我们这个世界是很自然、很有灵性的，而我们在一种程序化的生活里，追求的那些好成绩、好学校，它真的是我们的唯一吗？生活里为什么没有更宽广的东西呢？所以，我们要打破常规，要去体会、倾听这个世界。有些东西可能更有价值，我们要有独立的判断能力，学会发现更美好的世界，这就是走出得失。所谓的得，无非就是想出人头地，做人上人，得到别人的夸奖。别人不夸奖的事，你能不能做呢？你想过这个问题吗？所以，两难说到底就是我们对自己的价值观、生命观、世界观没有一个非常清晰的认识。

以前有一个女同学，毕业的时候本可以去外资企业，而且比一般的工作收入高 3 ~ 4 倍，没想到她拒绝了，去了上海的一个出版社。我就很吃惊。这个女生是上海本地人，我记得她条件特别好，颜值也很高，后来我就问她为什么去出版社。她说："我就是一个文化人，这辈子就做与文化有关的事情，我为什么要拿钱来衡量自己？人人都觉得那个好，我却不觉得。"过了很多年，我去这个出版社又看到她，我们坐下来聊的时候，还说起这件事。她笑了，说："是，当年那么好的外资企业叫我去，我没去，我今天都不后悔，我觉得我这辈子过得特别有价值、特别充实。"

那些外在的得失和诱惑对她不起作用，为什么呢？她热爱文学，热爱文化，所以就有一种内心建设。我们不可能从空白点去做，在两难之中做判断，人不够坚强的时候，肯定会选世俗普遍肯定的东西，倾向于得失标准。没有一个强大的自我，没有一个自由的主体，没有自由的精神，怎么可能抵御那种千万人都在走的路的诱惑？那是不可能的。

· 两　LIANGNAN　难 ·

如何走出两难？

怎么走出两难？首先一定要在现代社会生活里找到最好的养分。

不断丰富自己、充实自己

我们要找到对自己的青春具有点燃力量的东西来丰富自己、充实自己。世界上有很多人为了自由，走在了最难的路上。美国诗人佛罗斯特写的《林中的小路》是我非常喜欢的诗，他说林中有两条路，一条鲜花盛开，人人都在走，另外一条充满了荆棘，荒凉、孤僻，到底走哪条路，最后选择了人迹稀少的那条路。我知道选择了这条路就不能再走那条路，但这就是我的命运，我自己的选择。我觉得这就是我们走出两难所需要的精神和判断。

敢于选择少有人走的路

从具体的价值上说，我们也要善于在小众中找到自己的存在。有一句古话是"虽千万人吾往矣"，什么意思呢？就是虽然那边大道有千千万万人在走，但是我选择了另外一条少有人选的路。"吾往矣"，也就是说我们有自己的选择。但是这种"吾往矣"的选择，它往往很小众，不被大众文化接受。

2000年霍建起导演拍了一个电影叫《那山那人那狗》，这是一部短篇小说改编成的电影，里面有一个老邮递员，50岁出头，他在湖南的山区送一趟邮件要三天，跋山涉水。有时候要蹚过冰凉冰凉的河水，后来风湿病太严重了，邮电局局长亲自让他退休，然后让他的儿子接班。儿子第一次去送信，老爹不放心，要陪他走，就一条狗、父亲、儿子一起出发了。儿子非常独立、倔强，不希望爸爸管着他。所以，一开始父子俩在路上都说不了两句话，但是走了三天之后，儿子深深地理解了父亲，他走了这么多年，太不容易了。父亲跟当地乡亲们有一种水乳交融的感情，不光是送信，也在生活中跟那些农民建立起了不可脱离的情感关系。他这才体会到父亲这么投入于邮递员的工作，背后是舍不得放下的生活。

这个片子特别好，但在中国市场中，没有任何一个放映公司来买。后来一个日本人偶然看到了，他觉得很感动，就引进到日本市场，最后卖了几亿日元的票房。2000年中国电影市场上最高票房是6000万元，那是香港的一个武打片，如果《那山那人那狗》换算到中国市场，就是第二名，5000多万元。为什么我们的市场不接受而日本市场接受呢？2001年、2002年我正好在日本工作，有一天到神户市外国语大学，校长跟我聊天。他跟我说最让他感动的中国电影就是《那山那人那狗》。我很吃惊，问为什么。他说，电影里的这种感情在日本已经没有了，那是农业社会非常深厚的一种情感。

它本来是人类的一种普遍情感，但是在今天这个人人追求商业化的时代变成小众了。但实际上，它应该是我们特别珍爱的东西，是我们内心深处应该好好保留的东西。所以，我们有时候要努力克服那种孤独，甘愿当小众。这个时候处在两难里的你做选择就不太难了，你就会敢于选择自己真正想要的而很多人不选择的生活，这就不一样了。

很多年轻人说起自己理想的生活，笑容满面，觉得自己内心深处还是很艺术，还是很有现代感的。但是我觉得那都是在嘴上说说，你每天过的还是996式的生活，天天挤车，被无形的时间控制，一味跟着资本的节奏走。在这种状态下，人会越发觉得苦，生活就是一盘僵局，而不是自己真正踏踏实实、心甘情愿地生活。很多人也有愿望，但是没有行动能力。为什么年轻人会出现这么一种不应该有的状态？我觉得主要就是因为缺乏对世界的认识和对自己生命的体认。

年轻人在路上，在成长的时候，确实会纠结。但是你面对目前的纠结，不要觉得没希望。你的纠结可能就是一个过程，让你去体会一种生活，体会这种生活是不是自己需要的。然后，你就可以像修炼一样，到最后真正明白自己需要什么。我们不可能一开始就清楚自己需要什么。你没体验过怎么能知道呢？你很渴望，然后获得了，这时候你才知道它真正的价值。

我也渴望很多东西，比如说我到现在都还很喜欢收音机这一类的电子产品。现在不管我在国内还是国外，最喜欢去的就是数码广场、电子市场，每次看到很新的或者是很老的，现在很少见到的收音机，就特别心动。其实我买过的收音机真正加起来有六七十个，但是现在我已经明白，能够伴随我一生的可能就那么一两个，只有极少数可以跟我建立起一个同甘共苦的关系，建立起一个旅伴关系。所以，其实我们不需要那么多。

有一个概念叫断舍离，真正想清楚了的人，是不需要断舍离的，因为自然就断舍了。在这个世界上，所有的无机物，包括电子产品、房子什么的，归根结底都比不上人的温暖、人的感情。世界万物都是装在我们的情感里、我们的精神里的，所以我们活着的时候，要有自己的生活、自己的精神。

所谓的两难，实际上是一个成长机会，或者说成长过程，你要为自己感觉两难而自豪。我现在最怕见到人感觉不到两难，尤其是有的人十五六岁就不存在两难了。为什么呢？这个世界就是钱的世界、物质的世界，只需要麻木不仁地去追求就行了。就像巴尔扎克写的《欧也妮·葛朗台》里的那个老头子的世界观，就是那种逻辑。

正确看待两难

有的人十五六岁就老掉了，生活完全是单面的了，所以他不纠结。不纠结的人有什么特点呢？做事没底线，没有价值约束，什么事情能谋利就做什么，不择手段，只讲目的不讲过程，只讲功利不讲原则。所以，我觉得不存在两难的人有点可怕，你不知道他会做什么。有的人看着好像活得很有精气神儿，到处奔忙，力量满满，但是他就是为了实现自己的目的，觉得什么事情都是为了达到功利性目的，那才是糟糕的。

两难正是因为你心里还有期待，还有另外一种价值，另外一种盼望，理想的生活和现实的生活是对立的，有矛盾。所以，我觉得对于年轻人来说，两难还是一件挺值得自豪的事情，两难说明还醒着、还活着，说明你还有无限可能，还有很多很多可以打开的东西。

农业社会中没有两难，播种、耕耘、收获，很朴素、很自然，但是这种生活并不值得羡慕。为什么不值得羡慕？太简单了。那种简单经不起商品化的冲击，经不起现代化的检验。

那么，现在年轻人两难是怎么回事呢？是走向现代。走向现代的人是什么样的呢？以前的人可以说是简单的、朴素的，我们现在是走向复杂的好人。什么叫复杂的好人呢？就是经历了很多磨难，经历了多种选择，终于尘埃落定，明白了自己，然后去过更坦然的生活。里面有丰富的人文含量，有丰富的生命深度，这样就非常好。

今天的年轻人绝对不要觉得两难是一件非常讨厌的事情，你就好好地经历你的两难，体会自己难的是什么，自己身上负载了多少东西。

两难不是一个常态，它是你的青春经历，但是你一定要走出来，获得清晰的目标。所以，你经历的两难越深，你的压力越大，你继续前进的能量就越大。

原子弹是什么？就是原子里面的电子和质子的互相缠绕状态被打破，分裂开来，释放出来能量。这一点跟鲁迅的生活经历很相似。鲁迅原来活得很矛盾，跟一个不爱的人结了婚。从日本回来以后，看到军阀统治，看到破败的乡村，就很失望。《故乡》《祝福》《阿Q正传》写的都是什么呢？他自己的绝望。他内心深处渴望的生活是什么呢？《摩罗诗力说》中那种个性自由的东西，那是他心里盼望的生活。但是他觉得难以改变。他知道自己心里期望另外一种生活，靠压制自己来度过一天天。

1918 年，《新青年》约他写白话文小说，他一下笔就把自己全部的压抑释放出去了。这就是他释放出来的能量，这些能量源于他在两难中积蓄出来的对于新生活的渴望，对新社会的渴望，对新文化的渴望。他在长期的两难里生活，原来他生活蛮好的，在北洋军阀教育部当官员，相当于一个副司长的职务，收入还不错。他可以像北京城里的一些中产阶级那样悠然地生活，但是他不愿意。也正因为如此，鲁迅最后写出了这些经典作品，成为我们现代文学的开辟者。

年轻人身上聚集了大量的渴望，但是深陷在两难里面，这时候其实最需要的是反思能力。帕斯卡尔说，"人是一根有思想的芦苇"，现在你是一根芦苇，在东南西北风里摇来摇去，缺的就是思想，那种深刻的思想，去理解自己的生活，理解自己的两难，然后走出困境，寻找新的生活。

你有没有能力在未来的生活中，或者未来的20年里面做一个创造者？未来10年，整个社会发展最关键的担子就落在了今天的年轻人手里。你要走出两难，释放积极的能量，社会也为你提供了更大的空间，你可以去施展才华。我们的社会下一步的发展是互相需要，不是说外部有一个大需求等着你，而是我们互相需要、互相打开。这个历史契机是千载难逢的，所以这个时候年轻人如果走不出两难，就特别可悲。对社会来说，也是巨大的损失。社会的发展需要年轻人爆发出创造力，在爆发中走出两难。

我在上海看到一些年轻人自己办工作室，搞音乐，搞写作，我就特别感动。很多毕业生问我，以后该怎么办？我说，第一选择就是赶快自己开一间工作室，把自己逼一逼，做点新事。世界上最幸福的事情就是做一点新事，这也是社会所需要的。年轻人需要磨炼，你越提升自己，就越会发现自己要学的东西太多了。你从学校毕业后，成为社会的新生，你要继续学习，继续发展。有的人毕业后找了个好工作，进了一家好公司，进去以后就停止了，接受了人家的规则，最后自己过得越来越不满意，在两难中越陷越深。

我觉得年轻人一定要有时不我待的意识，你正处于黄金年代，这个时候特别珍贵，你在两难里积蓄的能量要赶快释放出来，要看到往前走的路。也就是说，每个年轻人都要有自我变革的迫切心理。在两难中，年青一代最关键的就是要用全部的力量去打开新的生活。

觉醒时刻

我为什么觉得两难很重要？因为两难是我们的青春，两难是我们的路，两难也是我们的力量积蓄，是我们往前走的一个深切动力。

大家的很多生存体验是我不具有的，大家的很多新想法也是我不具有的，所以我们可以共同做一个文化的拼图、精神的拼图。我加进来一块，你也加进来一块，然后互相扩大。这个世界就是要互相看见、互相扩大。世界上的一切事情、一切工作都是人在做，人的内部精神观念、思想方式、情感内容都是重要的。我听到过一些特别荒诞的话，有的人说知识只有数理化，只有机械、电子这些工科学科才是重要的。这些事情都是人在做，而人如果没有美好的内在，做事情肯定很机械，人和物质就没什么区别了。所以，我们需要一种新的精神，要有一种新的变革、新的解放。

为什么要讲工作之苦？越过工作之苦，我们可以体会到自己的内心，感受到自己的价值，我们要把这种价值变成我们的生命，而不是停留在一点点内心的想法里。我希望我们一起分享，一起奔向一个新的历史阶段。

我们有探讨的精神，就会不断地打开新世界，不断地打开新空间，不断地看到我们的无限可能性。在这样一条路上，我们就会有前无古人的新鲜感，释放出巨大的创造力。

　　大家可以思考一下，你的生活里有哪些两难？你在面对两难时有什么新的想法、新的打算？认真地、仔仔细细地体会一下，可能会有一些不同的感觉。

本 节 寄 语

在人迹罕至的
小路中，
谱写自己生命
的舞曲。

© 民主与建设出版社，2023

图书在版编目（CIP）数据

每个人都了不起 / 梁永安著 . -- 北京 : 民主与建
设出版社 , 2023.8
ISBN 978-7-5139-4285-0

Ⅰ . ①每… Ⅱ . ①梁… Ⅲ . ①随笔—作品集—中国—
当代 Ⅳ . ① I267.1

中国国家版本馆 CIP 数据核字（2023）第 125561 号

每个人都了不起
MEI GE REN DOU LIAOBUQI

著　　者	梁永安	
责任编辑	郭丽芳　周　艺	
封面设计	介　桑	
出版发行	民主与建设出版社有限责任公司	
电　　话	（010）59417747　59419778	
社　　址	北京市海淀区西三环中路 10 号望海楼 E 座 7 层	
邮　　编	100142	
印　　刷	河北鹏润印刷有限公司	
版　　次	2023 年 8 月第 1 版	
印　　次	2023 年 8 月第 1 次印刷	
开　　本	880mm × 1230mm　1/32	
印　　张	12.25	
字　　数	270 千字	
书　　号	ISBN 978-7-5139-4285-0	
定　　价	58.00 元	

注 : 如有印、装质量问题，请与出版社联系。